Das Buch

Der unvergleichliche Kinkster, wie Kinky Friedman sich selbst nennt, ist aus Texas nach New York zurückgekehrt und hat es sich in seinem Loft bequem gemacht. Sehr zum Mißvergnügen der beiden Cops Cooperman und Fox hat er in der Vergangenheit mit mehr Glück als Verstand einige Mordfälle aufgeklärt. Aber die Kundschaft steht bei dem Spitzen-Privatdetektiv nicht gerade Schlange, weshalb Kinky sich breitschlagen läßt, seinem langjährigen »Dr. Watson« eine trügerisch harmlose Gefälligkeit zu erweisen: Kinky macht sich auf die Suche nach der leiblichen Mutter seines jüdischen Freundes Larry »Ratso« Sloman, der von Adoptiveltern großgezogen wurde. Aber der Auftrag, der mit einem bißchen Herumwühlen in einem schmuddeligen Aktenkeller beginnt, wird schnell zu einer weitaus schmutzigeren Angelegenheit, inklusive ein paar Leichen und einem Mordkomplott gegen Ratso. Die Suche nach dessen Herkunft (mit der Möglichkeit einer großen Erbschaft) führt Kinky zunächst nach Miami Beach, dann wieder zurück nach Manhattan, und sie endet schließlich in Chappaqua, einem noblen New Yorker Vorort. Hier soll Unrecht wiedergutgemacht werden, und Kinky heckt einen äußerst raffinierten Plan aus...

Der Autor

Kinky Friedman, geboren 1945 in Rio Duckworth, Texas, spielte als Siebenjähriger gegen den Schach-Großmeister Samuel Reshevsky, besuchte die University of Texas, trat dem Friedenskorps bei, gründete die berüchtigte Country_Band »Kinky Friedman und His Texas Jewboys«, nahm sieben LPs auf und schrieb das legendäre Lied »They Ain`t Makin`Jews Like Jesus Any More«. Er tourte mit Bob Dylan, spielte in der Grand Ole Opry und auf der Inaugurationsfeier von Bill Clinton.

Im Wilhelm Heyne Verlag liegen vor: *Greenwich Killing Time* (05/44), *Wenn die Katze weg ist* (05/59), *Nie wieder Tequila* (05/119), *Elvis, Jesus & Coca-Cola* (05/137), *Gürteltier und Spitzenhäubchen*(05/156).

KINKY FRIEDMAN

GOTT SEGNE JOHN WAYNE

Roman

Aus dem Amerikanischen
von Ulrich Blumenbach

WILHELM HEYNE VERLAG
MÜNCHEN

HEYNE ALLGEMEINE REIHE
Nr. 01/10998

Die Originalausgabe
GOD BLESS JOHN WAYNE
erschien 1995 im Verlag Simon & Schuster, New York

Der Übersetzer dankt Gunnar Kwisinski

Umwelthinweis:
Dieses Buch wurde auf
chlor- und säurefreiem Papier gedruckt.

Copyright © 1995 by Kinky Friedman
Deutsche Ausgabe:
Copyright © 1997 by Hoffmann und Campe Verlag, Hamburg
Wilhelm Heyne Verlag GmbH & Co. KG, München
Printed in Germany 1999
Umschlagillustration: Nikolaus Heidelbach
Umschlaggestaltung: Hauptmann und Kampa
Werbeagentur, CH-Zug
Gesamtherstellung: Pressedruck, Augsburg
ISBN: 3-453-15588-2

http://www.heyne.de

Für meine kleine Schwester Marcie

And to tell you the truth this telephone booth
    gets lonesome in the rain.
But, son, I'm 23 in Nashville and I'm 47 in Maine.
And when your mama gets home would you tell her
    I phoned – it'd take a lifetime to explain
That I'm a country picker with a bumpersticker
    that says: God Bless John Wayne.

aus *People Who Read People Magazine*
von Kinky Friedman

1

An jenem Nachmittag regnete es in der Stadt Katzenstreu und koscheres Hundefutter, und es sah auch nicht nach Besserung aus, als die Katze mich ansah, wie ich meinen Kontoauszug ansah. Hin und wieder versuchte ich mich an einer Mordaufklärung und versorgte uns so mit Zigarren und Thunfisch, aber die reichen Klienten standen auf der Straße vor dem Haus nicht gerade Schlange und warteten darauf, daß ich den kleinen Negerpuppenkopf mit dem in den Mund geklemmten Schlüssel runterwarf.

Genaugenommen lief das Geschäft sogar so schlecht, daß Ratso der einzige Mensch war, der mich in letzter Zeit um Hilfe bei einer Ermittlung gebeten hatte. Ratso war mein farbenprächtiger Flohmarktfreund, der für mich postnasalen Sherlock Holmes bisweilen den gebeutelten Doktor Watson mimte. Für diese Rolle zeichnete er sich durch keinerlei geistige Ausgereiftheit aus – egal, auf welchem Niveau wir uns bewegten –, aber er war uneingeschränkt loyal, von durchaus charmanter Naivität und hatte ein gutes

Herz, und jeder Detektiv, der einen schadstoffarmen Pfifferling wert ist, wird Ihnen bestätigen, daß ein gutes Herz fraglos das Größte Anzunehmende Unheil ist, wenn man sich in einen Kriminellen hineinversetzen will.

Mit Ratso als Doktor Watson konnte ich fertig werden. Ratso als Klient hingegen war ein ganz anderes Tier, und ich meine Tier. Als er die Angelegenheit erstmals erwähnte, meldete ich daher Bedenken an. Als er sie zum schätzungsweise vierten Mal erwähnte, erkundigte ich mich nach der Beschaffenheit des möglichen Ermittlungsauftrags und bekam zu hören: »Weißt du, es handelt sich um eine sehr persönliche Angelegenheit.« Vielleicht eine Spur unhöflich fragte ich: »Warum behältst du sie dann nicht für dich?« Ratso als Klient hatte weiterhin den Nachteil, daß er in seinem ganzen Leben noch keine Zeche bezahlt und keine Rechnung beglichen hatte. Es bestand also aller Grund zu der Annahme, daß es alles andere als ein finanzielles Vergnügen würde, für ihn zu arbeiten.

Ich dachte gerade daran, mich lieber gleich an der Duschstange aufzuhängen, als die Telefone klingelten. Ich habe zwei rote Telefone auf dem Schreibtisch stehen, beide jeweils genau eine Armlänge östlich beziehungsweise westlich von meiner Zigarrenspitze entfernt. Beide hängen am selben Anschluß, und wenn sie im Verein klingeln, ist im Loft manchmal ganz schön was los.

In diesem konkreten Fall sprang die Katze auf den

Tisch und stieß mir den großen Aschenbecher in Form des Staates Texas aufs Gemächt. Die Vorstellung, daß mein Gemächt die Form des Staates Texas annahm, hätte ich allein vielleicht noch verkraftet, aber nicht angesichts der Touristen, die dann immer solche Stielaugen machen. Ich entfernte den Aschenbecher und hob den linken Hörer ab.

»Raus mit der Sprache«, sagte ich.

»Sergeant Mort Cooperman hat uns an Sie verwiesen«, sagte eine kultivierte Frauenstimme. »Er hat uns einiges von Ihnen erzählt.«

»Hoffentlich nur Gutes«, sagte ich.

Ich fand, das Schweigen in der Leitung dauerte länger als nötig. Ich zündete mir eine ziemlich antike Zigarre an und wartete geduldig.

»Ich rufe im Auftrag eines äußerst prominenten Gentleman an, und die fragliche Angelegenheit erfordert ein solches Fingerspitzengefühl, daß wir unmöglich die Polizei oder eine große Detektei damit beauftragen können. Die Geschichte würde in der Regenbogenpresse sofort in die Schlagzeilen kommen. Ich kann die Bedeutung von Diskretion und Takt in dieser Angelegenheit nicht genug betonen. Daher haben wir beschlossen, uns an Sie zu wenden.«

»Geh von dem verdammten Tisch runter«, sagte ich im Bühnenflüstern zur Katze.

»Wie bitte?«

»Schon in Ordnung«, sagte ich. »Familienkonflikt.«

»Sie bekämen natürlich eine ansehnliche Vergütung«, fuhr sie fort.

11

»Ich habe allerdings keine Zahnregulierung nötig«, sagte ich. »Der HErr ist mein Kieferorthopäde.«

Diesmal herrschte längeres Schweigen in der Leitung. Die Frau fand das offensichtlich mitnichten spaßig. Ich sah die Katze an und merkte, daß sie das offensichtlich auch nicht spaßig fand. Wenn man die ganze Zeit Frauen und Katzen bei Laune halten wollte, dachte ich, dann konnte das Leben ein recht unerquicklicher Arbeitsplatz werden.

Die Frau nahm ihren Faden wieder auf: »Der Gentleman möchte sich heute um zwei Uhr mit Ihnen im Le Cirque treffen.«

»Koreanischer Laden?« fragte ich.

»Eher weniger«, sagte sie.

Sie gab mir die Adresse des Restaurants, und ich notierte sie auf meinem Big-Chief-Block. Während ich schrieb, beobachtete die Katze das Papier und zuckte dann gelangweilt die Katzenachseln.

»Sie brauchen bloß dem Oberkellner Ihren Namen zu nennen«, sagte die Frau, »und er wird Sie an den Privattisch führen.«

»Immer sachte mit den jungen Bräuten«, sagte ich. »Ich geh' bei dem Regen doch nicht in die Kälte raus, frier' mir den Arsch ab, latsch' zu einem piekfeinen Froschfresserrestaurant und sag' einem Oberkellner mit bebenden Nasenflügeln meinen Namen, wenn ich nicht mal weiß, wer da so dermaßen prominent ist, daß Sie mir am Telefon nicht mal seinen Namen sagen können.«

Wieder entstand eine Pause. Dann folgte ein arisches

Seufzen. Ich paffte meine Zigarre und wartete darauf, daß der Hörer mir noch ein paar Informationen in die Ohrmuschel flüsterte. Als die Frau endlich weitersprach, sagte sie nur ein Wort, und ihre Stimme hatte den gequälten, flüsternden Tonfall einer Hure im Beichtstuhl.

»Rockefeller«, sagte sie und legte auf.

Ich legte den Hörer auf die Gabel, lehnte mich zurück und paffte nachdenklich meine Zigarre.

»Wo hab' ich den Namen bloß schon mal gehört?« fragte ich die Katze.

2

Ich legte die Füße auf den Tisch, paffte voller Stolz meine Zigarre und dachte einige Augenblicke nach. So kommt man dieser Tage also an die wirklich großen Fälle, sagte ich mir. Heute kommt keine schöne Lady in Schwarz mehr ins Büro gerauscht. Statt dessen bekommt man eine Einladung zum Essen im Le Cirque. Ich war etwas bekümmert, weil ich nicht daran gedacht hatte, den Vornamen meines potentiellen Klienten in Erfahrung zu bringen. Wenn man allerdings Rockefeller hieß, machte ich mir klar, dann brauchte man im Grunde auch keinen Vornamen.

Um halb zwei setzte ich meinen Cowboyhut auf, zog den dicken Mantel über die Nichtjagdweste mit den Zigarren in den kleinen bestickten Patronenschlaufen und verließ das Loft.

Die Verantwortung überließ ich der Katze.

Ich trat in den Lastenaufzug, der mit einer einsamen kahlen Glühbirne protzte und die Behaglichkeit eines Fleischtransporters verströmte, und sank wie eine verirrte Schneeflocke ins kleine Foyer hinab.

Wenn sich ein Sprößling des Rockefeller-Clans den Schwanz eingeklemmt hatte, warum sollte Sergeant Cooperman ihn dann an mich verweisen? Andererseits war ich vielleicht genau der Richtige, wenn man den ganzen Fallstricken der oberen Zehntausend aus dem Weg gehen wollte. Obwohl ich noch in der Abteilung für Anfängerglück hockte, konnte ich doch schon eine recht beeindruckende Erfolgsserie in der Verbrechensaufklärung vorweisen. Zu seinem Leidwesen wußte Cooperman das besser als jeder andere.

Ich trat auf die Vandam Street hinaus, und der Eisregen ging mir durch Mark und Bein wie eine Fummeltrine mit Bowiemesser. Der vom Schnee von gestern übriggebliebene Matsch auf dem Fußweg hatte die Farbe von Kaffee und war knöcheltief. Ein furchtbarer Tag, um mit einem Rockefeller essen zu gehen. Es war auch ein furchtbarer Tag für die Suche nach einem Cab. Es war so kalt, daß ich in jeden gelben Penis auf Rädern mit einem Schild auf dem Dach gesprungen wäre, auch wenn der einzige Rockefeller, den ich wirklich gern getroffen hätte, Michael hieß. Die Chancen, daß dieses Treffen auf unserer Seite der Ozonschicht zustande kam, standen sechs zu fünf dagegen.

Es gab keine Cabs. Cabs hielten mich offensichtlich für tot. Also taperte ich in meinen Cowboystiefeln aus Brontosaurusvorhaut durch den Matsch und zählte in Gedanken Oberkellner, damit sich mein Hirnstamm wenigstens nicht in einen giftigen Eiszapfen verwandelte. Mir kam der Gedanke, daß ich Oberkellner nicht besonders mochte, aber Hand aufs Herz, die meisten Oberkellner, denen ich je begegnet war, mochten mich auch nicht besonders. Für den Umgang mit dieser grimmen Zerberusspezies fehlte mir die, sagen wir, Judy Garland eigene Harmoniesucht. Die Oberkellner in diesen Schickimicki-heiteitei-Froschfresserläden mochte doch garantiert niemand. Sie waren größtenteils saft- und kraftlose, machthungrige, zwielichtige und dienstbeflissene Rotzlümmel. Nicht einmal das unverstandenste Kind in Belgien will Oberkellner werden, wenn es groß ist. Das einzige Positive, was man über sie sagen konnte, war, daß sie eine prima Ablenkung waren, wenn man sich gerade die schwedischen Fleischklopse abfror.

An der Ecke scherte ich links ein, stapfte am Hudson lang und dachte an die Aussicht, bei meinem nächsten Fall einen Rockefeller zu vertreten. Gar nicht mal übel. Worum es bei dem Fall ging, war einigermaßen schnuppe, sofern es mir irgendwie gelang, mich zu einer erfolgreichen Lösung durchzutrotteln. Die Empfehlungen, die bei einer solchen Chose herausspringen konnten, waren womöglich allererste Sahne. Das Prestige, das mir daraus erwachsen konnte, war nahezu unvorstellbar. Vielleicht konnte ich sogar davon leben.

Sollte ich den Rockefellerfall wirklich annehmen, waren Diskretion und Schweigepflicht wahrscheinlich im Preis inbegriffen. Das ging dann nur als Solo-Auftritt. Die Village Irregulars, die mir in der Vergangenheit eine unschätzbare Hilfe gewesen waren, würde ich mit der Bootsstange fernhalten müssen. Ratso sowieso; McGovern, meinen großen irischen Klatschreporter; Rambam den Ermittler, der einige Zeit im Nimmerland der Bundesbehörden verbracht hatte – alle mußte ich im dunkeln tappen lassen. Desgleichen würde ich mir Mick Brennan, Pete Myers, Chinga Chavin und Cleve professionell vom Leib halten müssen. Bei Cleve war das am einfachsten, denn der residierte gegenwärtig im Pilgrim State Mental Hospital, weil er vor einigen Jahren im Lone Star Café Country-Sängern das Gas abgedreht hatte. Zum Glück gab es keine Überlegungen, Cleve in naher Zukunft zu entlassen. Sollte dieser Schicksalstag jemals hereinbrechen, wäre es für den Rest der Welt das klügste, unverzüglich im Pilgrim State Mental Hospital Zimmer zu buchen.

Auf der Straße waren äußerst wenige Leute unterwegs, und diese wenigen sahen selbst wie Freigänger aus. Sie waren auf der Straße, weil sie sonst nirgends hinkonnten, und wenn doch, hätte der Oberkellner sie wahrscheinlich nicht reingelassen. Sie sahen ausnahmslos verfroren, verzweifelt und verlassen aus, vielleicht mit einem Hauch krankhafter Neigung zum Verbrechen. Ich war froh, daß ich keinen Rückspiegel an der Stirn trug. Am Ende hätte ich mich noch selbst ansehen müssen.

Nach mindestens zehn Blocks der Langeweile dritten Grades flankte ich in ein Cab, dessen Fahrer der Präsident von Lesotho sein mußte. Wir sausten durch das glanzvolle, bebende Gewebe aus Nebenstraßen und Avenuen dahin, bis wir vor dem Gelobten Land hielten: Le Cirque.

»Kann ich Ihnen behilflich sein?« fragte der Oberkellner und musterte meinen Cowboyhut. In New York kann diese Frage alles mögliche bedeuten, hängt ganz davon ab, wie sie gestellt wird und wer dabei auf wen herabsieht.

Ich nannte ihm meinen Namen.

Seine Nasenflügel bebten nur ganz leicht. Damit konnte ich leben.

»Wenn Sie mir bitte folgen wollen, Mr. Friedman«, sagte er. Ich folgte ihm durch eine fremdartige Versammlung verbissener Esser, die sich ausschließlich dem Schneckenverzehr widmeten und keinerlei Notiz von mir nahmen, was mir aber nur recht war. Wenn man beim Schneckenverzehr nämlich nicht richtig zielt, landen die toten Schnecken im Schoß und hinterlassen fettige, glänzende und höchstwahrscheinlich radioaktive Schleimspuren, die möglicherweise eine Halbwertzeit von zwanzigtausend Jahren haben und noch einige Generationen später in der chemischen Reinigung Probleme hervorrufen. Auf diese Weise will die Schnecke dem Menschen einfach klarmachen: »Verpiß dich, Macker.«

Ich lief dem Hinterkopf des Mannes eine ganze Weile hinterher. Es war mir egal, ob er mich zum Tor der Hölle brachte oder mir einen Katzentisch in Küchennähe anwies, solange es nur warm war. Wenn man an Leuten vorbeigeht, die mit Essen beschäftigt sind, dann kann man sie sich ausgiebig betrachten, aber sie sehen einen nur mit halbem Auge. Man zieht ein paar schräge Blicke auf sich und gelegentlich vielleicht ein angewidert verzogenes Gesicht. Einer will einem gerade freundlich zulächeln, überlegt es sich aber doch noch anders; der nächste starrt einen an wie eine Küchenschabe. Aber den meisten ist man egal. Und dann ist man verschwunden. Fast wie im richtigen Leben.

Der Oberkellner winkte mich äußerst respektvoll an den Privattisch. Das einzig Private daran war, daß dort noch niemand saß.

»Ihr Gast wird in Kürze eintreffen, Sir«, sagte der Oberkellner.

»Gast?« fragte ich seine sich entfernenden Hinterbacken. »*Ich* bin der gottverdammte Gast.«

Ich saß eine Weile da und lauschte dem verhaltenen, leicht obszönen Besteckklappern. Irgendwie gehörte alles zusammen – die Menschen, die Teller, die Gabeln, Messer und Löffel – wie Einzelteile einer lächerlichen Maschine, die unablässig am Essen ist, bisweilen hier ein unterdrücktes Rülpsen und dort einen piepsigen, höflichen, kleinen Brenda-Lee-Furz entweichen läßt, viel häufiger jedoch durch häßliches Loskollern – das Gelächter der Reichen – angetrieben wird.

Ich glotzte eine Zeitlang den Kronleuchter an, konnte dann einen Ober auf mich aufmerksam machen und bestellte einen doppelten Jameson. Während ich darauf wartete, vertrieb ich mir die Zeit damit, Augenkontakt mit einem Kind am Nachbartisch herzustellen. Das Kind hatte anscheinend echtes Interesse an meiner Aufmachung und an meiner Zigarre, die ich aus Höflichkeit meinen Mitspeisenden gegenüber vorerst nicht anzündete.

»Schon mal 'n echten Cowboy gesehen?« fragte ich den Jungen.

Seine Mutter, deren Kopf an ein zahmes Frettchen mit Ohrringen erinnerte, starrte mich eisig an und richtete ihr Medusenantlitz dann gegen ihr Kind.

»Wohl kaum«, sagte ich.

Als später dann mein zweiter doppelter Jameson vor mir stand, hatte ich in der Zwischenzeit so viel wundervolles Ambiente weggestaunt, wie ich ertragen konnte, und überlegte, ob ich mir eine Zigarre anzünden sollte, bloß um zu sehen, ob noch jemand wach war. Es heißt immer, sobald man sich eine Zigarette ansteckt, kommt der Ober und bringt das Essen. Aber wenn Sie mal so richtig einen draufmachen wollen, brauchen Sie sich bloß im Restaurant eine Zigarre anzuzünden. Sofort geben die Leute Ohos und Ahas von sich, rauschen und murmeln wie ein deutscher Wald oder stoßen dieses geübte kleine Kalifornierhüsteln aus, für das man sie auf der Stelle erwürgen könnte. Dann wieseln sie durcheinander, alarmieren Feuerwehr und Polizei, drohen mit dem Finger, täuschen Übelkeit vor und düsen aufgeregt hin und her, um zu zeigen, daß ihnen so etwas keineswegs egal sei. In solchen Momenten könnte der Prophet Elias zur Tür reinkommen, und selbst der würde keinen Tisch bekommen. Alle Anwesenden wären viel zu sehr mit einem zigarrerauchenden Mann beschäftigt. Und natürlich würde sich Elias auch nicht zu mir setzen können. Ich wartete schließlich auf Rockefeller.

Wie sich herausstellte, mußte ich nicht lange warten. Ich hatte meine zweite Lage gerade halbwegs gekippt und spielte mit dem Gedanken, kurz für kleine Privatdetektive zu gehen, als der Oberkellner forsch auf meinen Privattisch zukam. In der modisch abgedunkelten Aquariumsbeleuchtung lief eine halb verdeckte Gestalt hinter ihm her. Irgend etwas an dieser zweiten Gestalt löste in einer abgelegenen Gasse meines Grauezellenreviers eine äußerst mißtönende Alarmanlage aus.

Dann reichte mir der Oberkellner plötzlich wie im Traum eine Speisekarte, trat beiseite und war von einem Augenblick auf den nächsten ebenso verschwunden wie meine letzten Hoffnungen auf einen angenehmen, produktiven Nachmittag. Der Mann, der sich zu mir an den Tisch setzte, trug eine Waschbärmütze, an der vorn noch der kleine Kopf mit den zugenähten Augen baumelte. Außerdem trug er eine grüne Hose und eine lachsfarbene Sportjacke von erlesener Scheußlichkeit. Er kicherte laut und unangenehm vor sich hin.

Mein Ärger wuchs unaufhaltsam, als er mir gegenüber so tat, als studiere er die Speisekarte, obwohl er sein präpubertäres Lachen kaum im Zaum halten konnte. Schließlich konnte er sich nicht länger beherrschen.

»Gestatten Sie, daß ich mich vorstelle?« sagte er. »Ich bin Ratso Rockefeller.«

3

Zwei Tage darauf war ich immer noch leicht verschnupft wegen Ratsos Rockefeller-Streich, weil er mir obendrein noch die Rechnung angedreht hatte. Ich lümmelte mich im lila Morgenrock im Loft, schlürfte einen Espresso und genoß die schönen Stunden mit der Katze.

»Ich glaube, am meisten ärgert mich an Ratso«, meinte ich zu ihr, »daß man ihm nie lange böse sein kann. Allein das find' ich schon zum Kotzen.«

Die Katze hatte Ratso nie gemocht. Sie war von weit nachtragenderem und unnachgiebigerem Wesen als ich und hatte ihn aus unerfindlichen Gründen stets verachtet, seit jenen unvordenklichen Zeiten, als Ratso einmal die Hausplage im Loft gewesen war. Die Katze hatte damals einen Nixon in seine uralten roten Schuhe abgedrückt, Schuhe, die einst einem Toten gehörten.

Ich nehme an, im strengen Sinne können sie keinem Toten *gehört* haben. Ratso erstand jedoch aus Prinzip seine gesamte Garderobe auf Flohmärkten und in Seitenstraßen und war immer ungeheuer stolz darauf, daß die Vorbesitzer seiner Gewänder zu Jesus gegangen waren.

»Wie kannst du auf einen solchen Burschen bloß so lange böse sein?« fragte ich die Katze.

Die Katze bündelte die Summe aller Eifersucht und Bosheit ihrer neun Katzenleben und schickte sie mir aus ihren grünen Augen direkt durch die linke Iris in den Rest dessen, was etwa noch in meinem Schädel verblieben war.

»Verstehe«, sagte ich.

Ich lief ein paar Minuten im Loft auf und ab. Dann kehrte ich zur Katze zurück.

»Ratso hat mich vorgestern in einem Schickimickiheiteitei-Restaurant in eine schockierend persönliche Angelegenheit eingeweiht«, sagte ich. »Er braucht meine Hilfe.«

Aber inzwischen war die Katze eingeschlafen.

Ich zündete mir gerade die erste Morgenzigarre an und achtete sorgfältig darauf, die Spitze knapp über der Flamme zu halten, als ich draußen vor dem Fenster etwas hörte, was wie lautes, aufgeregtes Pelikankreischen klang. Mein Fenster lag im dritten Stock des alten, umgewandelten Lagerhauses, und durch den Schmutz sah ich deutlich, daß weder ein Pelikan noch ein Storch oder ähnliches auf dem Fenstersims verschnaufte. Dort lag nur eine recht beträchtliche Menge Taubenscheiße, modisch elfenbeinfarben marmoriert und den Umrissen des späten Habsburgerreiches verblüffend ähnlich.

Dafür gab es nur zwei Erklärungen. Entweder hatte mein Gehör in jüngster Zeit erhebliche Verbesserungen erfahren, oder der Pelikan war ein Bauchredner. Während ich mich noch mit diesem Problem herumschlug, kreischte der unsichtbare Pelikan erneut, diesmal sehr viel lauter. Noch mehr erstaunte mich, daß er meinen Namen zu rufen schien.

Wider jede Vernunft ging ich zum Fenster und öffnete es. Ein eiskalter Wind fegte herein und brachte die Kakerlaken zum Tanzen. Die Katze saß auf dem Tisch und sah mich zweifelnd an. Sie ertrug die Narren nicht gern. Letztlich ertrug sie niemanden gern, und ich hatte sie deswegen auch wiederholt zur Rede gestellt, meistens wenn ich schon drei oder vier Jamesons intus hatte. Ich steckte den Kopf aus dem Fenster, und meine Nasenhaare verwandelten sich sofort in Stalaktiten. Auf der Straße erkannte ich eine große Gestalt, die unten auf dem spiegelglatten Fußweg hektisch hin und her lief. Es war Rambam.

»Schmeiß den verdammten Puppenkopf runter«, schrie er.

Ich holte den kleinen Negerpuppenkopf vom Kühlschrank. Er hing an einem bunten Fallschirm, hatte den Hausschlüssel in den Mund geklemmt und strahlte über das ganze Gesicht, was man von den meisten anderen New Yorkern nicht gerade sagen konnte. Ich warf ihn aus dem Fenster und sah zu, wie er anmutig in Rambams eiserne Faust hinabsegelte. Dann warf ich das Fenster zu und goß mir noch eine Tasse dampfenden Espresso ein.

Kurz darauf saß ich mit Rambam am Küchentisch, wir schlürften Espresso und sahen uns über mein altes Schachspiel hinweg an. Das Brett war verstaubt, wurde nur noch selten benutzt und konnte im Moment mit einem langen, ehrgeizigen Staubfaden aufwarten, der sich über die ganze Strecke von der weißen Dame bis zum schwarzen Springer auf c8 erstreckte.

»Mit diesen Figuren«, sagte ich, »habe ich einst gegen den Weltgroßmeister Samuel Reshevsky gespielt. Er kam nach Houston, spielte Simultanpartien gegen fünfzig Leute und hat uns alle geschlagen. Ich war damals erst sieben Jahre alt und damit der jüngste Spieler. Kannst du dir das vorstellen? Sieben Jahre.«

Ich paffte die Zigarre und sinnierte über dem alten Brett. Rambam trank seinen Espresso.

»Wen hast du in letzter Zeit erledigt?« fragte er.

»Im Moment versuch' ich gerade, Ratso zu helfen«, sagte ich. »Der hat ein Problem.«

»Keine Frage«, sagte Rambam.

»Er hat mir neulich abend etwas anvertraut«, sagte ich und ließ die Sache mit dem Rockefeller-Streich unter den Tisch fallen, um Rambam nicht unnötig zu verwirren.

»Egal worum es sich dreht«, sagte Rambam. »Verschon mich damit.« Einige Village Irregulars mochten sich nicht übermäßig.

»Ich erzähl's dir auch bloß, damit *du* mir helfen kannst, wenn *ich* Ratso helfe.«

»Warum soll ich Ratso helfen?« fragte Rambam. »Der

würde mich doch nicht mal anpissen, wenn ich in Flammen stünde.«

»Da verlangst du auch ziemlich viel«, sagte ich.

»Paß auf, ich hab' im Moment jede Menge Scheiß am Hals. Verrat mir sein Problem, und ich verrat' dir, was ich dagegen tun würde, wenn es nicht ausgerechnet Ratsos Problem wäre. Dann machst du, was ich gemacht hätte, und alles ist geritzt.«

»Und dann bin ich ein echter, ausgewachsener Privatdetektiv?« fragte ich.

»Nein«, sagte Rambam. »Dann bist du ein Idiot, weil du Ratso hilfst.«

Um die Wahrheit zu sagen, ich grinste insgeheim schon über das absurde Auftauchen eines Ratso Rockefeller. Schließlich ist alles komisch, wenn man nur lange genug wartet. Diesmal hatte ich nur zwei Tage gebraucht. Es gibt humorlose und verklemmte Menschen, die brauchen ihr ganzes Leben für die Erkenntnis, daß das Dasein der reine Witz ist, und selbst dann verpassen sie manchmal die Pointe.

»Ratso hat gesagt, fast keiner wüßte das von ihm ...«

»Es will auch fast keiner wissen«, sagte Rambam.

»... aber er sei adoptiert worden. Man hat ihm immer erzählt, daß seine richtige Mutter bei der Geburt gestorben ist. Jetzt sind neue Anhaltspunkte aufgetaucht, die darauf hindeuten, daß sie noch am Leben sein könnte. Niemand weiß, wer der Vater war. Er will, daß ich ihm helfe, seine leiblichen Eltern zu finden.«

Rambam sah alles andere als begeistert aus. Er stand

auf, ging zur Espressomaschine und machte sich noch einen Espresso. Dann stellte er sich an die Anrichte und streichelte die Katze. Die war pervers genug, Rambam zu dulden. Ich war dummerweise pervers genug, Ratso zu dulden.

»Wir gehen das folgendermaßen an«, sagte Rambam schließlich. »Du besorgst den Namen von Ratsos leiblicher Mutter, und ich helfe dir herauszufinden, wo sie inzwischen wohnt. Nachdem ich Ratsos Tischmanieren mehrfach bewundern durfte, tippe ich auf East Rarotonga.«

»Danke, Rambam«, sagte ich. »Du hast ein ausgesprochen christliches Gemüt für einen überzeugten und militanten Itzig.«

Rambam hörte gar nicht zu. Er streichelte die Katze, starrte aus dem Fenster und schüttelte dabei den Kopf. Seine Lippen umspielte ein gefährliches Lächeln.

»So ein Arschloch«, sagte er.

»Hübsch gesagt«, sagte ich, »aber ich finde es etwas herzlos.«

»Meine Fresse«, sagte Rambam. »Würdest du vielleicht einen kleinen Ratso adoptieren?«

»Natürlich nicht«, sagte ich und drehte mich theatralisch zur Katze, um mir mehr Zuhörer zu verschaffen. In ihren Augen schien ein Hauch von Mißbilligung zu liegen.

»Aber«, fuhr ich schnell fort, »ich wollte schon immer eine erwachsene Koreanerin adoptieren.«

4

Ich habe im Lauf meines Lebens schon viele verlorene Schafe gehütet«, sagte Ratso, als wir abends durch die farbenfrohen und lärmerfüllten Straßen von Little Italy liefen. Das Wetter hatte Temperaturen erreicht, die New Yorker gewöhnlich als »frisch« bezeichneten. Überall sonst galt es als kalt wie die Hölle.

»Plötzlich stelle ich fest«, sagte Ratso und starrte durch ein Restaurantfenster auf junges Familienglück, »daß ich selbst eins bin.«

Aus irgendwelchen Gründen betrübte es mich, mir Ratso als verlorenes Schaf vorzustellen. Er war zweifellos so mancherlei, vor allen Dingen unangenehm. Aber das Krächzen eines dünnen Stimmchens in meinem Hinterkopf wollte nicht, daß mein Freund sich in so jämmerlichem Licht sah. Das Stimmchen sagte: »Hilf ihm, aber glaub bloß nicht, daß du dafür je einen Pfennig zu Gesicht bekommst.«

»Du bist kein verlorenes Schaf«, sagte ich. »Bloß weil du eine Reihe von Freundinnen hattest, die ausnahmslos schon grob geschätzt neunundvierzigmal ihre Unschuld verloren hatten ...«

»Mein Schwanz ist kein Psychiater«, sagte Ratso.

»Wenn er einer wäre«, sagte ich, »hätte ich nie auf deiner Couch übernachtet.«

Ich dachte wehmütig an die vielen Gelegenheiten zurück, wo ich von Ratsos Couch Gebrauch gemacht hatte, bevor ich eine Katze, ein Loft und etwas entfernt Jobähnliches bekommen hatte. Damals, als ich selbst noch ein verlorenes Schaf war. Seitdem war ich zu einem ausgewachsenen Briefmarkensammler herangereift, und zur Abwechslung war ich mal an der Reihe, Ratso zu helfen. Ich schwor mir, ihn nicht im Stich zu lassen.

»Es ist komisch«, sagte er, als wir uns an einen kleinen Tisch in Luna's Restaurant setzten, »aber als ich herausgefunden habe, daß meine Mutter ein echter Mensch mit einer echten Identität ist und außerdem vielleicht noch lebt, da hat mich das ziemlich aus der Bahn geworfen. Mein ganzes Leben lang hab' ich schließlich geglaubt, sie wäre bei meiner Geburt gestorben.«

»Wer hat das gesagt?«

»Mein Dad«, sagte Ratso.

Ich dachte an Ratsos Dad – seinen Adoptivvater – Jack Sloman, der kürzlich in Florida verstorben war. Ich hatte ihn ein paarmal getroffen. Er war ein netter Mensch gewesen. Sehr stolz auf seinen Sohn.

»Kurz vor seinem Tod war ich ein paarmal in Florida und hab' ihn besucht«, sagte Ratso. »Aber seit dem

Schlaganfall und mit dem Alzheimer war er schon zu weggetreten. Er hat mich erkannt und wahrscheinlich auch noch mitbekommen, was ich gesagt habe, aber er hat nur noch dagelegen und wie ein Küken vor sich hingepiepst.«

Wahrscheinlich piepsen wir eines Tages alle wie Küken vor uns hin, dachte ich. Wenn wir Glück haben. Der Ober brachte, was wir bestellt hatten: Linguini mit roter Muschelsoße, und für Ratso außerdem einen riesigen Kessel Zuppa di Pesce. Er stürzte sich darauf wie ein geiler Pfarrer, der sich über einen Ministranten hermacht.

»Zumindest scheinen dir deine Probleme nicht den Appetit zu verderben«, meinte ich.

»Ich bin ein verlorenes Schaf«, sagte Ratso, »kein magersüchtiges Schaf.«

»Wie kommst du eigentlich darauf, daß deine richtige Mutter noch am Leben sein könnte?«

»Meine Mutter hat das letzte Woche erwähnt. Sie lebt in einer Seniorensiedlung in Florida ...«

»Davon träum' ich auch«, sagte ich, »daß ich mal zu den Leuten im Shalom Retirement Village gehöre. Vielleicht könnte ich mit deiner Mutter 'ne Band gründen.«

»Du hattest doch schon mal 'ne Rentnerband«, sagte Ratso. »Jedenfalls hat sie was von Unterlagen über meine richtige Mutter gesagt, die mein Dad in einem Bankschließfach aufbewahrt hat. Sie sagt, er wollte, daß ich den aufmache, wenn er tot ist.«

»O Gott«, sagte ich. »Und wo ist dieses Schließfach?«

»In einer Bank.«

»Ich weiß, daß es in einer Bank ist, Ratso. Mit meinem unermeßlichen Erfahrungsschatz auf dem Gebiet der Verbrechensaufklärung war ich imstande, das zu deduzieren. Wo liegt diese gottverfluchte Bank?«

»In Florida.«

»Dann schick deine Mutter halt in die Bank, laß sie das Schließfach öffnen und dir alles schicken, was drin ist.«

Ratso zog den Tentakel eines Minitintenfisches aus der Zuppa di Pesce, steckte ihn in den Mund und schüttelte den Kopf, was wohl eher eine Antwort auf meinen Vorschlag sein sollte.

»Das will ich nicht«, sagte er. »Sie ist sowieso schon neben der Kappe, und da wäre es nicht besonders anständig, wenn ich ausgerechnet jetzt auf einen persönlichen Kreuzzug gehe und meine leiblichen Eltern suche. Deshalb sollst du mir ja helfen. Flieg nach Florida. Red mit meiner Mutter. Red mit der Bank. Mach das Schließfach auf. Im Moment möchte ich mit meiner Mutter einfach nicht über meine leibliche Mutter sprechen. Ich weiß nicht, ob ich sie da überhaupt reinziehen möchte. Sie ist die einzige Mutter, die mir je vertraut war, und ich will sie nicht verletzen. Außerdem habe ich manchmal ambivalente Gefühle, ob ich meine leibliche Mutter eigentlich finden möchte.«

»Und ich habe ziemlich ambivalente Gefühle, ob ich eigentlich nach Florida runterfliegen will, wenn ich nicht mal weiß, wer den Flug bezahlt.«

»Keine Bange«, sagte Ratso. »Setz es mir einfach auf die Rechnung.«

Als wir später an den italienischen Eiscafés der Mulberry Street vorbeizottelten, schien sich Ratsos Laune zu verschlechtern, falls das noch möglich war. Aber ebenso wie seinen eigenwilligen Outfit und die Garderobe von Toten trug er auch sein Selbstmitleid mit Fassung. Ich wußte, daß ich ihm helfen mußte, ein paar Antworten zu finden. Andernfalls mußte ich für den Rest meines Erdenlebens einen großen, jüdischen Knallkopf hätscheln.

»Ich weiß deine Hilfe zu schätzen«, sagte Ratso, als wir um eine Ecke bogen und auf das kleine Café zugingen, das er seiner tausend verschiedenen Cannoli-Sorten wegen so schätzte.

»Ich hab' noch nicht gesagt, daß ich dir helfe.«

»Wirst du schon noch.«

»Ich kann's mir nicht leisten, meinen Doktor Watson zu verlieren. Du gehst immer mit so charmanter Naivität an die Fälle ran.«

»An den hier bestimmt«, sagte er düster. Er blieb unter einer Laterne stehen und zog einen kleinen, uralt aussehenden Zettel aus der Brieftasche.

»Was ist das?« fragte ich, »eine übriggebliebene Einladung zu deiner Bar-Mizwa?«

»Ob du's glaubst oder nicht, aber das ist noch einiges älter. Es ist die Visitenkarte des Anwalts, der die Adoption eingefädelt hat.«

»Der schmort doch bestimmt längst im Fegefeuer.«

»Anzunehmen. Eine blütenweiße Weste hatte er garantiert nicht. Ich war schon einige Male drauf und dran, ihn aufzusuchen, aber irgendwas hat mich immer davon abgehalten. Irgendwie wollte ich es wissen, aber irgendwie auch nicht – und jetzt ist es wahrscheinlich zu spät.«

»Dann solltest du deinem Hasenherz aber mal einen Stoß geben. Ich hab' nämlich keine Lust, mir beim Ausbuddeln näherer Informationen den Arsch aufzureißen, und hinterher erzählst du Pappnase mir, daß du nichts davon wissen willst.«

»Ich will's ja wissen. Ich will's bloß nicht selber rausfinden.« Er gab mir die Visitenkarte.

»Wenn ich die Wahrheit entdecke«, sagte ich und steckte die alte Karte in die Tasche, »dann sag' ich sie dir. Ich werde dir nichts verheimlichen.«

»Sogar wenn die es ist?« fragte Ratso und starrte mit tiefer Trauer in den Augen auf die andere Seite der hellerleuchteten Straße.

Ich folgte seinem Blick auf eine zerlumpte Gestalt, die auf dem Fußweg vor einem Schaufenster mit Mussolini-T-Shirts stand. In gewisser Weise glich sie mehr einem flüchtigen Schatten als einem menschlichen Wesen.

Ein schmutzstarrender Schal, oder irgendeine Decke, umhüllte Kopf und Körper vollständig. All ihre weltlichen Besitztümer steckten in zwei großen Plastiksäcken, die in die Gosse überquollen. Sie sah aus wie die fast vergessene Figur aus einem Dickens-Roman, und als sich unsere Augen kurz begegneten, erschienen ihre mir wie Glühwürmchen auf dem Weg in die archaische Nacht.

»Sogar wenn die es ist!« sagte ich.

Wir gingen weiter, und ich zündete mir eine Zigarre an. Nachdenklich paffte ich sie, als wir das Café erreichten.

»Eins sollten wir klarstellen«, sagte ich. »Ich kläre die Sache nicht auf, weil ich Mitleid mit dir habe. Du bist nämlich *kein* verlorenes Schaf.«

Ich sah Ratso lange an. Im Neonglühen von Little Italy spiegelte sein Gesicht all das Leid der vergänglichen Maske einer griechischen Tragödie.

»Okay, Sherlock«, sagte er. »Dann bin ich eben *kein* verlorenes Schaf. Was zum Teufel *bin* ich denn dann?«

Ich warf einen kurzen Blick auf die glücklichen Menschen, die in dem kleinen Café saßen. Ich paffte die Zigarre und verfolgte den Rauch, der sich an der Laterne vorbei emporringelte und in den Lichtern der Großstadt verlor.

»Du bist ein abgefuckter Schäfer«, sagte ich.

5

Als die spärliche Spätvormittagssonne ins Loft fiel, saß die Katze auf meinem Schreibtisch und studierte die Visitenkarte des Anwalts. Ich hatte mich zurückgelehnt, trank geruhsam einen Espresso und rauchte eine Zigarre. Wenn der Typ Ratsos Adoption geregelt hatte, fraßen ihn nach meiner Einschätzung schon längst die Würmer. Entweder das, oder seine verstreute Asche trug todsicher zur zunehmenden Luftverschmutzung der Stadt bei.

»Hab' ich was übersehen?« fragte ich die Katze.

Sie sagte nichts, sondern setzte ihre penible Lektüre des kleinen Dokuments fort.

»Der Bursche liegt bestimmt auf einem unbebauten Grundstück in Brooklyn«, sagte ich. »Guckt sich wahrscheinlich die Brennesseln von unten an.«

Die Katze starrte die Karte an. Geduldig paffte ich die Zigarre.

»Weißt du, die Lebenszeit vieler Anwälte ist kürzer als ihre Redezeit. Sie sind sehr analfixiert, verdienen meistens massenhaft Kohle und bescheißen jede Menge Leute. Aber Gott bestraft sie am Ende dafür.

Der Dichter Kenneth Patchen hat allerdings einmal gesagt: ›Niemand ist lange.‹ Das gilt auch für Privatdetektive und Katzen. Ganz besonders für Katzen, die zu lange Visitenkarten anstarren.«

Ich stand auf, um mir an der großen silber- und bronzeglänzenden Espressomaschine im Kantinenformat noch einen Espresso einzugießen. Die Maschine war mir vor etlichen Jahren von einem netten Menschen namens Joe-die-Hyäne geschickt worden, dem ich nie begegnet war und mit etwas Glück auch nie begegnen würde. Warum er sie mir schickte und woher sie stammte, ist eine langwierige und vermutlich unerfreuliche Geschichte, die in die Kategorie »Was ich nicht weiß, macht mich nicht heiß« gehört.

Ich goß mir den Espresso ein und kehrte an den Schreibtisch zurück, als von der Loftdecke dumpfe Schläge herabdröhnten. In Winnie Katz' Lesbentanzschule ging es wieder einmal hoch her. Was genau sich da oben abspielte, wollte ich im Grunde auch nicht so genau wissen. Die Katze sah gereizt zur Decke hoch und schlug ein paarmal wütend mit dem Schwanz hin und her, dann nahm sie ihre Vigilie über der Visitenkarte wieder auf.

»Vielleicht hast du da ja wirklich was entdeckt«, meinte ich zu ihr. »Entschuldige, wenn ich dir zu nahe trete.«

Ich nahm ihr die Karte weg und untersuchte sie erneut, diesmal etwas sanfter gestimmt. Schließlich, sagte ich mir, war diese abgegriffene alte Visitenkarte, dieses Artefakt, alles, woran sich Ratso festhalten konnte. Er besaß sie seit seiner frühesten Kindheit, hatte er gesagt. Sie war das einzige Andenken an seine Eltern, von denen er ansonsten nur träumen konnte. Mit dem Entgegennehmen der Karte, wurde mir langsam klar, hatte ich eine spirituelle Verpflichtung übernommen.

Der Anwalt hieß William Hamburger, ein ungewöhnlicher und komischer Name, und das war gut so. Selbst in New York konnte es nicht viele Leute dieses Namens geben.

Die Kanzlei hieß Hamburger & Hamburger. Bei einer solchen Kanzlei, erklärte ich der Katze in wenigen Worten, konnte man anrufen und fragen: »Ist Mr. Hamburger zu sprechen?«, und wenn man daraufhin zu hören bekam: »Tut mir leid, der ist zu Tisch«, dann konnte man weiterfragen: »Na gut, ist denn Mr. Hamburger zu sprechen?« Adresse und Telefonnummer sahen leider weder sonderlich ulkig noch vielversprechend aus. Die Kanzlei lag offenbar an der Court Street in Brooklyn. Vor der Telefonnummer standen die Buchstaben »UL«, die vielleicht für »Ulster« standen, in diesem Fall aber wohl eher für »Ulkus«, denn in einer solchen Angelegenheit zu recherchieren, verhalf mir sicher zu einem Magengeschwür.

»Wo ein Letzter Wille ist, ist ein Anwalt das Allerletzte«, sagte ich zur Katze. »Rufen wir ihn doch einfach mal an.«

Ich wählte die Nummer.

»Hal-lo«, sagte ein Mann in einem so weichen, fernöstlichen Akzent, daß man Wantans daraus formen konnte. Wenn das William Hamburger war, dann hatte er die Reise zu Buddha und zurück schon ein paarmal hinter sich gebracht.

»Guten Morgen, Sir«, sagte ich mit achtunggebietender Stimme. »Ich suche einen Mr. William Hamburger.«

»Nich habe Hamburger«, sagte der Mann.

»Immer sachte mit den jungen Bräuten«, sagte ich. »Ich will keinen Hamburger *essen* – ich will ihn *sprechen*. Er ist Anwalt und hatte vor einigen Jahren diese Telefonnummer.«

»Ah sooooo«, sagte der Mann. »Sie meine *Anwart*. Er sterbe vor viere Jahre. Aber Sohn übernehme Firma. Ziehe nach Rower Manhattan. Sohn jetzt berühmte Anwart.«

»Sohn jetzt berühmte Anwart«, sagte ich zur Katze, nachdem ich den Orientalen aufgelegt hatte. Die Katze hatte sich unter der Schreibtischlampe zusammengerollt und zeigte keinerlei Reaktion. Das überraschte mich nicht, denn seit unserer allerersten Begegnung hatte sie noch nie Sinn für Humor gezeigt. Sie geruhte, ihre Augen halb zu öffnen und mich mit einem nur leicht verhüllten, angewiderten Maulen zu bedenken. Vielleicht war es auch ein angewidertes Miauen. Das würde mich genausowenig überraschen, denn Katzen sind politisch sehr korrekte Wesen. Das Nachäffen ethnischer Minderheiten treibt sie die Wände hoch.

Ich zündete mir eine neue Zigarre an, hob den linken Hörer ab und rief die Auskunft an.

»Welche Stadt?« fragte eine gelangweilte Männerstimme mit hochprozentigem Lispeln.

»Manhattan.«

»Was kann ich für Sie tun?« fragte er, und seine Stimme ließ keinen Zweifel daran, daß er einem Ertrinkenden keinen Gummischwan zuwerfen würde.

»Wie viele Hamburger gibt es in Manhattan?«

»Zwölf Milliarden pro Jahr«, sagte er und kriegte sich schon nicht mehr ein, als er das letzte Wort herauspreßte.

»Ich habe mich nicht klar genug ausgedrückt«, sagte ich. »Wie viele *Menschen* namens Hamburger gibt es?«

»Moment bitte«, sagte er.

Ich wartete. Er summte. Die Katze schlief. Die Ermittlung zischte nicht gerade wie eine Rakete von der Startlinie weg. Aber darauf war ich vorbereitet gewesen. Rambam hatte gesagt, die Suche nach leiblichen Eltern verliefe meistens öde, ergebnislos und häufig lähmend langweilig. Bisher hatte er recht.

Als der Mann von der Auskunft seine Hamburgerzählung endlich beendet hatte, stand ich kurz davor, mich an den Krallen des Bronzeadlers oben auf der Espressomaschine aufzuhängen. Zu guter Letzt ließ er das Summen und sprach wieder.

»Ungefähr zehn«, sagte er.

»Wie viele davon in Lower Manhattan?«

Er seufzte ein vernehmliches Theaterseufzen. Dann

fing er wieder an zu summen. Das hielt ich für ein gutes Zeichen.

»Drei«, sagte er mürrisch.

»Wunderbar«, sagte ich. »Könnten Sie mir wohl die drei Nummern geben?«

Er seufzte wieder, aber diesmal kam es nicht von Herzen. Schließlich spuckte er, wenn auch verschämt, die Nummern aus.

»Danke«, sagte ich. »Tut mir leid, daß es nicht um die Hamburger ging, nach denen man sich die Finger leckt.«

»Sind Sie da ganz sicher?« fragte er.

Ich fing an, die Hamburgers in Lower Manhattan durchzutelefonieren, und erwischte auf Anhieb den Anwalt. Die Sache gewann an Tempo.

Ich betonte, es gehe um eine äußerst dringende Angelegenheit, und bekam noch am selben Nachmittag einen Termin beim Anwalt, der Mosche Hamburger hieß. »Dringend« traf bei dieser Ermittlung natürlich nicht den Kern der Sache. Der Fall war jetzt schon älter als Gott. Außerdem hatte mein Klient ambivalente Gefühle, ob er das Ergebnis eigentlich erfahren wollte. Aber New York ist inzwischen so verrückt, daß die Dinge dringend sein müssen. Wichtig reicht nicht mehr.

Bevor ich zum Termin bei Mosche Hamburger aufbrach, rief ich Rambam an, um mich briefen zu lassen, wonach ich eigentlich suchen sollte. Rambam sagte, am einfachsten sei es, den Anwalt eine Aktensichtung durchführen zu lassen. Allerdings werde der

Typ als Honorar vermutlich verlangen, daß ich meinen Erstgeborenen opfere. Ich erklärte Rambam, ich hätte überhaupt keinen Sohn. »Bist du da ganz sicher?« fragte er. Ich sagte, diese Frage würde ich heute schon zum zweiten Mal hören, und ich wolle sie nie wieder hören. »Bist du da ganz sicher?« fragte er.

Rambam sagte, wenn mir die Aktensichtung durch den Anwalt zu teuer sei, müsse ich die Akten eben selbst sichten, was natürlich nur mit Genehmigung des Anwalts gehe. Er rechne damit, daß sie in einem alten Lagerhaus in Brooklyn liegen. Allein der Gedanke daran ließ mich die Augen zur Lesbentanzschule verdrehen. Er sagte weiter, ich müsse nach Gerichtsakten Ausschau halten, nach Fallprotokollen, die Vormundschaftsanträge oder Vormundschaftsübertragungen beträfen. Die eigentlichen Gerichtsakten seien wahrscheinlich versiegelt und verschlossen.

»Dann ist mein Schicksal auch besiegelt«, sagte ich.

»Er ist *dein* Freund«, sagte Rambam fröhlich und legte auf.

Kurz darauf schnappte ich mir außer Hut und Mantel noch eine Handvoll Zigarren, schaltete bis auf die Heizlampe der Katze auf dem Schreibtisch überall das Licht aus und ging zur Tür.

»Ich geh' jetzt zum *Anwart*«, sagte ich.

Sie zuckte mit keiner Wimper.

6

Wenn man nicht gerade eine Wallfahrt ans Grab von Clarence Darrow plant – das war der Anwalt des Lehrers, den man wegen der Verbreitung von Darwins Lehren angeklagt hatte –, manifestiert sich ein Anwaltsbesuch selten als besonders spirituelles Erlebnis. Leute, die zu Anwälten kommen, haben gewöhnlich ein Problem. Wenn sie dann wieder aus dem Anwaltsbüro rauskommen, haben sie gewöhnlich ein kompliziertes und kostspieliges Problem. Anwälte machen ihren Klienten das Leben nicht mutwillig teurer oder anstrengender. Sie können einfach nicht anders. Es liegt an ihren Genen.

Ich ging davon aus, daß Mosche Hamburger aus dem Stamm der Lower-Manhattan-Hamburgers da keine Ausnahme war.

Das Vorzimmer der Kanzlei war in etwa elf geschmackvollen, schicken und sehr teuer aussehenden Grauschattierungen gehalten. Hier kam nicht nur eine Aktensichtung finanzpolitisch überhaupt nicht in Frage, wahrscheinlich mußte ich schon eine Vergütung in der Größenordnung des Panzerkreuzers *Potemkin* hinblättern, wenn ich nur meinen Hut an die Garderobe hängen wollte.

Ich nannte der Empfangsdame meinen Namen und erntete ein überraschend strahlendes Lächeln. War wahrscheinlich neu in der Stadt. Ich setzte mich auf ein Sofa, das in der Farbe der Dämmerung gehalten war, nahm mir ein *Wall Street Debil* und sah zu, wie eifrige kleine Sekretärinnen und paralegale Burschen mit dicken Stößen wichtig aussehender Dokumente hierhin und dorthin flitzten, die wahrscheinlich alle mit hochversicherten Penissen auf Rädern zu tun hatten, denen angeblich irgendwelche Bauern draufgefahren waren, oder ein aufgescheuchtes Individuum war angeblich in einem No-Tell-Motel bei der unzüchtigen Szene fotografiert worden, wie er seines Nachbarn Esel begehrte.

Unnötig hinzuzufügen, daß all das bei den Anwälten jetzt in guten Händen lag.

Angeblich.

Bald darauf entdeckte ich, daß Mosche Hamburgers Büro aus noch mehr Grautönen bestand, darunter Hamburger selbst, der ä-l-t-e-r war, als ich erwartet hatte.

Ich hielt ihn für Ende sechzig, und das bedeutete, daß er noch die juristische Fakultätsbank gedrückt haben mußte, als sein Vater sich verhängnisvoll in jenem fleischgewordenen Fliegenpapier verhedderte, das heute als Larry »Ratso« Sloman durch die Welt läuft.

Hamburger war ein distinguierter Herr mit gütigem Gesicht und einem weißen Rauschebart, dem er trotz seiner langjährigen Anwaltstätigkeit noch nicht die Spitze genommen hatte. Vor Hunderten von Jahren hätte er in Norwegen oder sonstwo einen gutaussehenden König abgegeben.

Ein weiterer Beweis für meine These, daß die meisten von uns sich zu Berufen hingezogen fühlen, für die sie gänzlich ungeeignet sind. Dummerweise traf diese These auch auf mich zu.

Als ich in den engen Flur zum Büro einbog, brauste ein großes, stark behaartes Individuum links an mir vorbei, das entfernt an einen komplexbeladenen Yeti erinnerte. Ich vollführte einen kleinen, flott improvisierten texanischen Twostep an ihm vorbei und ging zu Hamburgers großem, blitzblank poliertem und bedeutend aussehendem Schreibtisch.

»Was war denn das?« fragte ich und deutete mit dem Kopf zum jetzt leeren Flur.

»Ein Mandant«, sagte Hamburger mit wehmütigem Lächeln, »der schon seit langer Zeit von unserer Kanzlei betreut wird.«

»Dann möchte ich kein Stammkunde werden«, sagte ich.

»Was kann ich für Sie tun, Mr. Friedman?« fragte er mit ersten Anzeichen leichten Ärgers.

»Warum fangen wir nicht hiermit an?« schlug ich vor und legte die Visitenkarte von Anno dunnemals auf den Tisch.

»Wow«, sagte Hamburger, als er die Karte sah. Sein

Gesicht schien unter einem kurzen Nostalgie-Anfall weich zu werden und wurde dann genausoschnell wieder zur Maske eines zeitgenössischeren Gesichtsausdrucks, Argwohn oder vielleicht Mißtrauen, was ihm fast schon einen verknitterten Ausdruck verlieh.

»Wie sind Sie in den Besitz dieses Objekts gekommen?« fragte er.

»Das hab' ich von einem Freund«, sagte ich. »Und ich dachte mir, niemand kommt zum Vater denn durch den Sohn.«

»Der Weg dürfte unpassierbar geworden sein«, sagte Hamburger. »Mein Vater ist vor zwanzig Jahren gestorben.«

»Das tut mir leid«, sagte ich.

»Ich frage Sie also noch einmal«, sagte er, jetzt mit stärkeren Anzeichen leichten Ärgers, »was kann ich für Sie tun, Mr. Friedman?« Die Karte lag noch auf dem Tisch, gehörte aber wieder der Vergangenheit an.

»Der Freund, der mir die Karte Ihres Vaters gegeben hat, wurde adoptiert. Ihr Vater hat damals das Adoptionsverfahren geleitet. Mein Freund hat seine richtigen Eltern nie kennengelernt. Man hat ihn in dem Glauben gelassen, seine Mutter wäre bei der Geburt gestorben. Nach dem Tod seines Adoptivvaters hat seine Mutter jetzt erwähnt, daß in einem Schließfach in Florida möglicherweise Dokumente liegen, die eine andere Lesart erlauben.«

»Haben Sie diese Dokumente eingesehen?« fragte Hamburger.

46

Sein Gesicht zeigte vergleichsweise starke Neugier. »Das habe ich noch vor mir«, sagte ich. »Zuerst wollte ich mir hier in New York ein paar Hintergrundinformationen besorgen. Und die müßten am ehesten in Ihren alten Akten zu finden sein.«

»Wie heißt Ihr Freund?« fragte Hamburger.

»Larry Sloman«, sagte ich. »Seine Freunde nennen ihn Ratso.« Deutlich sichtbar pulsierte eine blaue Vene auf Hamburgers Stirn.

»Die Durchführung einer formellen Aktensichtung über diesen Zeitraum wäre sehr teuer für Sie, außerdem haben wir momentan keine Kapazitäten frei. Ich kann Ihnen jedoch eine Vollmacht für unser Aktenlager in Brooklyn ausstellen. Die brauchen Sie bloß beim Pförtner vorzulegen, und dann können Sie sich auf eigene Faust umsehen. Falls diese alten Akten noch existieren, müßten sie im vierten Stock, Abteilung vierzehn liegen. Ich bin skeptisch, ob Sie das Gewünschte aufstöbern können, aber Waidmannsheil.«

Hamburger holte einen Bogen Geschäftspapier mit dem Briefkopf seiner Kanzlei aus einer Schublade und schrieb ein paar Sätze. Einen Augenblick lang hielt er düster inne und unterzeichnete dann, als würde es sich um ein Dokument von gravierender Bedeutung handeln.

Ich stand auf, er reichte mir das Blatt, ich dankte ihm und ging zur Tür.

»Eines sollten Sie noch wissen«, sagte er. Ich blieb stehen und drehte mich um.

»Immer raus damit«, sagte ich.

»Ich bin nicht befugt, Ihnen Namen oder Einzelheiten mitzuteilen«, sagte er, während ich ihm in die plötzlich eiskalten blauen Augen schaute. »Aber Sie sind nicht der erste, der mich in dieser Angelegenheit konsultiert.«

7

Die meisten Einwohner von Manhattan glauben, wenn sie das eigentliche Manhattan hinter sich lassen, ist die Welt eine Scheibe, und sie fallen hinten runter und landen in Brooklyn oder Queens oder noch Schlimmerem. Das ist eine hochkomplexe und äußerst progressive Vorstellung, für deren endgültige Ausgestaltung es ganzer Generationen an Lasagne und Pastrami-Sandwiches bedurfte. Gewiß, die Reise wartete mit unzähligen Gefahren auf, darunter die mehr als flüchtige Ähnlichkeit meines Taxifahrers mit Idi Amin. Schließlich fielen wir vom Rand der Welt herab und landeten vor einem tristen Gebäude, das dunkle Vorahnungen weckte, irgendwo in den Eingeweiden von Brooklyn.

Ich bezahlte den Fahrer, zeigte einem großen Mann mit kleinem Hut Hamburgers Vermerk und schritt entschlossen in das dämmrige Lagerhaus. Der Fahrstuhl zum vierten Stock war ein Blutsverwandter des Aufzugs bei mir in der Vandam Street, und dann fiel mir ein, daß das ja auch mal ein Lagerhaus gewesen war. Es war jammerschade, daß sich Fahrstühle nur auf und ab bewegten und nie die Gelegenheit bekamen, sich zu treffen. Ihre Insassen fuhren natürlich nicht nur auf und ab, sondern konnten sich auf dem Spielbrett auch horizontal bewegen.

Abteilung vierzehn war schnell gefunden, und ich machte mich behende daran, S wie Sloman zu suchen. So weit, so gut. Aktenschränke bevölkerten den Lagerhausboden, der eine kleine Stadt für sich bildete, und wie nicht anders zu erwarten, wohnten die S-Akten oben im Penthouse. Ich zog eine verstaubte Jakobsleiter aus der Ecke und näherte mich Sprosse für Sprosse Ratsos bisher geheimnisumwobener Vergangenheit. Ich wußte ungefähr, wonach ich suchen mußte: Vormundschaftsanträge, Vormundschaftsübertragungen, Fallprotokolle usw. Das Lagerhaus war kalt wie die Hölle, aber ich wußte – sofern mich der Engel des Todes nicht von der Leiter schubste und ich mir nicht den Hals brach –, daß es nur wärmer werden konnte.

Ich fand die Sloman-Akte, zog sie aus dem Schrank und kletterte die Leiter wieder hinunter. Den Ordner klemmte ich zwischen die Zähne und verwendete die Zigarre als Balancierstange. Die fliegenden Zirkusakrobaten – demnächst in Brooklyn! Ich trat an ein schmutzstarrendes Fenster und öffnete den Ordner.

Ich überflog das übliche Rechtskauderwelsch, bis ich zu der Stelle kam, wo der Name von Ratsos Mutter hingehörte. Entweder hieß sie »Gerichtsakte – unter Verschluß«, oder ich mußte die Wahrheit woanders suchen. Ratsos Adoptiveltern, Jack und Lilyan, waren aufgeführt, umzingelt von wuchtigen Bücherstützen aus Justizverlautbarungen. Ratso kam im Bellevue Hospital auf die Welt. Das hatte er schon erzählt. Unter all diesen antiken Pferdeäpfeln mußte doch noch irgendwo eine Made leben.

Und tatsächlich, auf der letzten Seite des Ordners fand ich unter der Überschrift »Zusätzlicher Vermerk« die einzige ernstzunehmende Mitteilung der ganzen Akte. Niemand ist eine Insel, sagt man, außer wenn diese Insel zufällig Manhattan hieß. Oder wie mein Freund Speed Vogel es mal auf den Punkt brachte: »Dein Herzinfarkt – mein Niednagel.« Trotzdem war ich nicht schlecht überrascht, daß eine nackte Tatsache, die siebenundvierzig Jahre alt und selbst Ratso unbekannt war, mich so mitnehmen konnte. Der betreffende Protokollsatz lautete: »Die Mutter erhebt Alleinanspruch auf besagtes Kleinkind; Vater als verstorben belegt.«

Wenigstens mußte ich jetzt nur noch einen Menschen suchen.

8

Als ich aus dem Lagerhaus kam, senkte sich der Abend linkisch auf eine kalte, bleierne Landschaft, die aussah, als hätte ein van Gogh sie auf dem Weg zum Schnapsladen an der Ecke gemalt. Der war auch mein Ziel, weil es dort ein Münztelefon gab, denn ich wollte Ratso anrufen.

Als ich die Straße hinabstiefelte, schien der Wind aufzufrischen, und die Leute wuselten wie eine noch unbekannte Nagetiersorte durcheinander. Zeitungen mit den Helden von gestern wirbelten auf dem Fußweg an mir vorbei. Ich hatte meine liebe Not damit, meinen Cowboyhut festzuhalten, und achtete nicht weiter auf den Mann im schwarzen Ledermantel, der draußen am Lagerhaus lehnte und sein Gesicht gegen den Wind abschirmte, um sich eine Zigarette anzuzünden. Ich überlegte vielmehr, was ich Ratso sagen sollte.

Als ich ihn am Telefon hatte, erwähnte ich seinen Vater mit keinem Wort. Ich vergewisserte mich bloß, daß er zu Hause war, und sagte, ich käme mit dem neusten Stand der Ermittlungen vorbei. Ich verhielt mich so, weil sein Vater – obwohl nur ein Schemen der Vergangenheit, dem er nie begegnet war; quasi ein Schatten an einer Wand in Hiroshima – immerhin doch sein Vater war. Ich erwähnte ihn unter anderem deshalb nicht, weil ein anderer Schemen, der Typ im schwarzen Mantel, in den Schnapsladen getreten war, sich in den Gängen umsah und verstohlen in meine Richtung blickte.

Ich riß mich von der Strippe los und suchte die Straße nach einem Cab ab. Fehlanzeige. Wenn man in New York ein Cab braucht, findet man nie eins, nur wenn man keins braucht, umzingeln sie einen wie urinfarbene Lava. Cabs sind wie Frauen oder Pferde oder Glück oder Geld oder Wellensittiche. Wenn man sie leidenschaftlich verfolgt, erwischt man sie nie. Wenn sie einem so richtig scheißegal sind, landen sie einem oft genug direkt auf der Schulter, wobei der Wellensittich natürlich jedem Pferd oder Cab vorzuziehen ist.

Der Typ im Schnapsladen griff nach einer Flasche, die nach Southern Comfort aussah, hielt sie einen Augenblick lang in der Hand und stellte sie dann ins Regal zurück. Mit dem Gesicht war er bestimmt ein erstklassiger Pokerspieler.

Mir fiel ein, was Mosche Hamburger gesagt hatte, als ich sein Büro verließ. »Sie sind nicht der erste, der mich in dieser Angelegenheit konsultiert.« Na großartig. Ein *eiskalter Engel*, der mir durch Brooklyn folgte, hatte mir gerade noch gefehlt. Aber wer interessierte sich bloß dafür? Was hatte Ratsos uneheliche

Geburt an sich, daß ein geschäftiger New Yorker sich dafür Zeit nahm?

Ich überquerte die Straße und ging in die Richtung zurück, aus der ich gekommen war. Der Typ kam aus dem Schnapsladen und folgte mir wie ein Gänseküken in den Fußstapfen seiner Mutter. Ich wiederum kam mir vor wie ein Detektivküken auf der Spur von Ratsos Mutter. Der Kerl war kein besonders unsichtbarer Schatten, aber wer sollte mich überhaupt beschatten? Der erste Kandidat war Mosche Hamburger, aber warum hatte der dann wie eine Braut in der Hochzeitsnacht gesagt: »Du bist übrigens nicht der erste«? Mein Paranoiazeiger näherte sich dem roten Bereich.

Nachdem wir einige Blocks lang Verstecken gespielt hatten, sah ich endlich, wie eine stattliche Frau in einem Mantel, der einem Nerz den Stammbaum mit Stumpf und Stiel ausgerissen haben mußte, aus einem Cab stieg und nahm ihren Platz ein. Hinter mir lief der Typ im schwarzen Mantel den Bürgersteig hinab auf einen parkenden Wagen zu. Ich nannte dem Fahrer Ratsos Adresse und sagte, er solle auf die Tube drücken.

»Sheriff hinter Ihnen her?« fragte er.

»Dann sag' ich Bescheid«, sagte ich.

Ich sah mich ein paarmal um, bevor wir Brooklyn hinter uns hatten. Kein Sheriff. Keine Kavallerie. Keine Indianer. Niemand konnte auch nur den geringsten Anlaß haben, sich dafür zu interessieren, ob ich tolpatschig auf die Wahrheit über die leiblichen

Eltern eines gewissen Larry »Ratso« Sloman zustolperte oder nicht. Nicht den geringsten Anlaß.

Ich ging auf Nummer Sicher und sprang ein paar Blocks vor Ratsos Wohnung an der Prince Street im Village aus dem Cab. Ich wartete zwischen einer italienischen Bäckerei und einem koreanischen Gemüseladen, aber der Mann im schwarzen Mantel ließ sich nicht blicken. Inzwischen war die kalte, dunkle Nacht hereingebrochen, und ich ging in einen Laden an der Ecke der Sullivan Street und gönnte mir einen großen schwarzen Kaffee. Ich trank ein paar Schlucke und trat mit brennender Zigarre wieder auf den Bürgersteig.

Ich hatte noch nie mit der Suche nach einem Vermißten zu tun gehabt, wo man die Uhr soweit zurückdrehen mußte – fast fünfzig Jahre. Bestimmt gab es Herangehensweisen und erprobte Verfahren für eine solche Ermittlung, nur kannte ich die eben nicht. Rambam überschlug sich nicht direkt vor Hilfsbereitschaft, und ich wußte nicht, an wen ich mich sonst wenden sollte. Es war genausogut möglich, dachte ich trübsinnig, daß Ratso mir etwas verheimlichte. Vielleicht stellte ich ihm nicht die richtigen Fragen. Ich trank meinen Kaffee aus, paffte ein paarmal an der Zigarre und ging hurtigen Schritts zu seinem Haus, wo ich 6G drückte, was Ratso zufolge für Gott stand.

Nach ärgerlich langem Warten in der Kälte hörte ich Ratsos Nagerstimme durch die Sprechanlage dröhnen.

»Wer ist da?«

»Der Antichrist«, sagte ich, »auf der Suche nach 6G.«

»Komm rein, Antichrist«, sagte er.

Ich durchquerte zügig das schmuddelige, nach Urin stinkende Foyer, wo der hauseigene Penner zu schlafen pflegte, fuhr mit dem Fahrstuhl in den fünften Stock und klingelte bei Ratso Sturm.

»Wer ist da?« rief Ratso.

»Herrgott! Mach schon auf!«

»Wer denn nun: der Herrgott oder der Antichrist?« fragte Ratso. »Drück dich bitte etwas genauer aus. Könnte wichtig sein.«

»Bitte, Ratso. Ich muß mit dir reden.« Außerdem mußte ich pissen wie ein Rennpferd.

»Hört sich nach dem Herrgott an.«

»Verflucht noch mal. Ratso, ich bring' dich um.«

»Daneben. Doch der Antichrist.«

Schließlich hörte ich, wie die verschiedenen Ketten und Riegel und Zuhaltungen durch ihre Raster und Gewinde klackten, als sich Ratso an die aufwendige Prozedur machte, seine drei Schlösser zu öffnen. Was zum Teufel er da so unermüdlich schützen wollte, war eine andere Frage. Wie zum Teufel ich mich in diese Ermittlung verwickeln lassen konnte, wieder eine andere.

Endlich öffnete er und stand in Waschbärmütze, Hemdhose, die aussah, als wäre sie damals mit den Entdeckern Lewis und Clark gen Westen gezogen, und roten Schuhen vor mir, die einst einem Toten gehört hatten, wie mir aus früheren Begegnungen bekannt war.

»Kinkstah!« schrie Ratso begeistert. »Warum hast du denn nicht gesagt, daß du es bist?«

»Ich halte mich in diesem Fall bewußt bedeckt«, sagte ich und versuchte, mich vorsichtig durch die Meerenge zwischen ihm und ein paar hundert Eishockeyschlägern zu zwängen, die in prekärer Balance am Türrahmen lehnten.

»Was hast du rausgekriegt?« fragte er neugierig.

»Schon länger nichts mehr aus meiner Blase, Ratso«, sagte ich. »Also steh mir nicht im Weg rum, ich will dem Teufel die Hand schütteln.«

»Du bist doch der Antichrist«, hörte ich ihn sagen, als ich die Tür seines überhitzten Badezimmers, das ungefähr die Größe meiner Nase hatte, hinter mir schloß.

Kurze Zeit darauf lief ich in Ratsos vollgestopftem Wohnzimmer auf und ab, während er es sich auf seiner berühmten Couch mit den Bremsspuren bequem machte. Die Couch und dieses schäbige, chaotische Wohnzimmer hatte ich einst Zuhause genannt. Als ich mich umsah und die Statue der Jungfrau Maria erblickte, den Eisbärkopf, die zehntausend Bücher über Jesus, Hitler und Bob Dylan, die Fotos von Ratso, wie er Richard Nixon die Hand schüttelt und mit Bob Dylan posiert (mit Jesus oder Hitler war leider keins dabei), die beiden riesigen Fernsehbildschirme, die geräuschlos und gleichzeitig ein Eishockeyspiel und einen Porno zeigten, da tröstete mich das Wissen: Es führt kein Weg zurück.

»Dein richtiger Vater ist tot, Ratso«, sagte ich leise.

»Jedenfalls steht das im Vormundschaftsantrag, den ich unter den Anwaltsakten gefunden habe.«

Ratsos Gestalt auf der Couch wirkte plötzlich verloren. Er sah auf die Bildschirme, offensichtlich ohne etwas wahrzunehmen, sank zusammen und zog sich langsam in sich zurück.

»Was ist mit meiner Mutter?« fragte er.

»Ihr Name steht nicht an der Stelle, wo er hingehört. Dort steht nur ›Gerichtsakte – unter Verschluß‹. Ich könnte mir die Unterlagen im Bellevue Hospital durchsehen, aber nach so langer Zeit ist das nicht sehr vielversprechend. Kann gut sein, daß ich nach Florida muß, damit wir hier endlich durchblicken.«

»Du bist ein wahrer Freund, Kinkstah«, sagte Ratso. Er griff nach der Fernbedienung und schaltete den Porno ab. »Ich möchte, daß du meine Mutter findest«, sagte er.

Kurz darauf schlüpfte ich in den Mantel und steckte mir als Reisevorbereitung eine neue Zigarre an. Ratso lag immer noch auf der Couch und verfolgte stumm die stummen Eishockeyspieler, und ich wußte, daß während dessen ganz andere Gedanken über die weiten Eisflächen seiner Erinnerungen schlitterten.

Als ich auf dem Weg zur Tür am übervölkerten Kaffeetisch vorbeikam, fiel mir eine Rechnung ins Auge, die auf einem wackligen Bücherstapel lag. Sie stammte von einem Robert McLane, Privatdetektiv. Die Rechnung behauptete, Ratsos Zahlung von vierhundert Dollar für erwiesene Dienste sei überfällig.

»Was zum Teufel ist denn das?« fragte ich, nahm die Rechnung vom Tisch und hielt sie zwischen Ratsos Nase und das Eishockeyspiel.

»Ach, ich hab' völlig verschwitzt, dir davon zu erzählen, glaub' ich. Vor einiger Zeit hatte ich den Typ beauftragt, die Sache zu untersuchen. Robert McLane. Tut mir leid. Er ist nicht mehr an dem Fall dran. Hätt' ich dir vielleicht sagen sollen, Kinkstah.«

»Das stimmt, verdammt noch mal, das hättest du allerdings.«

»Ist doch egal. Er hat nichts rausbekommen, und ich hab' ihn nicht bezahlt.«

»Das reißt mich jetzt echt vom Hocker.«

»Wenn du den Kerl anrufen willst, bitte. Nimm das Telefon im Schlafzimmer. Vergleicht eure Ergebnisse oder was weiß ich. Erzähl ihm, der Scheck wäre schon unterwegs.«

Ich nahm die Rechnung des Detektivs und ging ins Schlafzimmer. Ich war kaum überrascht von Ratsos Verhalten. Kaum überrascht. Die akustischen Elemente des Eishockeyspiels erwachten zum Leben, noch bevor ich die Schlafzimmertür hinter mir geschlossen hatte. Ratso war jetzt seit über zwanzig Jahren ein ziemlich widerwärtiger Freund. Es war nur logisch, daß er sich als ziemlich widerwärtiger Klient erwies.

Zehn Minuten später kam ich aus dem Schlafzimmer zurück, und wahrscheinlich verrieten mein Gesicht und Auftreten ihm schon alles, denn es kommt nur selten vor, daß Ratso an einem Nachmittag zweimal den Ton eines Eishockeyspiels abstellt.

»Was hast du rausgefunden?« fragte er.

Ich paffte gemächlich meine Zigarre und stieß eine dicke Rauchwolke in Richtung Eisbärkopf.

»Habt ihr eure Ergebnisse verglichen?« wollte Ratso wissen.

»Nein, wir haben unsere Ergebnisse nicht verglichen«, sagte ich, »und das hat auch seinen Grund.«

»Und der wäre?« fragte Ratso.

Ich legte die Rechnung auf den Kaffeetisch zurück und trat ans Fenster neben die Jungfrau Maria. Der Zigarrenrauch verlieh ihr einen hübschen, kleinen, blaugrauen Heiligenschein, aber ich achtete nicht weiter auf sie.

»Der Typ ist tot«, sagte ich.

9

Drei Tage später stand ich am Küchenfenster, blickte auf die wolkenverhangene Vandam Street hinaus und spürte große Seelenverwandtschaft mit Robert Louis Stevenson, der seine letzten Lebensjahre von der Welt abgeschnitten in freiwilligem Exil auf Samoa verbracht hatte. Ich spürte auch eine gewisse Kleidungsverwandtschaft mit ihm, denn ich trug einen Sarong und meinen treuen lila Bademantel, und Stevenson hatte beharrlich einen langen, dunkelblauen Samtmorgenrock über dem Schlafanzug getragen, selbst wenn er Gäste in Gesellschaftskleidung erwartet hatte, die den großen Mann kennenlernen wollten.

»Er hatte eine zahme Maus, weißt du«, erzählte ich der Katze. »Er hat eine Weile auf Hawaii in Waikiki Beach gelebt, als es dort noch keine Hotels gab und noch keine siebenundneunzig japanische Touristen darauf warteten, jeden Fahrstuhl im Sturmangriff zu nehmen. Bevor Stevenson ins Bett ging, holte er jeden Abend seine Flöte heraus und spielte ein schottisches Volkslied, und dann kam die kleine Maus aus ihrem Versteck und tanzte durchs Zimmer. Überall heißt es, Stevenson wäre einer der schlechtesten Flötenspieler aller Zeiten gewesen, aber das hat anscheinend weder ihn noch die Maus gestört.«

Die Katze schien die Geschichte auch nicht groß zu stören. Sie saß stoisch auf dem Fensterbrett und ließ sie mit den Wolken an sich vorüberziehen.

»Stevenson liebte die Menschen auf Samoa, und sie liebten ihn und nannten ihn Tusitala, das heißt Erzähler. Und obwohl er vor über hundert Jahren gestorben ist, wird den Kapitänen der Schiffe, die in Samoa anlegen, heute noch ein Lied vorgesungen. An einer Stelle des Liedes wird gefragt, ob Mr. Robert Louis Stevenson an Bord des Schiffes ist.«

Endlich schien die Katze meiner Erzählung zuzuhören. Ich hatte den Eindruck, daß sich ihre Augen verändert hatten, aus ihren sonst so grünen Feuerrädern der Bosheit waren friedfertige grüne Teiche der Einkehr geworden, in denen sich die Trauer meines eigenen Gesichts spiegelte. Es war nicht nur Trauer um Stevenson, es war eine schwermütige Melancholie, die ich für meinen alten Freund Ratso und mich selbst empfand.

In den letzten drei Tagen hatte ich vergeblich versucht, mehr über McLane in Erfahrung zu bringen, den von Ratso beauftragten Schnüffler, der erst vor kurzer Zeit zu Jesus gegangen war. Das Telefon, das ich von Ratsos Wohnung aus angerufen hatte, war inzwischen abgeschaltet worden. Seine kleine Detektei schien ebenfalls vom Radarschirm verschwunden zu sein. Der Anwalt Mosche Hamburger hatte sich nach Auskunft seiner Sekretärin zu einem längeren Urlaub außer Landes begeben. Vielleicht hatte Ratso mir in dieser Sache etwas vorenthalten, aber hier war spürbar etwas im Busch, was keiner von uns verstand. Ein pieksender siebter Sinn sagte mir, daß Ratso in Gefahr war. Ich hatte das unangenehm hartnäckige Gefühl, daß er nicht nur weit davon entfernt war, seine Mutter zu treffen, sondern daß etwas Scheußliches ihn zuerst treffen könnte. Und ich konnte nichts weiter tun, als eine Zigarre zu rauchen und mit einer Katze zu schwatzen.

»Und mit Rambams unwilliger Hilfe können wir auf absehbare Zeit auch nicht rechnen«, fuhr ich fort. »Er hat mir heute morgen vom Flughafen aus die Nachricht aufs Band gesprochen, daß er auf dem Weg nach Hongkong ist, um für einen Anwalt aus Seattle die Zusammenhänge eines Ausrutschers auf einer Dschunke mit anschließendem Sturz zu ermitteln. Danach will er anscheinend mit den Fallschirmspringern vom Burmesischen Luftlandebataillon seinen Arsch durch die Lüfte schwingen. Das ist doch mal 'ne nette Gesellschaft.«

Die Katze sprang vom Fensterbrett und landete ohne Fallschirm auf dem Küchentisch. Politik und Regierungen waren ihr gehupft wie gesprungen, und Rambam mochte sie nur einen Hauch lieber als Ratso, also auch nicht besonders gern.

»Jedenfalls sind wir hier in New York anscheinend in einer Sackgasse gelandet, was den Fall angeht. Es gibt niemanden, bei dem ich noch ermitteln kann, und niemanden, der mir sagen kann, was ich tun soll. Der einzige Privatdetektiv, den ich noch um Rat bitten könnte, lebt inzwischen in Kalifornien. Er heißt Kent Perkins. Ein gutmütiger Texaner von echtem Schrot und Korn. Ich glaube, der könnte dir gefallen. Er hat seinen Penis immer ›den Rammer‹ genannt.«

Die Katze miaute leicht angewidert.

»Ich hab' ihm schon was aufs Band gesprochen, aber er hat nicht zurückgerufen.«

Ich ging zur Espressomaschine, die inzwischen anständig Krach schlug, und ließ mir einen heißen, dampfenden Kaffee einlaufen, der fast so bitter war wie ich, wenn ich an diesen Fall dachte. Ich lief im zugigen alten Loft auf und ab, paffte die Zigarre, schlürfte den Kaffee und setzte die einseitige Unterhaltung mit mir selbst oder der Katze oder einem stummen Zuhörer fort. Ratsos Mutter, von mir aus. Das Ganze war nicht gerade gesundheitsfördernd und machte mich allmählich paranoid.

»Es ist überhaupt nicht außergewöhnlich, wenn sich ein Mann ausgiebig mit einer Katze unterhält«, sagte ich zur Katze, die gerade eine Küchenschabe um die hintere Ecke der Anrichte jagte. »Außerdem hab' ich mich gestern mit dem Bellevue Hospital unterhalten. Die schlechte Nachricht lautet, daß ihre Unterlagen nicht soweit zurückreichen. Die gute Nachricht lautet, daß ich nicht zur Untersuchung vorbeikommen muß.«

Ich warf der Katze, die jetzt auf der Anrichte saß und

mich anstarrte, einen kurzen Blick zu. Ich meinte, in ihren Augen so etwas wie Katzenmitleid zu entdecken. Aber vielleicht war auch nur die Küchenschabe hinter mir die Wand hochgekrabbelt.

»Robert Louis Stevenson«, sagte ich, »war auf Samoa eng mit einem Häuptling namens Mataafa befreundet, und einmal hat er sogar persönlich für die Freilassung von vielen Gefolgsleuten Mataafas gesorgt, die grundlos festgehalten wurden. Auf Samoa haßt man körperliche Arbeit, was ich auch niemandem verübeln kann. Aber die Freigelassenen machten sich sofort daran, von der Ortschaft Apia aus eine Straße zu Stevensons Haus zu bauen. Diese Straße ist auf Samoa heute noch in Betrieb und wird die ›Straße der liebenden Herzen‹ genannt.«

Kurze Zeit darauf war die Katze eingeschlafen, auf der Straße war es merklich dunkler geworden, und ich stand immer noch am Fenster und starrte in die Finsternis hinaus. Ratso gehörte zu meinen ältesten und besten Freunden, dachte ich. Also, sei's drum. Wenn Robert Louis Stevenson mit seiner angegriffenen und schwächlichen Gesundheit noch aus Schottland in die Südsee reisen konnte, dann würde ich ja wohl den Flug nach Florida überstehen.

Vielleicht half mir meine angeborene Neugier bei der Entscheidung. Vielleicht lag es auch an meinem egoistischen Stolz, der kein Scheitern zuließ, wenn ich einen Fall erst einmal übernommen hatte. Vielleicht hatte die Tatsache, daß ich nunmehr fest entschlossen war, nach Florida zu fliegen, auch nicht das geringste mit mir zu tun. Vielleicht war es viel einfacher.

Manchmal erstreckt sich die »Straße der liebenden Herzen« eben über Samoa hinaus.

10

Zwei Tage später, nachdem ich mich zwischenzeitlich bei Ratso erkundigt hatte, wie ich in Florida Kontakt zu seiner Adoptivmutter aufnehmen konnte, machte ich mich auf die kurze Reise, die hoffentlich Licht auf die Identität seiner leiblichen Mutter werfen würde. Ich war mittlerweile der festen Überzeugung, daß das Schließfach, das sein Vater seiner Mutter gegenüber erwähnt hatte, meine letzte noch verbliebene Spur war. Sollte sich dieses Fach in Florida als leer erweisen, dann mußte Ratso wohl Nero Wolfe den Fall übergeben.

»Und das«, meinte ich zur Katze, während ich den Koffer packte, »kostet dann echtes Geld.«

Der Katze, die verständlicherweise nervös geworden war, weil sie den Koffer erblickt hatte, waren die Probleme anderer Leute schnuppe. Um der Wahrheit die Ehre zu geben, hätte sie sich wahrscheinlich auch nicht die Bohne mehr darum gekümmert, wäre Ratso nie geboren worden. Aber das hätte die Suche nach seiner Mutter natürlich erst recht erschwert.

Der Fall erschien mir immer hoffnungsloser, und

mein Engagement stürzte mich in Depressionen. Im gleichen Atemzug stiegen bedauerlicherweise Ratsos Frohsinn und Optimismus.

»Ich weiß, daß du sie finden wirst, Kinkstah«, hatte er gesagt. »Ich hab' das im Urin, wenn du was auf der Spur bist.«

»Versprich dir nicht zuviel, bloß weil ich nach Florida fliege«, hatte ich gesagt. »Das könnte eine völlig falsche Spur sein.«

»Ich hasse die Vorstellung«, hatte er gesagt, »daß meine Mutter eine Fata Morgana gewesen sein soll.«

Als ich mit Packen fertig war, tätschelte ich beruhigend die Katze, fischte in Sherlock Holmes' Porzellankopf nach dem Zweitschlüssel zum Loft und stieg die Treppe zu Stephanie DuPonts Wohnung hoch. Stephanie war eine so bildschöne Blondine von eins achtzig, daß man beim bloßen Anblick weiche Knie bekam. Im Lauf des vergangenen Jahres war ich ihr immerhin so nahegekommen, daß sie widerstrebend zustimmte, zwei Tage lang die Katze zu füttern, während ich in Florida war. Früher hatte ich die Katze bei Winnie Katz abgegeben, aber unser Verhältnis war genau von dem Tag an abgekühlt, an dem Stephanie mit ihren beiden kleinen Hunden Pyramus und Thisbe in unser Leben getreten war. Die schmutzige Wahrheit war, daß Winnie und ich uns heute als Nebenbuhler um Stephanies Gunst sahen. Heutzutage machte ich mir sofort Sorgen, sobald es in der lesbischen Tanzschule über meinem Kopf still wurde.

»Herrje, der Schwachkopf«, sagte Stephanie, als sie die

Tür aufmachte, »was ist denn das für ein lächerliches Gewölle, das dir da unter der Lippe wuchert?«

Ich experimentierte seit einiger Zeit mit einer neuen Variante der Gesichtsbehaarung. Dachte mir, zumindest bei den Kubanern müßte es gut ankommen.

»Ich lasse mir einen Unterlippenbart stehen«, sagte ich. »Was hältst du davon?«

»Wie schade«, sagte sie, »ich hatte schon gehofft, es wäre Lippenkrebs.«

Stephanie zeichnete sich, gelinde gesagt, durch einen ätzenden Witz aus. Wäre sie nicht die schönste, klügste, verlockendste, lustigste und größte Frau der Welt gewesen, ich bezweifle, daß jemals jemand mit ihr gesprochen hätte. Aber das war sie, und das taten alle. Wenn sie konnten.

»Du brauchst nichts weiter zu tun«, sagte ich und zog den Schlüssel aus der Tasche, »als ein- oder zweimal täglich die Katze zu füttern ...«

»Einmal.«

»Das wird ihr nicht gefallen.«

»Mir auch nicht.«

Zweifellos erinnerte sich Stephanie noch an den Tag, als die Katze ihren geliebten Malteser Thisbe gefleddert hatte. Dieser unglückliche Zwischenfall hatte sich während meiner verzweifelten Suche nach Uptown Judy ereignet und war nicht direkt Balsam für meine Beziehung zu Stephanie gewesen.

»Außerdem wäre es nett«, spann ich den Faden weiter, »wenn du der Katze gelegentlich Gesellschaft leisten könntest, solange ich weg bin. Du könntest dir beispielsweise meinen Cowboyhut aufsetzen und nachts am Schreibtisch eine Zigarre rauchen ...«

»Mach mal 'n Punkt«, sagte sie.

Dann ließ sie ein umwerfendes Lächeln sehen, gefolgt vom Geräusch einer sprudelnden Quelle, die irgendwo hinten in ihrer Kehle zu entspringen schien.

»War das ein Lachen?«

»Ich versuch' nur, mir das Kotzen zu verkneifen.«

»Das war sehr wohl ein Lachen. Weißt du, was ich immer sage? ›Wenn du eine Frau zum Lachen bringen kannst, dann kannst du auch mit ihr ins Bett gehen.‹«

»Weißt du, was meine Mutter immer gesagt hat?«

»›Geh nie mit Juden aus?‹«

»Nein«, sagte Stephanie DuPont, und immer noch umspielte das glutvolle Lächeln ihre Lippen. »Sie sagte: ›Geh nie, nie, nie mit einem Mann ins Bett, der einen Unterlippenbart trägt.‹«

Dann küßte sie mich sanft auf die Lippen, knapp oberhalb des Barts, nahm mir den Schlüssel aus der Hand und schloß die Tür.

»Nicht schlecht«, sagte ich zur Katze, als ich ins Loft zurückkam. »Erst ein Rockefeller, jetzt eine DuPont.«

11

Als ich kurz darauf mit dem Koffer in der einen Hand und einer Zigarre in der anderen das Loft verlassen wollte, klingelten die Telefone. Ich ging zum Tisch zurück, stellte die Koffer ab und griff zum linken Hörer.

»Schieß los«, sagte ich.

»Hier spricht die Stimme deines Gewissens«, sagte der Hörer.

»Kann nicht sein«, sagte ich, »das steht vor mir, und ich seh' ihm in die Augen.« Ich nickte Sherlock Holmes' Kopf flüchtig und Nero-Wolfe-mäßig zu. Er verzog keine Miene.

»Vielleicht besucht dein Gewissen gern Südkalifornien«, sagte die freundliche Stimme schleppend, wobei sie das »besucht« etwas zweideutig und primitiv betonte.

»Kein Gewissen, das etwas auf sich hält, würde jemals Südkalifornien besuchen.«

»Deswegen hab' ich auch immer noch meinen texanischen Führerschein«, sagte Kent Perkins.

Ich mußte mein Flugzeug erwischen, und dieses Geplänkel half mir nicht weiter, aber Kent Perkins hatte etwas Vertrauenerweckendes. Vielleicht war er in der Detektivbranche deshalb so erfolgreich. Außerdem war es schwierig, einen Mann nicht zu mögen, der einem anvertraut hatte, in seinem Testament würde er einem den 64er Lincoln Continental mit den Selbstmördertüren vermachen. In so einem Modell war Kennedy damals in Dallas erschossen worden, aber von einem dummen Zwischenfall ließ ich mir doch nicht das Karma plattmachen.

Nach Rambams Ausstieg war Perkins der einzige erfahrene Schnüffler, den ich jetzt noch hatte. Bloß weil ein erwachsener Mensch seinen Penis als ›Rammer‹ bezeichnete, mußte ihm schließlich noch nicht das Wissen und die Reife abgehen, mir bei meinem akuten Problem zu helfen. Es gab einem allerdings zu denken.

Ich setzte mich also wieder an den Tisch, legte meine Zigarre auf dem großen Aschenbecher von der Form des Staates Texas ab und informierte Kent Perkins Stück für Stück über den mir bekannten Stand der Ermittlung. Offen gestanden fand ich es tröstlich, dieses Wissen mit einem anderen Menschen als meinem hoffnungslos ambivalenten, subjektiven, manchmal öden und meist abstoßenden Klienten zu teilen.

»Was ist denn aus dem anderen Detektiv geworden?« wollte Perkins wissen. »Dem, den Ratso als erstes beauftragt hatte, seine Mutter zu suchen.«

»Der ist zu Jesus gegangen.«

»Das machen hier auch viele. Die Leute lassen alles

72

andere stehen und liegen und treten christlichen Fundamentalistensekten bei.«

Ich sagte nichts. Paffte nur geduldig meine Zigarre.

»Das meintest du doch, oder?« fragte Perkins.

»Ich fürchte, nein«, sagte ich.

Nachdem ich aufgelegt hatte, hätte ich meinen Flug bereitwillig nach Calamity City, Arkansas, umgebucht. Kent Perkins hatte mir tatsächlich seine persönliche Unterstützung angeboten. Dann hatte er mir grob geschätzt siebenhundert Gründe aufgelistet, warum ein Privatdetektiv einen solchen Fall unter gar keinen Umständen annehmen durfte, schon gar nicht, wenn er mit dem Klienten befreundet sei. Die Chancen, einen Fall, bei dem man so weit zurück recherchieren müsse, erfolgreich zu beenden, seien ungefähr genauso groß wie ein Lottogewinn, sagte er, aber man habe mehr Arbeit. Perkins meinte, daß Ratso und ich beim Abschluß des Falls vermutlich keine Freunde mehr sein würden. Dann gebe es noch die – wenn auch unwahrscheinliche – Möglichkeit, daß ich Ratsos Mutter finde. Daraufhin könnten sich dunkle Mächte in Form von Geschwistern und anderen Verwandten einmischen, die sich von der neu ans Licht gekommenen Verbindung bedroht fühlten. Schlußendlich hatte mir Perkins aus eigener Erfahrung den furchtbarsten Schicksalsschlag ausgemalt: daß Ratso, nachdem er sein ganzes Leben darauf gewartet hatte, seine richtige Mutter zu finden, von ihr erneut abgelehnt würde, wie vermutlich schon beim ersten Mal.

»Na, es geht doch nichts über eine gesunde negative Einstellung«, sagte ich zur Katze, als ich wieder nach dem Koffer griff. »Ich beneide dich. Stephanie sorgt dafür, daß es dir gutgeht. Ich bin bald wieder da. Bis dahin übernimmst du hier die Verantwortung.«

Dann begab ich mich hinaus in New Yorks kaltes, windiges und verkatertes Halbdunkel und rief mir ein Cab nach La Guardia, Richtung Süden und dann immer geradeaus. Den seelischen Kälteschauer überwand ich erst, als ich an Bord des Flugzeugs saß und New York City im Rückspiegel sah. Vorher zog ich nicht mal den Mantel aus.

Es war mir vorher nicht aufgefallen, aber das Hemd, das ich auf dem Flug nach Florida trug, hatte ich vor etlichen Jahren in Hawaii gekauft. Der Verkäufer hatte behauptet, es sei eine originalgetreue Kopie des Hemds, in dem Montgomery Clift in *Verdammt in alle Ewigkeit* gestorben sei. Wie sich herausstellen sollte, schrammte diese Bekleidungswahl an der Vollkommenheit nur verdammt knapp vorbei.

12

Ich erreichte Florida in unwesentlich besserer Verfassung als Dustin Hoffman in *Asphalt Cowboy*. Die Belastungen des Lebens in New York, die den menschlichen Geist im Verlauf eines langen Wochenendes in ranziges Sandwichfleisch verwandeln können, führten im Verein mit Kent Perkins' düsteren Prophezeiungen über den möglichen Verlauf des Falls dazu, daß ich mich in einigermaßen amphibischem Zustand aus dem Stadtstaub machte. Immerhin stellte ich erfreut fest, daß am Flughafen von Miami viele Leute denselben Unterlippenbart wie ich trugen. Außerdem bemerkte ich beruhigt, daß die große Mehrheit der Leute sehr a-l-t war. Ich kam mir fast jugendlich vor. Wie ein toter Teenager. Egal, was man sich sonst noch über die Gegend erzählte, mit der Demographie war jedenfalls alles in Butter.

Tony Bruno, mein alter Freund aus der Zeit, als ich noch in jenem Halteverbot namens Los Angeles wohnte, hatte mir mal erzählt, auf der Welt gebe es insgesamt über sechshundert verschiedene Palmensorten, und fast alle davon seien nach Florida importiert worden. Dummerweise schien man fast alle vor das eine Einkaufszentrum gepflanzt zu haben, das gerade vor mir auftauchte. Ich winkte ihnen aus meinem Mietwagen zu, und sie winkten zurück, unter Anleitung eines Mannes, der entweder der von der Junta eingesetzte Präsident von Haiti oder aber der Hausmeister war. Ich hatte keine Zeit, das festzustellen. Wenn man in Miami einen Mietwagen fährt, dann macht man, daß man wegkommt.

Ich wußte nicht genau, wie vielen Krauts man abrupt den Urlaub beendet hatte, als sie mit Mietwagen in Miami unterwegs waren, aber ich wußte, daß es eine ganze Menge gewesen waren. Gottes Mühlen mahlen langsam, mahlen aber trefflich klein. Ich muß gestehen, wenn ich auf meinen Reisen in den letzten Jahren auf eine deutsche Touristengruppe gestoßen bin, dann habe ich es mir immer zur Pflicht gemacht, mit einem freundlichen, unschuldigen Amerikanerlächeln an ihren Tisch zu treten und zu fragen: »Waren Sie schon in Miami?« Niemand fand das bislang komisch. Aber das kann natürlich daran gelegen haben, daß sie Niederländer oder Schweizer waren. Wenn die Touristengruppe allerdings wirklich von deutschem Geschlecht war, wäre das Problem nur verkompliziert worden, denn Humor ist sowieso nicht deren starke Seite, und sie hätten die Pointe gar nicht mitbekommen. Tun die doch nie.

Ich verscheuchte die finsteren Gedanken und bretterte im Mietwagen davon, um Ratsos Mutter am Golden Flamingo Retirement Center abzuholen, das nicht weit vom Flughafen entfernt lag. Das kam mir sehr zupaß, denn ich hatte vergessen, mein Sandwich in einen Stadtplan einzuwickeln. Ich war keinen Mietwagen mehr gefahren, seit Jesus ein Cowboy war, aber ich fand, es war wieder einmal ein erfrischendes Erlebnis. Nach ein paar Meilen wird einem das eigene Wohlergehen, das des Fahrzeugs und des Rests der Menschheit völlig schnurz.

Ich kam an Palmen vorbei und an Parkuhren und farbenfrohen Hemden und Sonnenschein, der aber auch von den Schildern aller Fast-Food-Ketten zurückgeworfen wurde, die je das Licht der Welt erblickt hatten. Ein unbeschwerter, pastellfarbener, steinalter, handkolorierter Postkarten-Mietanblick, der einen daran zweifeln ließ, ob Zerberus – der Höllenhund mit den drei Köpfen Verbrechen, Gier und Umweltkatastrophe – immer noch die Pforten bewacht. In Miami konnte es genau wie im richtigen Leben ins Auge gehen, wenn man sich die Fassade allzugenau ansah. Allzugenau dahinterzusehen, war natürlich undenkbar. Ich ertappte mich dabei, wie ich beim Fahren »England Swings« vor mich hinpfiff, und kam wieder einmal zu dem Schluß, daß sich die Menschheit in zwei Sorten einteilt: die einen mögen Roger Miller und die anderen nicht.

Das Golden Flamingo Retirement Center sah genauso aus wie jeder andere Apartmentblock mit Foyerkulisse, abgesehen vom obligatorischen Psychiatrieschild, das besagte: Heute ist DONNERSTAG. Die nächste Mahlzeit ist das MITTAGESSEN. Das war für viele Insassen des Seniorenheims erforderlich, deren Verfallsdatum dummerweise schon überschritten war. In der Anlage herrschte eine Atmosphäre leidlich gezügelter Erregung, und ich entdeckte auch schnell den Grund: Perry Como sollte auftreten. Die Vorstellung daran hatte etwas Beruhigendes, fast Verlockendes, und ich fand es jammerschade, daß ich nicht dableiben und wenigstens noch die Show mitnehmen konnte. Vielleicht ein andermal.

Lilyan Sloman saß draußen auf der Veranda, fütterte die Vögel und blätterte in einem alten Heft vom *National Lampoon*, den ihr Sohn Ratso früher mit herausgegeben hatte. Nach dem ersten Blick war mir klar, daß sie beileibe nicht in Regionen weggetreten war, wo kein Nachtbus mehr fuhr, sondern ihre fünf Sinne sogar weit ordentlicher zusammenhatte als ich, was natürlich nicht viel heißen wollte.

»Setz dich, Kinky«, sagte sie so beiläufig wie zu einem alten Liebhaber. »Dich hab' ich ja ewig nicht gesehen.«

»Wohl wahr«, sagte ich und zog mir einen Liegestuhl heran. Ich zermarterte mir den Kopf mit der Frage, wie oft ich Lilyan begegnet war, aber die Antwort wurde von der Tatsache erschwert, daß ich das letzte Jahrzehnt größtenteils bis in die Ohrläppchen bedröhnt verbracht hatte.

»Wie geht's Larry?« fragte sie und sah mich mit Mutteraugen an.

»Larry geht's gut«, sagte ich. »Ich glaube, er will einfach einen Schlußstrich unter das Nichtwissen zie-

hen. Er will ein für allemal die Wahrheit herausfinden. Als ich ihn das letzte Mal gesehen habe, waren
seine Abschiedsworte: ›Ich will dieser Grille bloß
Beine machen und sie dann ein für allemal zum Teufel jagen.‹«

Lilyan lachte. »Larry, wie er leibt und lebt«, sagte sie.
»Ich mach' mir trotzdem Sorgen, weil ihm vielleicht
nicht klar ist, daß diese Grille schon sehr, sehr lange
geschlafen hat. Wenn die mal aufwacht, könnte sie
sich in ein großes, haariges Ungetüm verwandelt
haben. Das würde Larry vielleicht gar nicht schmek-
ken.«

Ich sah einem alten Mann zu, der an seiner Krocket-
technik arbeitete, und sagte: »Vielleicht hat sie sich
auch in ein großes, haariges Steak verwandelt, in
dem Fall würde Ratso es sich sehr gut schmecken
lassen.«

»Er ißt also ordentlich, ja?« fragte Ratsos Mutter
mich in vollem Ernst. Sie war wahrscheinlich der einzige Mensch auf der Welt, der Ratso kannte und sich
mit dieser Frage in der Stadt trotzdem nicht zum Ge-
spött machte.

»Ich will's mal so sagen, Lilyan«, sagte ich, »mein ur-
sprünglicher Plan, ihn in eine Anorexieklinik in Ka-
nada einweisen zu lassen, bedurfte vorerst nicht der
Durchführung.«

»Da bin ich ja froh«, sagte sie, nickte vor sich hin und
erwiderte das zeitlose Lächeln und Winken des alten
Mannes mit dem Krocketschläger. In der kleinen Ge-
ste lag all die schüchterne und doch unverkennbare

Unbefangenheit zweier junger Menschen, die sich soeben auf ihrer ersten Gartenparty über den Weg gelaufen sind. Einst hatte auch ich diese Party besucht, aber Lilyan hatte mit einem Jungen im Auto eine sechzig Jahre während Spritztour gemacht, und jetzt stand sie wieder allein da. Ich selbst war schon vor Ewigkeiten nur mal eben Zigaretten holen gegangen und stand immer noch in der Schlange am Ausgang hinter einer großen Südamerikanerin. Im Kopf hörte ich, wie Lesley Gore über die Dudelanlage des Supermarkts eine Variante ihres Songs sang: »It's my party, I can leave if I want to.« Ich hatte die Party definitiv verlassen und nicht den Eindruck, daß ich so bald zurückkommen würde.

Ich sah eine Zeitlang zu, wie Lilyan Sloman die Vögel fütterte. Dann sah ich zu, wie der alte Mann auf dem friedhofsgrünen Rasen Krocket spielte. Dann sahen Lilyan und ich uns an.

»Na«, sagte sie, »dann wollen wir mal zur Bank.«

13

Nachdem sich Lilyan kurz entschuldigt hatte, um ihre Sommergarderobe gegen ein dunkleres, nüchterneres Kostüm zu tauschen, kehrte sie mit dem kleinen Schließfachschlüssel zurück.

»Ich kann mit dem Schlüssel auch allein runterfahren, Lilyan«, sagte ich. »Du brauchst wirklich nicht mitzukommen.«

»Ist aber besser«, sagte sie. »Ich weiß doch, wie Banker sind, und wenn die einen jungen Mann sehen, der nicht von hier ist, mit so einem Cowboyhut und einer Zigarre, und der hat den Schlüssel zum Schließfach einer kleinen alten Dame dabei, dann reicht ein Anruf nicht, um die Sache wieder auszubügeln.«

»Pretty Boy Floyd haben sie auch nicht gemocht«, sagte ich und half ihr in den Mietwagen.

Ich wendete in der Auffahrt und gab auch dem Gespräch einen neuen Dreh von Bankern zu Anwälten, indem ich mich bei Ratsos Mutter nach Mosche Hamburgers Vater erkundigte, dem Mann, der vor so vielen Jahren das Adoptionsverfahren geregelt hatte.

Das Ergebnis war aufschlußreich. Sie geriet beim Sprechen etwas außer Fassung.

»Die ganze Angelegenheit hatte immer etwas Eigenartiges«, sagte sie und ließ den Gedanken lange Zeit in der schwülen Luft hängen.

»Die Adoption?«

»Die Adoption, der Anwalt selbst, die Agentur, die uns das Baby schickte ...«

»Ratso sagt, er hätte es immer für eine jüdische Adoptionsagentur gehalten.«

»Sie war auch jüdisch, aber über der ganzen Sache lag etwas, das fand ich nicht ganz ...«

»Koscher?« half ich nach.

»Das ist nicht das Wort, das mir vorschwebte.«

»Nein«, sagte ich. »Hätt' ich mir denken können.«

Wir fuhren eine Weile schweigend weiter. Ich bemerkte, wie das Taschentuch gelegentlich aus der Handtasche kam, wenn sie sich die Nase schneuzte oder die Augen betupfte.

»Ich will doch nur, daß Larry glücklich wird«, sagte sie.

»Darum ist es ja auch goldrichtig, daß du uns hilfst, der Sache auf den Grund zu gehen.«

»Nein. Insgeheim habe ich – übrigens schon seit langer Zeit – das Gefühl, daß dort in der Vergangenheit ein furchtbares Geheimnis schlummert ...«

»Ach, dummes Zeug. Du bist Larrys Mutter – die einzige, die ihm je vertraut war. Er liebt dich. Er hat einfach das Gefühl, daß er über die andere Sache Bescheid wissen sollte.«

»Jack war der einzige Mensch, der wußte, was sich in diesem Schließfach verbirgt. Er hat es mir nie verraten. Ich wollte es nie wissen. Ich weiß es bis heute nicht.«

Als wir auf den Parkplatz der Bank einbogen, wußte ich, daß ich kurz davorstand, ein folgenschweres Puzzlestück in die Finger zu bekommen, so wie Lilyan Sloman meine Hand in die Finger bekommen hatte und kurz davorstand, in Tränen auszubrechen. Wir hatten alles genau geplant. Sie würde dafür sorgen, daß ich an der Bankerphalanx vorbei in den Tresorraum mit den Schließfächern gelangte, ohne schlimmeren Schaden zu nehmen als einen kleinen Dachschaden. Und wenn der Tresorbeamte und ich dann sicher im Allerheiligsten waren, jeder mit seinem Schlüsselchen, würde sie sich von einem Angestellten ein Taxi rufen lassen und nach Hause fahren.

Wie jede Adoptivmutter, die ihr Leben lang einen Sohn geliebt und großgezogen hat, fürchtete sie wahrscheinlich, bald einen Teil von ihm für immer an seine »richtige« Mutter zu verlieren. Genau wie meine Mutter, die nicht mehr am Leben war, wollte sie nur, daß ihr Sohn glücklich werden sollte. Genau wie jeder andere Sohn umarmte ich Lilyan Sloman, bis ihre Tränen versiegten. Dann betraten wir wie Frank und Jesse James die Bank.

Der Tresorverwalter, der den einen der beiden Schlüssel hatte, die man üblicherweise zum Öffnen eines Schließfachs braucht, hatte eine interessante

Stellung im Leben. Er verfügte über einen Teil der Macht, einem Kunden dessen Gold und Silber aufzuschließen, die meistgehegten Besitztümer, die Geheimnisse der Flitterwochen, und doch konnte er nie in diesem Luxus schwelgen, nie um diese verborgenen Geheimnisse wissen. Sein Schlüssel, dachte ich flüchtig, während er ihn oben ins Schließfach steckte, konnte geradezu der Schlüssel zum Glück sein.

»So«, sagte er, »jetzt muß er da rein.«

»Das hat sie letzte Nacht auch gesagt«, meinte ich.

Er zwang sich zu einem angewiderten Lippenzucken, das aussah, als hätte er Gas gewittert. Als sein Schlüssel dann im Schließfach steckte und seine Macht geschmälert war, schien die Energie aus seinem Körper zu entweichen, und leise trippelte er von dannen. Ich war mit Ratsos Vergangenheit allein und vielleicht auch mit seiner Zukunft, und das kam mir verflucht unheimlich vor. Der Schlüssel in der Hand fühlte sich an, als hätte Benjamin Franklin ihn gerade ans Ende seiner Drachenschnur gebunden. Scheiß drauf, sagte ich mir. Ich bin schließlich nicht hergekommen, um Donald Duck die Hand zu schütteln.

Ich öffnete das Schließfach.

14

Ein Freund in Australien hat mir mal gesagt: »Ich war trockener als ein Nonnenfötzchen.« Ich saß am Tresen einer kleinen kubanischen Restaurantbar irgendwo an der Straße zum Flughafen. In der Jackentasche, direkt neben der Stelle, die ich manchmal mein Herz nenne, steckte ein vergilbter, harmlos aussehender, verschlossener Umschlag, der seit über siebenundvierzig Jahren nicht geöffnet worden war, darauf wäre ich jede Wette eingegangen. Was so lange gewartet hatte, konnte auch noch warten, bis ich was getrunken hatte.

Die Bar war eher anrüchig und eher leer, aber sie sah so aus, wie ich mich fühlte. Die Musik hörte sich an, als hätte Hank Williams sie damals gespielt, als er mit Jack Ruby in Havanna rumhing, bevor er zu Jesus ging, und damit meine ich nicht, daß er einer christlichen Fundamentalistensekte beigetreten war. Mal davon abgesehen, daß sie Unterlippenbärte tragen, bei denen Frank Zappa vor Neid erblaßt wäre, haben die Kubaner viele gute Eigenschaften: sie sind leidenschaftliche Hitzköpfe, sie wissen gute Zigarren zu

schätzen, und in ihren Bars bekommt man stets siebenundneunzig verschiedene Rumsorten. Ich bestellte ein großes Glas Mount Gay Rum ohne Eis und
eine Coca-Cola nebenher zu Ehren von Timothy B.
Mayer, der als erster die Macht und Bedeutung der
Trennung von Rum und Cola erkannt hatte. Der
Drink wurde als Timster bekannt, und der Timster
selbst trank verdammt viele Timsters mit mir, bevor
auch er zu Jesus ging und ich zurück nach Texas, was
für viele New Yorker eigentlich gleich schlimm ist.

Als die beiden Gläser kamen, trank ich etwas Rum,
etwas Cola, etwas Rum, etwas Cola, etwas Rum, etwas Cola, bis ich keinen Rum mehr hatte, aber noch
jede Menge Coca-Cola. Auf der Welt wird es immer
jede Menge Coca-Cola geben.

Ich sagte dem Barkeeper, mein Glas schreie nach
mehr, und er schenkte mir noch einen Mount Gay ein.
Da ging es mir gleich viel besser, und ich war so gut
wie entschlossen, erst den Umschlag aufzuschlitzen
und dann Ratsos Kehle, falls der Umschlag nur Jack
Slomans alte Baseballkartensammlung enthielt.

Ich zog den Umschlag aus der Tasche und legte ihn
neben das Glas Mount Gay auf den Tisch. Es war ein
schicksalsschwerer Augenblick, und ich war der einzige in der Bar, der das wußte. Ich war überhaupt so
ziemlich der einzige in der Bar. Die Jukebox schwieg
mich plötzlich autistisch an, und der Barkeeper
klatschte sporadisch Fliegen tot wie der Typ mit dem
komischen Hut in *Casablanca*. Vielleicht war das die
Ruhe vor dem Sturm.

Ich nahm den Umschlag vom Tisch und hielt buchstäblich das Schicksal meines Freundes in der Hand. Etwas Rum, etwas Cola, etwas Rum, etwas Cola, und dann hörte ich eine Stimme, die sich wie ein Miskito-Indianer an mich heranschlich und mir etwas ins Ohr flüsterte. Die Stimme klang wie die von Lilyan Sloman und sagte: »Ich wollte es nie wissen. Ich weiß es bis heute nicht.«

»Du hast recht«, sagte ich, und der Barkeeper schlug eine Fliege tot.

Dann hörte ich eine andere Stimme. Sie wurde von atmosphärischen Störungen überlagert und kam von weit her, hatte aber noch gewisse natürliche Elemente, einen Unterton von Wirklichkeit. Ein Traumanruf aus Übersee. Es war die Stimme vom Timster. Er sagte: »Den Umschlag bitte.«

»Du hast auch recht«, sagte ich und öffnete den Umschlag.

15

Ich stellte mir vor, wie sich Stephanie DuPont zum Füttern über die Katze beugte, der Umschlag hatte sich in meiner Brusttasche häuslich niedergelassen, und ich hielt an den unmöglichsten Stellen brav Ausschau nach Verkehrsschildern mit abhebenden Flugzeugen, als ich im Rückspiegel einen Miskito-Indianer erspähte, der sich an meinen Mietwagen heranpirschte. Auf den zweiten Blick entpuppte er sich als ein Krautomobil, aber welcher Typ, war bei all den Penissen auf Rädern, die sich heutzutage auf den Straßen breitmachen, schwer zu sagen. Jedenfalls wurde er größer, wie das ja oft der Fall ist.

Er blieb noch drei Schilder mit abhebenden Flugzeugen lang hinter mir, und langsam wurde ich etwas nervös. Noch zwei Flugzeugbilder später sang ich entschieden nicht mehr »England Swings«. Einen Mietwagen durch eine fremde Stadt zu fahren, während sich einem ein gefährlich wirkendes, großes, modernes Krautomobil, hinter dessen Windschutzscheibe zwei lichtscheue Elemente lauern, an den Auspuff heftet, war wie das lange verschüttete

Traumfragment einer schlimmen Kindheit, das plötzlich explodiert und seine Granatsplitter in den Hirn-
kasten jagt. Das Krautomobil rückte bedrohlich
näher. Aus dem Augenwinkel sah ich, daß der Bei-
fahrer mit etwas in seinem Schoß herumspielte, und
ich hatte große Zweifel, daß es sein Schniedelchen
war.

Was hätte James Dean an meiner Stelle getan? fragte
ich mich. Wie hätte Jim Rockford reagiert? Was zum
Teufel würde mir hier unten im *Land of my People* zu-
stoßen? Instinktiv tastete ich nach meiner Brusttasche. Der Umschlag war noch da. Ich warf wieder
einen Blick in den Rückspiegel. Das Krautomobil war
auch noch da. Es mußte der Umschlag sein. Sie waren hinter dem Umschlag her. Oder aber, und das
war noch schlimmer, sie wollten, daß niemand an die
darin enthaltene Information herankam.

Ich machte mir schwere Vorwürfe, weil die strahlende,
heitere Sonne Floridas mich unvorsichtig gemacht
hatte. Die roten Sturmwarnungen flatterten schon die
ganze Zeit, und ich hatte sie für einen Ausverkauf wegen Geschäftsaufgabe gehalten. Auf makabre Weise
stimmte das ja auch. Anscheinend hatte ich nicht zwischen den Zeilen gelauscht, als Rambam und Perkins
mich über solche Nachforschungen in der Urzeit aufgeklärt hatten. Ich hatte den Mann im schwarzen
Mantel vergessen, der mich in Brooklyn verfolgte,
nachdem ich im Lagerhaus die Adoptionsunterlagen
gefunden hatte. Und was war mit Mosche Hamburger,
dem Sohn des Anwalts, der die Adoption klargemacht

hatte? Der war plötzlich vom Radarschirm verschwunden. Vielleicht lag er längst auf dem Grund des East River, und kleine gefilte Fische spielten in seinen Augenhöhlen Haschen.

Das ist nun mal der Lauf der Welt, dachte ich, während ich in die klaffende Mündung eines Sturmgewehrs schaute, das jeden Moment *Aaah* sagen konnte. Da fährt man mal kurz weg, um einem Freund zu helfen, und prompt vergißt man seinen guten alten Paranoiapanzer in New York. Man sucht nach Antworten und findet sie unbegreiflicherweise auch. Dann schließt der Krautwagen auf, überholt dich, die Waffe kommt in Sicht wie ein ungenießbar gewordener Tagtraum, und irgendwo zwischen der Wonne und der Sonne und dem Rum und dem Bumm folgst du dem letzten Flugzeugschild direkt in den Himmel. Auf einem Fensterplatz auf dem Weg direkt in die Vorhölle, wenn die Katholiken recht behalten, und du fliegst erstmal tausend Jahre lang eine enge, öde Warteschleife durch Wind und Wetter; von dem Sitzplatz hinter dir tritt ein arisches Kind auf deinen Rücken ein, und neben dir kotzt ein Fettsack aus Des Moines in ewiger Maulsperre das halbfertige Kreuzworträtsel voll, das unser aller Leben enthält.

Die anderen Passagiere auf dem Weg in die Vorhölle sind, wenn die Katholiken recht behalten, ungetaufte Babys, die während der tausend Jahre währenden Flugbahn allesamt unausgesetzt nach ihren Müttern plärren. Ob die besagten Mütter leibliche oder Adoptivmütter sind, wirft eine interessante Rechtsfrage auf, denn wenn das Flugzeug landet, wird längst kein Stammbaum auf Erden mehr Blätter tragen, und ob am Terminal nun HIMMEL: RAUCHEN VERBOTEN oder HÖLLE: NICHTS ZU MELDEN steht, ist dann so uninteressant wie ein tausendjähriges chinesisches Ei .

Doch siehe, es geschehen noch Zeichen und Wunder. Der Verkehr wurde langsamer, die Autos krochen nur noch, und neben einem großen Schild mit der Aufschrift DROGENKONTROLLSTELLE stand ein Highway-Polizist des Staates Florida und winkte alle Fahrzeuge auf den Randstreifen. Ich war so glücklich, daß Big Brother mich nicht aus den Augen ließ, daß ich fast ein paar Takte von »J. Edgar Hoovers Liebeslied« gesummt hätte. Ich brachte den Mietwagen zum Stehen und warf einen vorsichtigen Blick über die Schulter.

Im Krautomobil brach hektische Aktivität aus, es röhrte plötzlich über den Grünstreifen, vollführte ein dreckschleuderndes, kiesspritzendes Wendemanöver à la L. A. und schoß in Gegenrichtung davon, verfolgt von mehreren Schwarzweißminnas. Die Kavallerie griff endlich ein.

Ich stellte daraufhin die ausgeglichene Geduld des großen Mahatma zur Schau, während der Highway-Polizist meinen Führerschein kontrollierte und Routinefragen stellte und ein großer Schäferhund am Bodenblech und an den Rücksitzen schnüffelte. Mir war das jetzt egal. Ich hatte alle Zeit der Welt. Ich hatte sogar die Autonummer des Krautomobils für den Fall, daß gute deutsche Ingenieurskunst den Sieg davontragen sollte.

Während die Highway-Polizei ihre Ermittlungen fort-
setzte, stellte ich mit einer gewissen Erleichterung
fest, daß meine Ermittlungen größtenteils beendet waren. Mit den Informationen, die ich jetzt hatte, dürfte
es ein Kinderspiel werden, den Rest unter Dach und
Fach zu bringen. Der heutige Tag war ein bedeutender
Tag in der Geschichte des Larry »Ratso« Sloman. Die
Suche nach seiner Mutter, spürte ich, lag so gut wie
hinter mir, ebenso wie hinter ihm die Ungewißheit,
Unsicherheit und die nagenden Zweifel, die er ein Leben lang mit sich herumgeschleppt hatte. Jetzt war er
wortwörtlich ein anderer Mann. Dabei wußte er noch
nicht einmal etwas davon.
Ich lehnte mich im Fahrersitz zurück, zündete mir
eine Zigarre an und lächelte durchs offene Fenster
das nahegelegene Wäldchen mit Zitrusgewächsen
und die sonnengefleckte Skyline an, die weißen
Möwen zogen ihre Bahn am Horizont, der in einem
Blau hingepinselt war, das sich in der Phantasie so
leicht zu ändern scheint wie halberinnerte, halbge-
schlossene Augen.
»Würden Sie uns bitte den Kofferraum aufmachen,
Sir?« fragte der Polizist.
»Klar«, sagte ich, »obwohl's schade ist um die hun-
dert Kilo peruanische Marschverpflegung.«
»Wir schätzen keine Witze über Drogen, Sir.«
»Ich meine auch keine Drogen«, sagte ich und
drückte auf den Knopf, der den Deckel zum Koffer-
raum aufschnellen ließ. »Dahinten liegt nur meine
Frau.«

»Witze darüber schätzen wir auch nicht«, sagte er, ließ das »Sir« unter den Tisch fallen und ging zum Heck des Wagens.

Einen Augenblick später kam er zurück und winkte mich durch, sein Gesicht war jung, gleichgültig und regungslos wie das eines gelangweilten Pfadfinders.

»Kann ich Sie mal was fragen, Officer?« sagte ich.

»Was für Witze schätzen Sie und Ihre Leute denn?«

»Ach«, meinte er. »Sie kommen aus New York. Sie dürfte das kaum interessieren.«

»In New York wohn' ich bloß. Eigentlich komm' ich aus Texas.«

»Dann dürfte Sie das erst recht nicht interessieren«, sagte er.

16

Anderthalb Stunden später rief ich von einer Telefonzelle am Miami International Airport aus eine bekannte Nummer in New York an. Ich war froh, daß mein Gesprächspartner zu Hause war und ich seine heisere Nagerstimme hörte.

»Kinkstah!« schrie Ratso überschwenglich. »Was hast du rausgefunden, Kinkstah?«

»Hi, David«, sagte ich.

Am anderen Ende der Leitung herrschte ein ungewöhnliches, unter den gegebenen Umständen indes verständliches Schweigen.

Dann vernahm ich ein piepsiges Stimmchen, das in Ton und Timbre dem von Ratsos Vater in seinen letzten Lebenstagen vielleicht gar nicht so unähnlich war.

»David?« fragte das Stimmchen.

»David.«

»David«, sagte Ratso, noch ungewiß, ob ihm das gefiel. »David.«

»Besser als Goliath«, sagte ich hilfsbereit.

»Ist das alles? David?«

94

»Nein. Das ist erst der Anfang. Dein voller Name lautet David Victor Goodman.«

»Herrgott!«

»Den Namen wollte ich eigentlich immer haben, aber man sagt, der sei schon vergeben.«

»Und meine Mutter?«

»Deine Mutter hieß Mary Goodman. Ich weiß nicht, ob sie noch lebt, aber wenn ja, steht ihr euch vielleicht bald von Angesicht zu Angesicht gegenüber. Heute nachmittag wußte ich allerdings nicht mal, ob ich lange genug leben würde, um dich anzurufen.«

»Weiß Lilyan Bescheid?«

»Außer dir und mir und Mary Goodman weiß niemand davon.«

»Dann rufe ich Lilyan mal an. Ich glaube, ich erzähle ihr vorläufig nichts davon. Will bloß hören, wie's ihr geht.«

»Das finde ich sehr aufmerksam von dir«, sagte ich. »Ich würde meine Mutter auch gern mal anrufen, aber ich hab' die Vorwahl nicht.«

»Du redest mehr mit ihr als du ahnst, Kinkstah.«

»Ich hoffe bei Gott, daß du richtig liegst.«

»Ich lag schon immer richtig«, sagte Ratso. »Am meisten damals, als ich dich zu meinem Freund gemacht habe.«

»Nun bleib mal auf dem Teppich«, meinte ich und lehnte mich aus der Zelle, um die Abflugtafel zu kontrollieren. Als ich den Hörer wieder ans Trommelfell hielt, befand sich Ratso mitten in einem frenetischen, jüdischen Hare-Krishna-Sprechgesang: »Daaavid Vic-

95

tah Goodman! Daa-vid Vic-tah Goodman! DavidVic-tahGoodman!«

Die Vorstellung, wie Ratso durch seine brechend volle Wohnung tanzte und dem ausgestopften Eisbärkopf seinen neuen Namen zuschrie, entlockte mir ein Lächeln, und so etwas bekommt man am Miami International Airport nicht alle Tage zu sehen. Manchmal ist der Erfolg für einen guten, soliden Amateurdetektiv schon die halbe Miete. Und mit Ratso als Klienten bekommt man die andere Hälfte sowieso nie zu sehen.

»Überleg doch mal!« schrie Ratso. »Vielleicht bin ich der Zwillingsbruder von dem Bluegrass-Musiker Steve Goodman, und wir wurden bei der Geburt versehentlich nur getrennt.«

»Oder aber Benny Goodmans Zwillingsbruder, und ihr wurdet bei der Geburt versehentlich nur getrennt.«

»Vielleicht bin ich ja auch mit dem Goodman von Goodman, Schwerner und Cheney verwandt«, sagte Ratso.

Nur für den Fall, daß Sie damals auf dem Schulhof noch übers Hanfseil gehüpft sind oder Hanf anderweitig verwendet haben: Goodman, Schwerner und Cheney waren drei junge Bürgerrechtler, die in den frühen Sechzigern in Missouri vom Ku-Klux-Klan umgebracht worden waren. Cheney war schwarz, aber Goodman und Schwerner waren Judenjungen aus Queens (wo auch Ratso herstammte), die für die Sache der Freiheit und Gleichheit in den Süden gegangen waren. Ungefähr zur selben Zeit war auch Abbie Hoffman in Missouri. Man sollte festhalten, daß die frühe Bürgerrechtsbewegung sehr großzügig mit jüdischem Blut durchseucht war, wenn es so etwas gibt. Man sollte auch festhalten, daß gute, kleine, weiße, christliche Kirchenleute zu eben dieser Zeit an eben diesen Orten dünn gesät waren. Das ist nicht weiter verwunderlich, denn die gefährliche Rolle des Störenfrieds ist in der Geschichte oft genug dem jüdischen Volk zugefallen. Anne Frank und frei gesagt, sollte man drittens festhalten, daß die Beförderung des Menschheitswohls großenteils zwischen der Beschneidung, wo sie einem die Schwanzspitze wegschnippeln, und der Kreuzigung stattfindet, wo sie den ganzen Juden wegschmeißen.

»Es wäre mir eine Ehre«, sagte ich, »mit diesem Goodman befreundet zu sein.«

»Das Problem ist bloß«, meinte Ratso, »heute glauben die meisten Leute wahrscheinlich, daß Goodman, Schwerner und Cheney 'ne Anwaltskanzlei ist.«

»Heute«, sagte ich, »wären die wahrscheinlich auch eine Anwaltskanzlei. Außerdem verpasse ich gleich mein Flugzeug.«

»Weißt du, mit welchem Goodman ich am liebsten verwandt wäre?« fragte Ratso und scherte sich keinen Deut darum, daß ein anderer Amerikaner seinen Flug erreichen mußte.

»Nicht die Bohne«, sagte ich und sah mich nervös nach dem Weg zum Flugsteig um.

»Der Goodman, mit dem ich am liebsten verwandt wäre ...«

»Herrgott noch mal, Ratso, spuck's endlich aus! Ich verpasse meinen Flug!«

Ratsos Kunstpause war zum Verrücktwerden. Als er weitersprach, zeigte seine Stimme große und sorglose Würde.

»Es ist durchaus möglich«, sagte er, »daß ich der Erbe des Goodmanschen Eiernudelimperiums bin.«

Mehr war nicht zu sagen. Und glücklicherweise war auch keine Zeit mehr dafür.

17

Ich marschierte im Stechschritt zum Flugsteig und konnte auf den letzten Drücker an Bord eines großen Silbervogels springen, der nach Norden flog. Irgendwo in seinen unteren Eingeweiden setzte ich mich auf einen Sitz am Gang. Während des Räderranklappens sagte ich mir, ich sollte langsam aufhören, mir auf die Schulter zu klopfen, und lieber nach Mary Goodman suchen. Dummerweise gab es an der Ostküste etwa vierundsechzig Millionen Mary Goodmans. Bis ich den mühseligen Prozeß hinter mir hatte, die alle abzuklappern, saß Ratso wahrscheinlich selber im Shalom Retirement Village, weigerte sich, eine Hose zu tragen, und bestand darauf, als Admiral Hornblower angeredet zu werden.

Wenn das Baby Ratso vom Büro einer jüdischen Adoptionsagentur vermittelt worden war, und davon ging ich inzwischen aus, waren die alten Akten von Synagogen und jüdischen Tempeln ein vielversprechender Ausgangspunkt. Die meisten Juden führen penibel Buch. Das Alte Testament – das großenteils ein glorifizierter Saatgutkatalog ist, wer zeugte wen, wer ließ seinen Samen auf die Erde fallen und verderben, und wer begehrte bloß seines Nachbarn Wauwau – ist schon seit einigen tausend Jahren im Handel.

Da wir jetzt den Namen der gesuchten Person kannten, konnten wir vielleicht eine alte Adresse zutage fördern, die dann sogar dazu führen mochte, die gegenwärtige Bleibe dieser Person herauszufinden. Natürlich nur, falls das Gebäude in der Zwischenzeit nicht zu einem Gefängnis, einem McDonald's oder einem Parkplatz geworden oder einem anderen Zeugnis menschlichen Fortschritts gewichen war.
Ich erinnerte mich, daß Kent Perkins vorgeschlagen hatte, ich solle mich in öffentlichen Bibliotheken in alte Telefonbücher aus den Vierzigern vertiefen. Sollte das nichts fruchten, hatte er angeboten, selbst aktiv zu werden und Ratsos Mutter per CD-ROM zu suchen, einem Gerät, dem ich ungefähr soviel Argwohn entgegenbrachte wie ein australischer Aborigine dem kleinen Gerät, das im Lokus das Wasser blau färbt.
Letztlich war natürlich jeder Aufwand gerechtfertigt, der uns zu Ratsos Mutter führte. Erst recht, dachte ich, wenn sie sich als die Goodman vom Goodmanschen Eiernudelimperium herausstellte. Wenn dann die Zeit kam, Ratso meine Honorarforderung zu präsentieren, stand ich wenigstens nicht angeschissen vor dem Scheunentor.
Ich fiel in unruhigen Schlaf und träumte einen dieser

lächerlichen Träume, um die sich kein Mensch kümmert, weil sie uns oft mehr über uns verraten, als uns lieb ist. Im Traum trug ich denselben blauen Samtmorgenrock, den Robert Louis Stevenson in seinem zwischen Erkrankung und Erholung schwankenden Leben getragen hatte. Ich lief meilenweit durch die mit Badezimmerkacheln verfliesten Korridore eines riesigen Herrenhauses, um den Haupteingang zu öffnen. Hinter mir veranstaltete die Goodman-Eiernudel-Sippe im glanzvollen Speisesaal eine Abendgesellschaft für die Rockefellers und die DuPonts. Das Hauptgericht, das selbstverständlich auf einem Himmelbett aus Goodman's Eiernudeln serviert wurde, schien Gänsebraten zu sein. Als der Diener, der Clarence »Froschmann« Thomas, dem Richter am Obersten Gerichtshof, verdammt ähnlich sah, die Gans mit einem großen, blitzenden Messer tranchierte, steckte eine Ente in der Gans und in der Ente ein Huhn und im Huhn ein Fasan und im Fasan eine Jungtaube und in der Jungtaube eine Wachtel.
Ich fand nie heraus, was in der Wachtel steckte, denn das Pochen an der Tür wurde immer lauter, und ich mußte öffnen.
Draußen im Schnee stand ein Mann mit einer Waschbärmütze, an der vorn noch der kleine Kopf mit den zugenähten Augen baumelte. Er trug einen auffälligen Zuhältermantel, ein Hemd, das früher einmal Engelbert Humperdinck gehört haben mußte, eine lachsfarbene Hose und rote Schuhe, bei denen ich intuitiv wußte, daß sie einst von jemandem getra-

gen worden waren, der nicht mehr unter uns weilte. Außerdem trug er ein breites, gutmütiges Lächeln im Gesicht. Als ich ihn zur Tafel geleitete, schien niemand von seiner Gegenwart die geringste Notiz zu nehmen.

Plötzlich stand Mary Goodman auf, die Nancy Reagan beim Vorsprechen für die Hauptrolle in *Die Tochter des Dr. Jekyll* verblüffend ähnlich sah, und stimmte fremdartige palästinische Klagegesänge an. Der Fremde sah sie mit ungläubigen Augen voller Trauer an.

»Mama?« sagte er.

»Wir wollen ihn nicht!« kreischte sie. »Schmeißt ihn raus!«

Ich geleitete die bedauernswerte Kreatur ins Schneegestöber zurück. Bevor ich die Tür schloß, drehte er sich noch einmal um und legte mir die Hand auf die Schulter.

»Vielen Dank für deine Hilfe, Kumpel«, sagte er. Seine Augen rotierten wie klägliche kleine Luftblasen im Whirlpool.

Als er davonging, merkte ich, daß er jetzt Robert Louis Stevensons Mantel anhatte und ich die Livree eines Butlers trug. Ich fühlte mich schuldig, wußte aber nicht, was ich verbrochen hatte. Ich wußte bloß, ich war der Butler, und ich war schuld. Dann wachte ich auf und stellte fest, daß ein arisches Kind mir vom Hintersitz aus in den Rücken trat.

Der restliche Flug verlief ereignislos, wie es so schön heißt. Es war spät, als ich endlich in die Stadt kam.

Die Nacht war sternklar, und eine silberne Mond-
sichel spielte zwischen den Wolkenkratzern mit mir
Verstecken. Seit meiner Abreise schien es noch kälter
geworden zu sein, aber das lag vielleicht an meinen
Nerven. Die Rückkehr nach New York ist fast genauso schlimm wie die Abreise.

Das Cab spuckte mich an der Nr. 199B der Vandam
Street aus. Ich bezahlte, holte mein Gepäck aus dem
Kofferraum und schloß die große Stahltür des alten,
umgewandelten Lagerhauses auf. Ich fuhr mit dem
Lastenaufzug in den dritten Stock hoch und ging gerade durch den verstaubten kleinen Flur auf die Tür
meines Lofts zu, als sich diese plötzlich öffnete.

Stephanie DuPont erschien auf der Schwelle, und
ich wußte augenblicklich, daß etwas nicht stimmte.
Große, starke, schöne Frauen verwandeln sich
schneller als jeder andere in kleine Mädchen, wenn
etwas wirklich faul ist. Ich las es ihren Augen ab,
ihren Händen und am meisten der Art und Weise,
wie sie die Arme um mich schlang und mich in die
Wohnung zerrte.

Zuerst dachte ich, der Katze wäre etwas zugestoßen.
Aber die schlief unter ihrer Heizlampe auf dem
Schreibtisch.

»Du hast vor ein paar Minuten einen Anruf bekommen«, sagte Stephanie mit einer Stimme, die ich
kaum wiedererkannte. »Ich hab's auf der Maschine
gehört. Der Mann hat gesagt, es ist dringend, also bin
ich rangegangen. Ein Detective von der Polizei –
Cooperman war der Name, glaube ich. Er hat gesagt,

er ist in der Wohnung, und du sollst sofort rüberkommen ...«

»Wohin? In welcher Wohnung?«

»Warum muß immer ich die schlechten Nachrichten überbringen?« flüsterte sie wie ein Kind. Sie wollte sich durchs Haar fahren, und ihre Hand zitterte. Ich packte die Hand und hielt sie fest.

»Was hat er gesagt?«

»Es geht um deinen Freund Ratso«, sagte sie. »Er ist heute abend ermordet worden.«

18

Während seines langen Aufenthalts in der Südsee wuchs Robert Louis Stevensons Liebe zu den Völkern Polynesiens, und schließlich hielt er sie für die klügste, glücklichste und schönste Rasse auf Erden seit den alten Griechen. Er war fest davon überzeugt, daß der weiße Mann ihre kulturelle Entwicklung abgeschnitten hatte, noch bevor die Polynesier einen eigenen Homer und einen eigenen Sokrates hervorbringen konnten. Im Auftrag seines Freundes Mataafa und seiner Gefolgsleute schrieb er unzählige Briefe an die Queen und den britischen Hochkommissar und wollte einfach nicht wahrhaben, daß die Briten, die Deutschen und die Amerikaner Samoa längst unter sich aufgeteilt und das Schicksal der Insel damit besiegelt hatten.

Ein gewisser Don Ho ließ viele Jahre später Stevensons Hoffnungen für die Völker der Südsee wieder aufleben und beschrieb, wie diese Hoffnungen seiner Meinung nach großenteils von den amerikanischen Missionaren zunichte gemacht worden waren. »Die Missionare erzählen den Menschen«, sagte er, »sie sollten die Köpfe senken und beten. Als sie wieder aufsahen, war ihr Land fort.«

Als ich jetzt wie betäubt aus dem Cabfenster starrte, wußte ich im Grunde meines Herzens, daß auch in meinem Leben immer mehr Mosaiksteine fort waren. Robert Louis Stevensons Südsee war ein reines Ablenkungsmanöver, mit dem ich die tragischen Akkorde der Wahrheit noch kurze Zeit von ihrem dumpfen und unerbittlichen Dröhnen abhielt, als wäre ich ein herausgeputztes Kind, das seine erste Beerdigung verstehen will.

Als wir vom West Broadway auf die Prince Street abbogen, sah ich schon die Zivilstreifenwagen und die Fleischkutsche, auch bekannt als »Hamburgerlieferant«, vor Ratsos Haus stehen. Sie glichen dusseligen, mechanischen Haien, die düstere Kreise zogen.

»Wenn das hier ein Film ist«, sagte ich, »will ich mein Geld zurück.«

Der Fahrer warf mir ein leicht angestoßenes Grinsen zu. »Macht vier Dollar und fünfundsiebzig Cents.«

Ich zahlte geistesabwesend und stieg aus der Kutsche. Einen Augenblick stand ich auf dem Gehweg und sah im kalten und kristallklaren Laternenschein Ratsos Straße auf und ab. Die Zeit schien stillzustehen, als befände ich mich in einem Wachsfigurenkabinett und wartete auf einen hereinstolpernden Mann mit einer Kerze oder drei Weise aus der Unterwelt oder jemanden, der Caesarn zu begraben kam. Vielleicht war das mein Job, dachte ich.

Von den nächsten Stunden habe ich nur verschwommene Bilder im Gedächtnis, als hätte Gott die Wattleistung meiner Beobachtungsanlage drastisch heruntergefahren, bis das ganze Leben nur noch wie in einem Spielzeugkaleidoskop an einem wolkengrauen Tag erschien. Falls es einen Gott gab. Aber nicht nur war meine optische Potenz beeinträchtigt, ich hörte im Kopf auch ständig Robert Louis Stevensons »Requiem«.

Das Gedicht steht auf seinem Grabstein auf dem samoanischen Mount Vaea. Wie es so schnell den Weg nach New York und in meinen Schädel geschafft hatte, war mir schleierhaft. Vielleicht war es auf der Straße der liebenden Herzen gereist.

> Unter Gottes Sternenzelt
> Habe ich mein Grab gewählt.

Über New York schrieb er bestimmt nicht, dachte ich, als ich einem Uniformierten an der Tür meinen Namen zuraunte und daraufhin durchgelassen wurde. Ratsos Penner war nirgends zu sehen. Die Almosen dürften fortan spärlicher fließen.

> Froh seh' ich mein Feld bestellt,
> Willenskraft stutzt mir die Flügel.

Wo ein Letzter Wille ist, ist ein Anwalt das Allerletzte, dachte ich, als ich durchs Foyer ging und auf den kleinen Aufzug wartete. Nur wußte ich nicht, wo zum Teufel der Anwalt steckte. Ich wußte bloß, daß er ins Bild paßte, und alles paßte in das Bild, das mich oben erwartete.

Der Aufzug kam, und ich stieg ein. Es war ein trauriger kleiner Aufzug in einer traurigen kleinen Welt, und er hätte weit höher als in den fünften Stock oder weit tiefer als ins Foyer fahren müssen, schätzte ich, wenn er mich zu Ratso bringen wollte.

Im fünften Stock wimmelte es von Cops. Streifenpolizisten, Kriminalbeamte und Leute von der Spurensicherung, gute Cops und böse Cops, und alle hatten dieses mehr oder weniger versteckte räuberische Funkeln tief in den Augen, während sie sich zur allzeit beliebten Melodie des Mordes bewegten. Ob sie nun Bündel aus Menschenmatsch und Lebenssaft in Leichensäcken verschnüren und in der Fleischkutsche verstauen oder in der ersten Morgendämmerung in gottverlassenen Foyers herumlungern und schwarzen Kaffee aus Styroporbechern trinken mußten, sie liebten ihren Job. Cops müssen sich natürlich wie Cops aufführen. Ihre Stammesrituale verlangen das nun einmal so. Ich machte oben am Fahrstuhl einen Rechtsschwenk und ging den kleinen Flur entlang, bis ich Ratsos Tür erreichte. Sie stand offen. Er hatte keine Veranlassung mehr, die drei Schlösser abzuschließen.

Meisselt mir auf meinen Stein:
»Hier ruht jetzo sein Gebein.

Ratso lag mit dem Gesicht nach unten auf dem Boden. Unter seiner oberen Körperhälfte hatte sich eine kleine Lache aus halbgeronnenem Blut gebildet. Sie sah aus wie rosa Meerrettich.
Ein Fotograf und irgendeiner von der Spurensicherung fummelten noch an der Leiche herum. Schossen Fotos von seiner kreischbunten Aufmachung. Eine Nahaufnahme seiner uralten roten Schuhe, die einst einem Toten gehört hatten. Der Kreis hatte sich geschlossen.

> Heim der Seemann, heim vom Sein,
> Und der Jäger heim vom Hügel.«

Detective Sergeant Fox und ein mir unbekannter Cop standen an Ratsos kleinem Schreibtisch, blätterten sein Adreßbuch und seine Kontoauszüge durch und hörten den Anrufbeantworter ab. »Wo bleibst du denn?« fragte eine ziemlich verführerische Frauenstimme. »Ich warte jetzt schon seit über zwei Stunden im Pink Pussycat.« Fox feixte.
Ich sah hoch und entdeckte Sergeant Mort Cooperman am Fenster neben der Statue der Jungfrau Maria. Beide machten ein grimmiges Gesicht. Cooperman schüttelte traurig den Kopf, nachdem er mich sah, und zuckte seine Bullenachseln. Die Jungfrau Maria sah mich einfach an und sagte nichts. Sie sah das alles nicht zum ersten Mal.
»Schau ihm nicht ins Gesicht, Tex«, sagte Cooperman. »Das ist noch nicht geschminkt.«

Ein beklemmendes Schweigen entstand. Ich starrte weiter die Jungfrau Maria an. Gleich würde einer von uns beiden blinzeln müssen.

»Falls es dich tröstet«, sagte Cooperman, »aber er war schon tot, bevor er auf dem Boden aufschlug.«

»Manche Leute sind wahre Glückspilze«, sagte ich.

19

Man hält es zunächst für Ironie, aber wer in der Welt des Verbrechens bewandert ist, kann schwören, daß es wahr ist. Wenn am Tatort weder Mörder noch Waffe aufzutreiben sind, stellt sich oft heraus, daß der Täter der Mensch ist, der dem Opfer im Leben am nächsten stand – der Lebensgefährte, der beste Freund, ein Familienangehöriger, die Person, die die Polizei überhaupt erst benachrichtigt hat oder die die Ermittlung auf die eine oder andere Weise unterstützt hat. Jeder Cop weiß das, und bei der Verbrechensaufklärung mag es eine gute Faustregel sein, aber der menschlichen Rasse stellt es in mancherlei Hinsicht ein geistiges Armutszeugnis aus. Mit anderen Worten, wer uns kennt, der liebt uns. Vielleicht waren wir ja auch nur in logischen, umkehrbar eindeutigen Rechenoperationen noch nie besonders gut.

Obwohl Cooperman scheinbar einfühlsam an die Befragung heranging, fiel ich nicht aus allen Wolken, als er mich als den Hauptverdächtigen einstufte. Ich steckte zu der Zeit in einer Art kultureller Mayonnaise, und mein Zustand besserte sich auch nicht, als ich mitansehen mußte, wie Ratso in einem Leichensack abtransportiert wurde. Einer der besten Freunde, die ich je gehabt hatte, war unvermittelt und auf grausame Weise Futter für die Würmer geworden, und jetzt saßen Cooperman und ich auf dieser verwahrlosten Couch und unterhielten uns wie zwei chinesische Laskaren, die über den Preis von Fischmägen feilschen.

Merkwürdigerweise kann ich mich an unser Gespräch bis ins Detail erinnern. Cooperman rauchte eine Gauloise, die er sich mit seinem Zippo und einem geiergleichen Herabstoßen seines dicken Halses angezündet hatte. Ich rauchte eine Zigarre, die ich mit einem Küchenstreichholz und einem Gebet angezündet hatte. Im Beisein der Jungfrau Maria erinnerte mich der Qualm an Weihrauch. Ich weiß noch, daß ich dachte, wenn Weihrauch einen Ort geistig reinigt, dann soll er mal langsam zu Potte kommen.

Der dumpfe Schmerz, der sich immer mehr in meinem Herzen breitmachte, trieb mir nach und nach die »Requiem für Ratso«-Verse aus dem Kopf. Und auf irgendeinem dunklen Abstellgleis meines Gehirns, glaube ich, wurde Ratsos Ermordung bereits mit der Suche nach seiner Mutter in Verbindung gebracht, die sich jetzt wohl erübrigte. Ob beides miteinander zu tun hatte, konnte ich nur mutmaßen, aber Cooperman wollte nichts davon wissen. Er nahm mich auf seine unnachahmliche, unverblümte,

direkte Art in die Zange. Der Kürze halber habe ich
hier nur einen Teil unseres Gesprächs festgehalten.

»Hatte Ratso eine abgesägte?«

»Eine abgesägte was?«

»Schrotflinte.«

»Meines Wissens nicht.«

»Hast du eine abgesägte Schrotflinte, Tex?«

»Meines Wissens nicht.«

»Ich dachte, alle Cowboys reiten Pferde und tragen
eine Waffe.«

»Ich habe keine Waffe, und ich reite nur Zweibeiner.«

»Wann hast du deinen Kumpel das letzte Mal gesprochen?«

»Heute abend. Ich hab' ihn gegen sieben vom Flughafen in Miami aus angerufen.«

»Und du wolltest da unten …«

»… Ratsos leibliche Mutter finden. Sein Adoptivvater
ist kürzlich verblichen …«

»Hast du seine Mutter gefunden?«

»Nein, aber ich habe ihren Namen in Erfahrung gebracht. Mary Goodman.« Cooperman notierte sich
etwas auf seinem Block.

»Wie klang Ratso, als du mit ihm gesprochen hast?«

»Aufgeregt. Er rechnete damit, bald seine leibliche
Mutter kennenzulernen.«

»Hat er vielleicht schon.«

»Vielleicht.«

Cooperman drückte seine Zigarette aus und zündete
sich sofort die nächste an. Ich ließ einen Aschekegel
im Clarence-Darrow-Format in den kleinen Aschen-

becher fallen und sah zum Foto von Ratsos Begegnung mit Nixon hoch. Ratsos Begegnung mit Bob Dylan. Wer sollte jetzt sein Buch über Abbie Hoffman beenden? fragte ich mich. Ratso hatte erst fünf Jahre daran gearbeitet. Andererseits konnte er Abbie Hoffman jetzt persönlich interviewen. Das wäre eine Sensation.

»Hatte er manchmal Streit, sagen wir in Geld- oder Frauensachen?«

»Ja und ja.«

»Fangen wir mit dem Geld an. Wann gab es Geldstreitigkeiten?«

»Jedesmal, wenn er aus einem Cab ausstieg.«

»Verstehe.«

»Gar nichts verstehst du. Der Typ hatte Angelhaken in den Hosentaschen. Während unserer gesamten Bekanntschaft hat er, glaub' ich, nicht ein einziges Mal die gemeinsame Zeche bezahlt. Aber für so ein Benehmen fliegt eine Figur doch nicht gleich vom Brett. Vielleicht trat da einfach eine fundamentale jüdische Neurose in Aktion. Im Herz und im Leben war Ratso stets ein Mann von selbstlosem Wesen. Einer der höflichsten und liebenswürdigsten Menschen, die ich je kennengelernt habe.«

»Warum wird er dann kaltgemacht?« Cooperman funkelte mich an. Ich sah mich im Zimmer nach Hilfe um.

»Keine Ahnung. Frag Nixon, warum er bei Watergate eingewilligt hat. Frag Bob Dylan, warum er ›Mr. Tambourine Man‹ komponiert hat. Frag Abbie Hoffman, warum er seine Sterilisation auf Video aufgenommen hat.«

»Ich frage aber dich.«

»Und ich habe dir schon das einzige gesagt, was für mich nicht von vorn bis hinten unsinnig ist. Jemand hat ihn umgebracht, weil wir kurz davorstanden, seine leibliche Mutter zu finden.«

Cooperman bedachte mich mit einem müden Lächeln. Ich bedachte ihn mit einem müden Lächeln. Meine Gefühle waren so verkorkst und verstümmelt, daß ich mit jedem gesellschaftlichen Verkehr zufrieden war, den ich kriegen konnte.

»Ich will dir mal was sagen«, sagte Cooperman. »Überlaß die verwickelten Geschichten und die Verschwörungstheorien den Drehbuchschreibern in Hollywood. Wenn der Mord hier aufgeklärt wird – und das wird er garantiert –, wird er bei weitem nicht verwickelt und verschwörerisch gewesen sein. Was ist jetzt mit Nutten? Es gab doch Nutten in seinem Leben, oder?«

»Wo sollte die Couch sonst wohl ihre Bremsspuren herhaben?«

»Ich will die Namen all seiner Frauen aus den letzten fünf Jahren haben.«

»Kein Problem. Brauchst bloß zum Monkey's Paw runterzugehen und dir die Wände vom Herrenscheißhaus anzusehen. Aber du willst doch nicht im Ernst behaupten, daß eine Frau hier reingekommen ist und ihn mit einer abgesägten Schrotflinte durchsiebt hat wie weiland bei Sam Cooke.«

»Nein. In unserem Fall war es bestimmt ein Mann gewesen. Die Tür ist nämlich gewaltsam aufgebrochen worden. Obwohl das ja noch nicht ausschließt, daß trotzdem ein Weibsbild Ratso auf dem Kieker hatte. Kann doch jemanden beauftragt haben, ihn zur Strecke zu bringen.«

Ich bekam langsam Kopf- und Bauchschmerzen, weil die Zeit unbarmherzig verstrich und kein Ratso zur Tür reinkam und ein Eishockeyspiel einschaltete.

»Ich würde gern jemanden damit beauftragen, unsere Unterhaltung zur Strecke zu bringen«, sagte ich.

»Hast du gerade«, sagte Cooperman, stand auf und reckte und streckte sich. »Das ist die mieseste Couch, auf der ich in meinem ganzen Leben gesessen habe.«

»Versuch erst mal, darauf zu schlafen.«

»Versuch erst mal, die Stadt nicht zu verlassen«, sagte er und ging zu Fox hinüber, um sich mit ihm zu besprechen.

20

Der Tod eines Menschen, der uns nahestand, ist längst nicht so komisch, wie man immer hört. Ich weiß, wovon ich rede. Ich hab' dieses Rodeo schon ein paarmal mitgemacht, und nach jedem Abwurf ist es schwerer, den Hut aufzulesen und den Staub abzuklopfen. Als ich morgens um halb vier, nach vier Zigarren und einer halben Flasche Jameson, am Tisch im Loft saß und mit Ratsos Adoptionsurkunden Patiencen legte, da fiel es mir immer noch grauenhaft schwer zu glauben, was ich doch mit eigenen Augen gesehen hatte.

Ich goß mir noch einen Jameson in mein altes Stierhorn und verfolgte, wie sich meine Uhr weltverdrossen auf Viertel vor vier vorarbeitete. Sie war ein Uhrwerk des Todes, dem alles scheißegal war, solange es uns nur gewissenhaft die Sekunden, Minuten und Stunden unseres Lebens abzählen konnte. Augenblicke bedeuteten ihr nichts. Armbanduhren waren alle gleich, dachte ich. Gefühlskalte, ausdruckslose Gesichter, die immer eine Armeslänge Abstand vom Herzen hielten.

»Nächstes Mal besorg' ich mir 'ne Sonnenuhr«, sagte
ich zur Katze.
Die Katze antwortete nicht, lag nur auf dem Schreibtisch und behütete mich. Vielleicht hatte sie mit
einem Katzenecholot aus grauer Vorzeit die Sturm-
flut in meinem Herzen registriert. Sie hatte schon so
manche Situation dieser Art mitgemacht, und jetzt
schaltete sie offenbar die Luken, um auch die nächste
Katastrophe zu überstehen. Hätte sie gewußt, daß es
sich um Ratso handelte, der zu Jesus gegangen war,
dann hätte ich ihre Reaktion nur ungern vorausge-
sagt. Wahrscheinlich hätte sie sich eine lange, grüne
Wichtelmütze aufgesetzt, eine Fiedel geschnappt
und einen Freudentanz vom einen roten Telefon zum
anderen aufgeführt, bis die Rinder von der Weide
kamen, was in New York einige Zeit dauern konnte. Wie die Menschen wissen Katzen nie, wem die
Stunde schlägt. Im Gegensatz zu den Menschen sind
sie allerdings meist zu höflich, um Fragen zu stellen.
Ich hob das alte Stierhorn in Richtung Wohnzimmer
und altes Sofa, wo Ratso geschlafen hatte, als er noch
als Hausplage in unserem Loft unter uns weilte. Ich
sagte die letzte Strophe des Gedichts auf, das Breaker
Morant am 19. April 1902 in seiner Zelle geschrieben
hatte, in der Nacht vor seiner Hinrichtung.

> Ein letztes Mal heißt's Saufen, Fressen,
> Eh zu Gott wir gehen.
> Ein Hoch dem Rock mit samt'nen Tressen,
> Den wir nimmer sehen.

Ich schloß mit Breakers letzten Worten, die er dem britischen Exekutionskommando ins Gesicht schrie: »Und zielt gefälligst, ihr Schlappschwänze!«

Ich erledigte den Whiskey und lauschte voller Hoffnung auf Lebenszeichen aus der Lesbentanzschule, die aber ausblieben, paffte eine Zeitlang an der Zigarre, bis sie den Geist aufgab. Dann pustete ich noch der Lampe das Licht aus und ging ins Bett. Für heute reichte das an Morden.

Der Sandmann hatte anscheinend Urlaub, und so blieb mir keine andere Wahl, als im schmerzenden Schädel qualvoll die traurige Sachlage hin und her zu wälzen. Ich war nicht Coopermans Meinung, daß ein »Rock mit samt'nen Tressen« die Schuld an Ratsos Tod trug. Ich glaubte auch nicht, daß er wegen einer Fehde oder eines Streits um Geld erschlagen worden war, obwohl ich selbst ihn aus genau diesem Grund oft genug hatte umbringen wollen. Es war denkbar, daß Geld oder eine Frau dabei eine Rolle spielten, dachte ich, aber nicht so schlicht und einfach, wie Cooperman sich das vorstellte. Egal, auf welchen Umstand Ratsos Tod zurückzuführen war, ich ging davon aus, daß dieser Umstand vor siebenundvierzig Jahren seinen Anfang genommen hatte, und mir fielen beim besten Willen nur zwei Menschen ein, die mir die Frage nach dem Warum beantworten konnten. Mosche Hamburger und Mary Goodman. Leider schienen die beiden nur wenig erpicht darauf, auf mein Klopfen an ihre Pforten der Wahrnehmung zu reagieren.

Ich würde Mary Goodman finden, schwor ich mir, und sei es nur, um ihr mitzuteilen, daß ihr Sohn sie gesucht habe. Das war ich Ratso schuldig. Das war ich mir selbst schuldig. Ich schlief im Buntglasfunkeln der Straßenampeln ein, die bonbonfarben Rot, Grün, Gelb und wieder Rot wurden, wie Eis-am-Stiel-Heilige und Jukebox-Hexen, die im Mittelalter des Herzens verbrannt wurden.

Kurz vor dem Morgengrauen vernahm ich etwas, was sich wie eine Riesenheuschrecke in meinem Kissen anhörte. Mittelprächtig hirntot, schnappte ich mir den Hörer am Bett und zerrte ihn dahin, wo ich meinen Kopf vermutete.

»Hier ist die Vermittlung«, sagte eine Frauenstimme, »nehmen Sie ein R-Gespräch entgegen?«

»Wer ist dran, Vermittlung?«

»David Victor Goodman«, sagte sie.

21

Als die durchaus unverwechselbare Stimme des Anrufers durch den Hörer dröhnte, wußte ich, daß ich entweder ebenfalls zu Jesus gegangen war, oder Ratso sich noch irgendwo zwischen den Wirrnissen des Diesseits herumdrückte. Je mehr mir bewußt wurde, daß er noch unter uns weilte, desto mehr fand ich mich hin und her gerissen zwischen den gleich starken Zwillingswünschen, vor Freude durchs Zimmer zu hüpfen oder Ratso gleich wieder kaltzumachen.

»Kinkstah!« schrie er. »Kinkstah!«

»Hoffentlich hast du 'ne gute Ausrede«, sagte ich finster, aber ich muß gestehen, daß mich bildlich gesprochen eine Flutwelle der Erleichterung unter sich begrub. Obwohl es erst halb sechs war und obwohl ich verhältnismäßig erfolglos versuchte, meinen Sarong aus Borneo und eine monströse Morgenlatte zu entwirren, stieß ich ein wohlmoduliertes texanisches Gejohle aus und versuchte, die Katze zu umarmen, was diese grenzenlos nervte; sie stolzierte wie eine hochmütige Liebhaberin aus dem Zimmer. Die Katze

121

war natürlich nicht meine Liebhaberin. So weit war es noch nicht gekommen.

Noch nicht.

»Ich hab’ da ein Problem, Kinkstah«, sagte Ratso.

»Ich auch«, sagte ich.

»Ich sitz’ hier oben in Woodstock, und mein alter Freund Jack Bramson hockt in meiner Bude. Du kennst Jack doch, oder?«

»Wir sind uns nicht vorgestellt worden.«

»Also, er ist ein dufter Kumpel, aber nicht besonders zuverlässig, wenn du verstehst, was ich meine. Plötzlich geht er nicht mehr ans Telefon, und mein Anrufbeantworter ist im Arsch. Ich hab’ ihn bloß gebeten, ein paar Tage lang auf die Wohnung aufzupassen, aber nicht mal dazu ist er imstande.«

»Vielleicht gehst du zu hart mit ihm ins Gericht.«

»Also, wenn jemand an meinem Anrufbeantworter herumfummelt ...«

»... dann ist das wenigstens *safer Sex.*«

»Ich ruf’ bei mir an, keiner geht ran, und das Gerät spielt nicht mal meine Botschaft ab.«

»Warum muß heutzutage auch alles eine Botschaft haben?«

»Also, wenn’s dir nichts ausmacht, Kinkstah, dann wär’s nett, wenn du mal rübergehst und das Gerät in Gang bringst.«

»Keine Chance, Ratso.«

»Was soll das heißen? Ich hab’ dir oft genug ’n Gefallen getan! Ich hab’ dir geholfen, deine verdammte Freundin zu finden. Ich hab’ dir geholfen, deine verdammte Katze zu finden. Ich hab' dir geholfen, den verdammten Nazi zu finden …«

»Du bist eben ein echter Freund.«

»Ich mein's ernst, Kinkstah. Ach komm. Ich erwarte ein paar wichtige Anrufe. Wenn Jack da ist, sag ihm, daß ich dich angerufen hab', dann läßt er dich rein. Wenn Jack weg ist, klingle beim Hausmeister und laß dir den Schlüssel geben.«

»Jack ist nicht mehr«, sagte ich.

Nachdem ich Ratso in wenigen Sätzen auseinandergesetzt hatte, daß Jacks Beisetzung bevorstand, erkannte er ziemlich schnell die Tragweite der Ereignisse der vergangenen Nacht. Sein Freund Jack Bramson, der ziemlich genau seine Statur hatte (die McGovern bei Gelegenheit schon als »jüdischen Fleischkloß in mittleren Jahren« charakterisiert hatte), reiste nie mit viel Gepäck und hatte sich aus Ratsos Garderobe bedient, was die Ähnlichkeit noch steigerte. Bramson war zur falschen Zeit am falschen Ort gewesen, beziehungsweise von Ratsos Warte aus gesehen zur rechten Zeit am rechten Ort, denn wäre Bramson nicht dort gewesen, dann würde Ratso zum jetzigen Schreibpunkt zweifellos dem Teufel die Hand schütteln, und darunter verstehe ich diesmal nicht das Urinieren.

Ratso war die Tatsache nicht entgangen, daß der Killer offenbar mit der ausdrücklichen Absicht in seine Wohnung eingebrochen war, ihn kaltzumachen. Er schien auch meine eindringlichen Vorhaltungen zu begreifen, daß sein Leben in großer Gefahr sei, falls die Verwechslung auffliegen sollte, und daß wir beide unser weiteres Vorgehen sorgfältig planen müßten, um der abrupten Verkürzung seiner Lebensspanne vorzubeugen. Trotzdem hatte er das Gefühl, es sei genausogut möglich, daß jemand Jack Bramson und nicht ihm den Stöpsel rausziehen wollte. Ratso zufolge hatte Bramson es in seinem kurzen Leben unter einem Unstern fertiggebracht, eine beträchtliche Menschenmenge gegen sich aufzubringen. Ich behielt es für mich, aber auch Ratso war es von Zeit zu Zeit leichtgefallen, allerlei Leuten auf den Keks zu gehen. Einer dieser Kekse gehörte mir.

Vor dem Auflegen konnte ich Ratso noch das Versprechen abringen, solange in Woodstock zu bleiben, bis ich Cooperman schonend beigebracht hatte, daß die Gerüchte von Ratsos Ableben maßlos übertrieben seien. Ich machte mir ziemliche Sorgen, weil weder Cooperman noch Ratso meine Ansicht teilten, erst die Untersuchung seiner Adoption habe ein Mordmotiv geliefert. Vielleicht identifizierte ich mich zu stark mit meinem Arbeitsgebiet, und Bramsons Tod hatte tatsächlich nichts damit zu tun. Ich hoffte es inständig. Anderenfalls konnte die Suche nach Mary Goodman äußerst unangenehm werden.

Immerhin war Ratso am Leben, dachte ich. Wenn ich es schaffte, ihn lange genug am Leben zu erhalten, bis ich seine Mutter aufgetrieben hatte, dann würde ich diese Aufgabe mit Entzücken ihr übertragen. Denn obwohl Ratso nach außen hin den Draufgänger mar-

kierte, hörte ich seiner Stimme doch an, daß Angst
und Sorge in den Kulissen lauerten, und in den uns
bevorstehenden stürmischen Zeiten würde mir eh
die Zeit fehlen, ihm die Hand zu halten.

»Du könntest in Florida bei Lilyan anrufen«, sagte
ich, »bevor Cooperman das macht.«

»Warum sollte er?«

»Weil er dich für tot hält.«

»Für einen Toten hatte ich heute einen wunderbaren
Morgenschiß.«

»Das behältst du besser für dich«, sagte ich.

»Das *hab'* ich auch für mich behalten«, sagte Ratso
mit erkennbarem Stolz auf seine Leistung. »Volle vier
Tage lang!«

22

Nachdem ich die Katze gefüttert und verschiedene persönliche Entwässerungen vorgenommen hatte, stand der vertrackte Anruf bei Cooperman auf der Tagesordnung. Cops sind komische Wesen. Sobald sie das Opfer entdeckt und sich dem Täter an die Fersen geheftet haben, ist es ihnen allemal lieber, wenn das Opfer tot bleibt. Natürlich sind sie nicht die einzigen, die so denken – immer vorausgesetzt, daß Cops überhaupt denken. Auch diejenigen unter uns, die nur am Rande mit der Gemeinschaft der Verbrechensbekämpfung zu tun haben, teilen die natürliche Vorliebe, daß Wurmfutter Wurmfutter zu bleiben hat und keine komplizierten Identitätsprobleme, Geschlechtsumwandlungen oder gar eine Midlife-crisis durchmacht.

Ich war vor gar nicht so langer Zeit mit diesem Problem konfrontiert worden. McGovern hatte den Fall aus unerfindlichen Gründen *Nie wieder Tequila* genannt. Bei diesem äußerst verschlungenen Abenteuer hatte sich das Opfer hartnäckig geweigert, das Opfer zu bleiben, und diese kleinliche Aufsässigkeit bedeutete für den Ermittler, dessen Rolle ich dummerweise übernommen hatte, nichts als Ärger. So ergab sich, daß ich mich plötzlich in einer Lage wiederfand, wie ich sie noch nie erlebt hatte. Ich hatte Mitleid mit Cooperman.

Ich kochte Kaffee und warf ein paar Eierschalen in den Filter. Eine Angewohnheit meines alten Kumpels Tom Baker. Das kleine Ritual verbesserte nicht nur den Kaffeegeschmack, es verströmte auch die starke Aura des Bakerman, womöglich die Aura einer Ära. Es war eine seltsam junge und hoffnungsfrohe Zeit voll verregneter Morgen, sonniger Tage und so körniger, roher und geheimnisvoller Nächte gewesen, daß man das Gefühl bekam, man lebte in einem alten französischen Film. Die Helden schienen zum Greifen nah, und man konnte mit ihnen befreundet sein. Heute waren sie weit fort. Wenn man heutzutage einen echten Helden treffen will, muß man ihn an irgendwelchen verstaubten Traumpfaden suchen, vergänglich wie die Kindheit und zerbrechlich wie die Eierschalen im Kaffeefilter.

Als ich endlich Cooperman anrief, waren die Müllwagen im Abmarsch und die Tauben im Anflug, die Pendler waren durch ihre Tunnel gekrochen, und der Detective Sergeant selbst war längst irgendwo in der Stadt auf der heißen Spur von Ratsos Killer unterwegs. Ich ließ ihm über den Beamten am Empfang ausrichten, er solle mich nach seiner Rückkehr anrufen, ich hätte neue Informationen zum Fall. So lauteten meine Worte, und das genügte wohl auch, denn wenn Cooperman spitzbekam, daß ich mit seinem neuesten Mordopfer am Morgen nach dem Mord geplauscht hatte, würde er kein glücklicher, kleiner New Yorker mehr sein.

Als der Morgen sich weiter ins Land schleppte, kam die Lesbentanzschule direkt über meinem dicken Kopf in Fahrt, und fast im selben Moment klingelte Stephanie DuPont, was ich für ein gutes Zeichen hielt.

Sie übermittelte mir ihr Beileid über den Tod eines Freundes, und ich ließ sie wissen, er sei eigentlich nicht mein Freund gewesen, sondern nur der Freund eines Freundes, aber das wüßten die Cops auch noch nicht, weshalb sie es bitte niemandem weitererzählen möge, auf gar keinen Fall aber Pyramus und Thisbe. Die würden das bloß durch die ganze Nachbarschaft kläffen. Ich sagte auch, ich dürfe ihr von der ganzen Angelegenheit nicht zuviel verraten, da das äußerst gefährlich werden könne, und ich wolle sie da nicht mit hineinziehen. Das regte ihren Appetit auf weitere Einzelheiten natürlich erst richtig an, und ich konnte mich nur mit dem Versprechen loseisen, ihr abends bei ein paar großen, haarigen Steaks mehr zu erzählen. Geht doch nichts über einen kleinen Mord, um das Sozialleben in Schwung zu bringen.

Um die Gary-Cooper-Zeit herum erlebte ich einen recht abnormalen Gefühlszustand, den die Psychologen den Schweizer-Käse-Effekt nennen. Ich konnte mich an nichts Wichtiges mehr erinnern, etwa mal wieder bei Sergeant Cooperman anzurufen oder daran, Mary Goodman zu suchen, bevor ein mysteriöser Finsterling mit Skimaske und abgesägter Schrotflinte Ratso oder mich entdeckte. Mein Gehirn enthielt nur noch banale Bilder, die auf einer trüben Brühe der Vergangenheit vorbeitrieben: die Katze kotzte in eine geschnitzte Meerschaumpfeife, die die Form des Kopfes von John F. Kennedy hatte; eine wunderschöne Frau in einem fast leeren chinesischen Restaurant raffte ein pfirsichfarbenes Kleid bis über die Hüften, um zu beweisen, daß sie eine echte Blondine war (war sie); Waylon Jennings hielt in einer langen schwarzen Limousine neben mir, als ich in einem früheren Leben in Nashville gerade zum Waschsalon ging, und sagte: »Los, steig ein. Laufen ist schlecht fürs Image.«

Es war durchaus möglich, daß mein Abstecher nach Florida mitsamt den doch eher scheußlichen Ereignissen der vergangenen Nacht Spätfolgen zeitigte und mein Hirn wegen Streß aussetzte. Mit großer Anstrengung riß ich mich lange genug von den trägen Tagträumen los, um Kent Perkins' Anrufbeantworter in L.A. anzurufen. Ich erzählte dem Gerät von meinen Problemen. Ich setzte ihm die neuesten Wendungen in der Ermittlung auseinander und sagte, es wäre schön, wenn Kent so schnell wie möglich seinen großen, glänzenden Arsch aus der heißen Wanne wuchten könnte, bevor die ganze Angelegenheit wie ein Matzenkloß im Regen auseinanderfiel. Das Gerät nahm verständnisvoll alles in sich auf, und ich fühlte mich daher wieder erleichtert, was mich und mein Leben anging. Vielleicht war ich einfach bloß müde gewesen. Ich hatte seit rund vierzig Jahren nicht mehr ordentlich geschlafen, und vielleicht rächte sich das jetzt. Ich haute mich mit der Katze aufs Sofa.

Als ich aufwachte, hatte sich der Himmel merklich verfinstert, und die Telefone klingelten merklich. Ich navigierte durchs Halbdunkel zum Tisch und hob den linken Hörer ab.

»Schieß los«, sagte ich.

»MIT – MIT – MIT!« sagte McGovern und führte unser altes Kürzel für die Man-in-trouble-Hotline ins Feld, die wir uns ausgedacht hatten, nachdem man die Leiche eines Mannes, der seit sechs Monaten vor sich hin verweste, in dessen Wohnung in Chicago aufgefunden hatte. Uns in regelmäßigen Abständen auf diese Weise anzurufen, diente lediglich der Feststellung, daß wir beide wohlauf waren. So weit, so gut.

»MIT«, erwiderte ich lustlos.

»Hast du schon das über Ratso erfahren?« fragte er atemlos.

»Nein, aber ich habe gerade erfahren, daß mein dreijähriger Neffe David in einem Schuhgeschäft in Silver Spring, Maryland, gestern eine Frau in den Hintern gebissen hat.«

McGovern pflügte beharrlich weiter. Ich zündete mir eine Zigarre an und wünschte, ich könnte sein Gesicht sehen.

»Ratso ist umgebracht worden«, sagte er.

»Du darfst nicht alles glauben, was in der Zeitung steht.«

Ich lachte laut und herzlich. McGovern war wie vom Donner gerührt.

»Es steht noch nicht in der Zeitung. Ich arbeite noch an dem Bericht. Moment mal, Kinkster! Verschweigst du mir etwa irgendwas?«

»Ich hab' die Leiche gestern abend gesehen. Sehr überzeugend. Bin ihr auch auf den Leim gegangen. War aber nicht Ratso. War ein Ratso-Imitator. Freund von ihm, der sich übers Wochenende bei ihm eingenistet hatte. Ratso ist gesund und munter und unausstehlich wie eh und je.«

»Das ändert meine Story.«

»Ja, und wenn du mir hilfst, würd' ich sie gern noch etwas weiter ändern.«

Ganz im Vertrauen erzählte ich McGovern von Ratsos neuer Identität als David Victor Goodman und von meiner geplanten Suche nach Mary Goodman. Ich erklärte ihm auch, seine Hilfe bei der Suche nach Ratsos Mutter könne sehr bald schon unerläßlich werden, falls andere Methoden versagten.

»Schönes Gefühl, wenn man gebraucht wird«, sagte er.

»Also halt dich mit deiner Story bitte etwas zurück. Erwähn ja nichts, was mit der Nachforschung in Sachen Adoption zu tun hat, und denk dran, die Cops wissen vielleicht noch gar nicht, daß das Opfer nicht Ratso ist.«

»Bei uns Angehörigen des fünften Standes nennt man so was einen Knüller.«

»Vielleicht ruft Cooperman ja bald zurück. Vielleicht muß ich in der Sache die Village Irregulars zusammentrommeln. Downtown Judy ist allerdings ausgeschieden, Rambam im Ausland, und Ratso sollte tunlichst eine Zeitlang untertauchen.«

»Dann bleiben nicht viele übrig. Mal ganz unter uns Pastorentöchtern, mir wär's lieber, du würdest dir noch mal überlegen, ob du die Suche nach Ratsos Mutter wirklich durchziehen willst. Der Typ hat doch offensichtlich gedacht, er bringt Ratso um. Beim nächstenmal denkt er vielleicht, er bringt dich um. Erinner mich dran, daß ich mir keinen Cowboyhut von dir leihe.«

»Ich hab' Ratso versprochen, daß ich seine Mutter finde.«

»Aber inzwischen ist die Sache lebensgefährlich«, sagte McGovern flehentlich. »Warum mußt du überall deine Nase reinstecken? Warum überläßt du nicht alles den Cops? Warum mußt du immer im Dreck wühlen?«

Ich paffte geduldig meine Zigarre und überlegte, warum ich immer im Dreck wühlen mußte. Das war eine gute Frage. Es war auch eine gute Zigarre.

»Die Antwort ist ganz einfach«, erklärte ich ihm, »aber mein gegenwärtiges Gefühl wurde von Gustave Flaubert schon vor über hundert Jahren viel sprachgewaltiger beschrieben. Flaubert sagte: ›Manchmal komm' ich mir richtig alt vor. Aber ich mach' weiter

132

und möchte nicht sterben, bevor ich meinen Mitmenschen nicht noch ein paar Eimer Scheiße über die Köpfe gekippt habe.‹«

»Vielleicht sollte ich mir doch deinen Cowboyhut leihen«, sagte McGovern.

23

Vor einer wißbegierigen Frau Informationen zu verbergen, ist schwerer als japanische Arithmetik, besonders wenn diese Frau aussieht wie Stephanie DuPont. Als der Ober im Derby die erste Flasche Château de Katzpiß brachte, hatte ich's daher sozusagen schon ausgespuckt. Vielleicht wollte ich bloß noch einmal hören, wie ich die ganze Geschichte erzählte, um über etwas zu stolpern, was mir bislang entgangen war. Ich hoffte inbrünstig, daß ich etwas fand, denn mir blieb – abgesehen von der Suche nach Mary Goodman – kaum noch etwas anderes übrig, als dazusitzen und darauf zu warten, daß die Unholde einen zweiten Anlauf unternahmen, nachdem der Mord nicht auf Anhieb geklappt hatte. Und der zweite Hieb konnte dann Ratso oder mich erwischen.

Das war eine extrem beängstigende und gefährliche Situation, fand ich. Fast so beängstigend und gefährlich wie der Anblick Stephanie DuPonts im Kerzenschein.

»Es ist doch verrückt«, sagte Stephanie, »daß du nach

so langer Zeit der Mutter nachstellst, wenn du genausogut dem Anwalt nachstellen könntest. Bei dem ist doch was faul. Ich will übrigens in ein paar Jahren auch Jura studieren.«

»Ich wette, ich weiß, warum du Juristin werden willst«, sagte ich. »Du kannst kein Blut sehen.«

»In erster Linie kann ich das Gewölle an deiner Unterlippe nicht mehr sehen. Mach das weg, Friedman.«

Ich schenkte uns Wein nach und merkte, daß sich der Ober lautlos am Tisch aufbaute wie ein wohlerzogenes Luftkissenboot.

»Wie hieß der Anwalt noch gleich?« fragte Stephanie.

»Hamburger«

»Und für die Dame?« fragte der Ober.

»Nein, nein«, sagte ich. »Das ist ein schreckliches Mißverständnis. Hamburger heißt der Anwalt, der fraglos gegenwärtig Ränke schmiedet, uns alle umzubringen. Aber bevor er soweit ist, würde ich gern zwei große, haarige Steaks bestellen. Auf englische Art blutig, okay, Stef?«

»Ja, du Schlappschwanz«, sagte sie und kicherte wie der Backfisch, der sie fast noch war.

»Für dich immer noch Lord Schlappschwanz«, sagte ich. Eines Tages würde ich eine gelehrte Abhandlung schreiben und die Tatsache, daß wunderschöne junge Frauen Männer in den besten Jahren ohne jede Rücksichtnahme herunterputzen dürfen, damit vergleichen, daß und warum sich Hunde die Eier lecken. Beide tun es bekanntlich, weil sie können. Und wenn man der betreffende Mann in den besten Jahren ist, tut man gut daran, es einfach über sich ergehen und sich nicht auf die Palme bringen zu lassen. Das gäbe auch nur neue Probleme, denn oben auf der Palme säße garantiert ein Affe und leckte sich die Eier.

»Gut«, sagte Stephanie, »gehen wir's noch mal durch. Cooperman hat nicht zurückgerufen und weiß vermutlich noch nicht, daß Ratso am Leben ist.«

»Das ist korrekt.«

»Ratso versteckt sich immer noch in Woodstock, damit er auch am Leben bleibt.«

»Das ist korrekt.«

»Und du sitzt auf deinem Itzigarsch und wartest darauf, daß dein Freund Kent Perkins nach New York kommt und dir bei der Suche nach Mary Goodman hilft?«

»Das ist im Prinzip korrekt. So wie Jesus den Mexikanern geraten haben soll: ›Tut nichts vor meiner Rückkehr‹, hat mir Kent geraten, nicht nach Mary Goodman zu suchen, bevor er zurück ist. Die Angelegenheit könnte hammerhart werden, wenn jetzt die falschen Leute aufgescheucht werden.«

»›Hammerhart‹«, sagte sie und lachte. »Einfach herrlich, wie ihr großen Privatschnüffler euch ausdrückt.«

»Hüte deine Zunge«, sagte ich, »oder du kannst mich mal privat beschnüffeln.«

»Friedman«, sagte sie warnend.

Das war auch so eine Facette aus dem Drehbuch *Schöne junge Frau trifft Mann in den besten Jahren*. Die Ausdrucksweise der jungen Frau konnte einen Fernsehprediger erröten lassen, ohne daß jemand Einspruch erhob. Der Mann in den besten Jahren mußte ständig auf der Hut sein, mögliche Nuancen oder Zweideutigkeiten zu vermeiden und das Ohr des schönen jungen Dings nicht zu beleidigen. Gelegentlich hatte das eine recht einseitige Konversation zur Folge, aber so ist das schon seit Adam und Eva und Samson und Delilah, und das Spiel ist schon zu weit fortgeschritten, als daß man jetzt noch die Regeln ändern könnte.

»So, und warum«, sie stockte kurz, um das Eintreffen der großen, haarigen Steaks zu würdigen, »warum bringst du diesem Kent Perkins eine solche Ehrerbietung entgegen?«

»Also erstens arbeitet er im Gegensatz zu mir als Privatdetektiv mit Lizenz.«

»Wer hätte das gedacht!«

»Zweitens sind wir alte Freunde. Und schließlich ist er Ruth Buzzis Mann.«

Stephanie DuPont lachte und konnte sich gar nicht wieder einkriegen. Sie lachte so sehr, daß ihr Tränen in die Augen stiegen. Durch den Wein und das Kerzenlicht sahen ihre Augen aus wie Flecken blauen Himmels an einem verregneten Sommertag.

»Was ist so komisch daran, daß er Ruth Buzzis Mann ist?« fragte ich schließlich.

»Gar nichts«, sagte sie. »Es klingt herrlich. Er darf sicher den Drehort der Sesamstraße überwachen.«

»Kent kennt sich in Sachen Nachforschung hervorragend aus. Er meint, man könne jeden finden, wenn man nur richtig sucht. Er behauptet, da läuft man praktisch bloß 'n Dschungelpfad lang und sucht ihn nach Spuren ab – Ehen, Scheidungen, Krankheiten, berufliche Veränderungen, Wahlunterlagen, Busfahrscheine. Aber man brauche Talent, um sich bei wildfremden Leuten Zugang zu entsprechenden Unterlagen zu verschaffen. Er hat es oft so gemacht, sagt er, daß er Bürohengsten erzählt hat, er sei mormonischer Student, der seinen Familienstammbaum erforscht. Dann gehen bei denen nicht gleich alle Alarmanlagen los.«

»Komisch«, sagte Stephanie, »du siehst gar nicht wie ein mormonischer Student aus.«

»Kent meint, wir brauchten bloß bis in die vierziger Jahre zurückzugehen und das Geburtsdatum, die Sozialversicherungsnummer und, wenn möglich, die letzte bekannte Adresse von Ratsos Mutter herauszufinden. Mit diesen Informationen könnte er sie dann ohne weiteres ausfindig machen.«

»Mit diesen Informationen könnten selbst Pyramus und Thisbe sie ausfindig machen.«

Wir kümmerten uns eine Zeitlang um das angemessene Sezieren unserer Speisen. Bob Dylan hat mal gesagt: »Viele Menschen haben viele Messer und Gabeln auf ihren Tischen. Sie haben wohl etwas zu zerschneiden.« Ich finde, das kann auch ein großes, haariges Steak sein. Das war wahrscheinlich nicht ganz das, was Bob vorgeschwebt hatte, aber schließlich gab es so etwas wie Interpretationsfreiheit.

»Dieses große, haarige Steak ist echt 'ne Killerbiene«,

sagte ich. »Fast so gut wie in Joe's Jefferson Street Café in Kerrville, Texas.«

»Das kann ich nicht beurteilen«, sagte sie.

Vielleicht sah ich Stephanie zu lange oder zu verlangend in die Augen, aber wenn dem so war, merkte sie es anscheinend nicht. Ich mochte Mädchen mit einem gesegneten Appetit. Und den hatte sie zweifellos, denn nach kurzer Zeit hatten wir die großen Haarigen weggeputzt, der Ober hatte uns die Dessertkarten gebracht, und Stephanie löcherte mich wieder wegen der Nachforschung.

»Und was machst du nun, bis Kent Perkins kommt?«

»Ich habe lange überlegt, ob ich der Katze ein kleines rotes Halstuch umbinden und im Central Park mit ihr Frisbee spielen soll.«

Stephanie schnaubte müde und zynisch. Frauen fällt es ungeheuer schwer, attraktiv zu schnauben, aber in Stephanies schlichter Vorstellung lag etwas so Primitives, daß es glattweg schon wieder sexy war. Vielleicht deutete ich etwas hinein, aber anscheinend konnte sie gleichzeitig Sinnlichkeit, Eleganz und Derbheit ausstrahlen, und das wird einem selbst in New York nicht alle Tage geboten. Wenn man diese Eigenschaften sucht, muß man normalerweise drei verschiedene Leute anschauen, und einige davon brauchen dann wahrscheinlich immer noch einen Stuntman.

»Okay«, sagte ich, »auf dem Rückflug aus Florida ist mir eingefallen, daß man vielleicht mal einige Tempel und Synagogen hier in der Stadt durchgehen sollte.

Vielleicht finden wir in deren alten Unterlagen irgendwo eine Mary Goodman.«

»Klar«, sagte Stephanie, »diese mormonische Missionarsnummer kommt bei einem kleinen, alten Rabbiner auf Long Island bestimmt tierisch gut an.«

»Ich kann die Strategie ja anpassen«, sagte ich, »und sagen, daß ich zur Kirche der Geschäftsleute der Letzten Tage gehöre.«

Stephanie lächelte kurz und wandte ihre Aufmerksamkeit dem Ober zu, der plötzlich wieder am Tisch stand, um unsere Dessertbestellung entgegenzunehmen.

»Können Sie die Cream brûlée empfehlen?« fragte ich. Der Ober nickte beifällig. Stephanie studierte weiter die Karte.

»Weißt du«, sagte ich, »in Sachen Cream brûlée bin ich so was wie Experte. Die hab' ich schon in Houston bestellt, die hab' ich in Paris bestellt, und die hab' ich in Melbourne, Australien, bestellt. Ich hab' sogar Cream brûlée gegessen, als ich auf der *QE 2* den Atlantik überquert habe.«

Im anschließenden Schweigen sahen Stephanie und der Ober mich an. Dann sahen sie einander an. Dann schüttelte Stephanie kurz den Kopf und stieß ein trockenes Lachen aus.

»Wenn du weiter herumgekommen wärst«, sagte sie, »dann hättest du vielleicht sogar gelernt, daß es *Crème* brûlée heißt.«

24

Mit Warten hat noch keiner ein Spiel gewonnen. Der Gedanke spukte mir im Kopf herum, als ich spät am nächsten Morgen aufwachte. Die Katze schlief auf meinem Gesicht, und mein alter Sarong aus Borneo hatte sich auf unangenehme Weise als Aderpresse um mein Skrotum zusammengezogen. Als ich endlich wieder ein Homo erectus war, die Katze gefüttert, Kaffee gekocht, mir die erste Morgenzigarre angezündet und überlegt hatte, ob ich die Katzenstreu wechseln sollte oder nicht, war es eine halbe Stunde über Gary-Cooper-Zeit und weit über die beste Zeit hinaus, sich an den Tisch zu setzen und kühles, deduktives Sherlockdenken zu betreiben.
Ich mußte etliche heikle Vorstandsentscheidungen treffen, die weitreichende Konsequenzen für mein Leben, das meiner Katze und das meines Klienten – natürlich in ganz zufälliger und willkürlicher Reihenfolge – haben konnten. Katze und Kaffee standen auf dem Tisch, und der Zigarrenrauch schwebte zur Lesbentanzschule empor, die heute den Eindruck machte, als hätte man dort die Reittiere gesattelt und

ihnen die Sporen gegeben. Die Vorstandssitzung konnte zusammentreten. Ein Glück, dachte ich, daß ich keine Aktionäre hatte.

Dem kalifornischen Motivationsguru Anthony Robbins zufolge gehört das Treffen von Entscheidungen – egal was für Entscheidungen – zu den wichtigsten Dingen im Leben: Essen, Schlafen, Pissen, Scheißen, Rülpsen – und letztlich wohl auch Sterben. Auch Stephanie DuPont, die Robbins in meiner Gegenwart mal als »diesen Wichser mit der Pferdefresse, der den Leuten die Kohle gleich kübelweise abnimmt«, bezeichnet hatte, legte großen Wert darauf, daß man Entscheidungen traf. Die traurige Wahrheit ist, wenn man keine Entscheidungen trifft, dann kommt eines Tages das Schicksal daher und packt einen beim Schlafittchen. Aber selbst *wenn* man Entscheidungen trifft, kommt dummerweise das Schicksal daher und packt einen beim Schlafittchen. Am besten gibt man sich also die ganze Zeit entscheidungsfreudig und vermeidet dabei peinlichst, Entscheidungen zu treffen. Auf diese Weise wird man allenthalben respektiert, bis das Schicksal dann doch daherkommt und einen beim Schlafittchen packt. Dann behaupten wieder alle, man sei selbst schuld gewesen.

»Als Vorstandsvorsitzender«, sagte ich, »rufe ich die Versammlung hiermit zur Ordnung.«

Die Katze sah mich an, und die legendäre Neugier in ihren Augen fehlte fast völlig. Der Kaffeebecher schickte weiterhin Dampfpartikel zur Decke. Auch

von der Zigarre kräuselte weiterhin eine dünne, blau-
weiße Säule hinauf wie Rauch aus einem Mary-Pop-
pins-Schornstein. Das Schicksal wollte es, daß sich
auf dem Dach eine große Gruppe langbeiniger junger Frauen befand, die in puncto Sexualität etwas
durch den Wind und allesamt von Winnie Katz in
ihren sapphischen Bann gezogen worden waren. Für
Männer hatten sie so wenig übrig, daß ihnen die Tatsache bestimmt entgangen war, daß im Stockwerk unter
ihnen eine wichtige Vorstandssitzung stattfand.

»Meine Herren«, sagte ich zur Katze, die mich wiederholt empört anblinzelte, »wir müssen heute eine
lebenswichtige Entscheidung treffen. Es gibt drei
mögliche Vorgehensweisen, aber nur für die Realisie-
rung einer einzigen haben wir Zeit, Energie und Personal. Jede dieser drei potentiellen Vorgehensweisen
hat zwingende Gründe, warum wir ihr unsere volle
Aufmerksamkeit widmen sollten. Die Entscheidung,
meine Herren, liegt bei uns.«

Hier machte ich eine dramatische Kunstpause und
sah mich entschlossen im Sitzungssaal um. Die Katze
war eingeschlafen, lag auf dem Rücken und streckte
alle vier Pfoten in die Luft. Der Kaffee dampfte nicht
mehr. Die Zigarre war ausgegangen. Nur die Lesbentanzschule donnerte noch auf mich herab, was sie
wohl bis in alle Ewigkeit tun würde. Ohne mich von
solchen Störungen oder Enttäuschungen aus der Fassung bringen zu lassen, beendete ich meine Rede in
unerschütterlich entschlossenem Ton.

»Meine Herren, heute gilt es zu entscheiden, ob wir

den Anwalt suchen, ob wir Mary Goodman suchen oder ob wir die Katzenstreu wechseln.«

Genau in dem Moment klingelten die Telefone. Ich hob den linken Hörer ab.

»Lepraheim für ledige Mütter«, sagte ich.

Die Stimme, die durch den Hörer krächzte, gehörte Sergeant Mort Cooperman, und die Nachricht, die er für mich hatte, hätte jeden dazu gebracht, seine Vorstandssitzung zu vertagen.

Wie es schien, hatte mich das Schicksal beim Schlafittchen gepackt.

25

Der Nachmittagshimmel war bedeckt, und ich wich einzelnen verfrühten Schneeflocken aus, während ich mich auf dem Weg zu meinem Termin im Bullenbüro durchs Village schlängelte. Cooperman hatte mir am Telefon nicht viel verraten, aber es reichte doch, um mich nervös im Gekrös zu machen. Nachdem ich ihm erzählt hatte, daß das Opfer nicht Ratso gewesen sei, hatte er ein langes, wissendes und recht abstoßendes Lachen von sich gegeben. Das Lachen war einem Rasseln gewichen, und dann hatte er die Bombe platzen lassen: Der Mörder war gefaßt worden. Da wir »irgendwie ja doch Kollegen« und schließlich »beide in diese Sache verwickelt« seien, solle ich rüberkommen und den Täter in Augenschein nehmen. Ich sagte: »Wie wär's gegen Ende der Woche?«, und er sagte: »Wie wär's mit vier Uhr?« Jetzt war es 15 Uhr 47, und ich geriet langsam in milde Panik.

Es gab eine Unmenge von Dingen, die ich nicht mochte, dazu gehörten unter anderem Überraschungen. Für ein Kind ist eine Überraschung fast immer etwas Gutes. Als Erwachsener kann man bei einer Überraschung damit rechnen, daß man gleich übers Ohr gehauen wird. Als ich aufs Revier kam, hatte ich keine Ahnung, was Cooperman enthüllen wollte, aber ich hielt es für ausgemacht, daß die Überraschung nicht aus einem Paar neuer Rollschuhe bestand.

Vielleicht bestand sie nur aus einer Wagenladung Pferdeäpfel, dachte ich, ohne das Pferd dazu.

Ich bekam leichtes Fracksausen, als ich die Betontreppe zum Revier hochstiefelte und meine Zigarre auf ein paar nahestehende Mülltonnen schnippte. Ich malte mir aus, was Cooperman mir wohl zeigen wollte, was er mir nicht am Telefon hatte verraten können. Wenn er das Opfer richtig identifiziert und den Mörder gefaßt hatte, würde ich den Cowboyhut vor ihm ziehen müssen, was meine Frisur dann in Hutform hochstehen lassen würde, als wäre ich Lyle Lovetts schlauer großer Bruder. Im Moment hatte ich entschieden das Gefühl, in der Grauzellenabteilung auf der Sollseite zu stehen. Ach was soll's, dachte ich, es war Coopermans Show, und ich war bloß als Gast geladen. Der Eintrittspreis belief sich dabei anscheinend auf einen kleinen Mann in den Eingeweiden, der meinen Dickdarm als Sandsack mißbrauchte.

Ich öffnete die Tür, und als erstes fiel mir eine große rote Raupe auf, die dem Sergeant am Empfang extrem langsam über die Oberlippe kroch. Ich war ebenfalls nicht in Eile. Das war auch besser so, denn der Sergeant meldete sich nur kurz in Coopermans Büro und schickte mich dann auf eine hübsche Betonbank ohne Park drumherum. Typisch Cooperman, mich warten zu lassen. Typisch Cooperman, sich damit zu brüsten, daß er wieder einen Fall zu den Akten legen konnte. Untypisch für Cooperman war, mich als »Kollegen« zu bezeichnen oder zu behaupten, wir seien »beide in diese Sache verwickelt«.

Der gelegentliche Stoßseufzer »Such is Life« war das einzige, was wir gemeinsam hatten, dabei weiß doch jeder, daß *Life* eine Zeitschrift ist, die schon vor Ewigkeiten eingestellt wurde.

Gut, dachte ich, wenn Cooperman wirklich den Mörder von Jack Bramson am Wickel hat, war Ratso wenigstens nicht mehr in akuter Gefahr. Dadurch stand ich nicht mehr unter so großem Druck und fand vielleicht Zeit, mich auf die Spur des Anwalts zu setzen, Mary Goodman zu suchen und in Ruhe die Katzenstreu runterzubringen. Das dachte ich jedenfalls. Aber es kommt ja immer anders, als man denkt.

Ich war schon fast eingenickt, als der Sergeant am Empfang mich endlich reinnickte, und schon hatte ich das Land der Milchglasscheiben hinter mir und saß vor dem vollgestopften, mit Gefechtsnarben übersäten Schreibtisch von Sergeant Mort Cooperman. Sein Lächeln gefiel mir ganz und gar nicht. Er raschelte mit einigen Akten, klopfte eine Noname-Zigarette aus der Packung und zündete sie mit einem Zippo an. Ich holte eine frische Zigarre aus der Jagdweste und leitete die Hochzeitsvorbereitungen ein.

»'tschuldigung«, sagte Sergeant Buddy Fox, der von einem Aktenschrank herüberschlich, »Pfeifen und Zigarren sind verboten.«

»Das Opfer«, sagte Cooperman, »war nicht dein Kumpel, wie wir praktisch sofort vom Pathologen erfahren haben. Wie sich herausstellte, war es ein Freund von ihm. Ein Mann namens Jack Bramson. Wohnte in Queens. Hat manchmal auf die Wohnung aufgepaßt, wenn dein Kumpel übers Wochenende weggefahren ist. Diesmal hat er offenbar nicht gut genug aufgepaßt.«

»Erzähl mir mal was Neues, Sergeant.«

Coopermans Lächeln wurde breiter und, falls das möglich war, noch abstoßender. »Falls du dich immer noch an deine Verschwörungstheorie klammern und behaupten willst, das Umlegen dieses Typs hätte mit deiner brillanten Nachforschung in Sachen Adoption zu tun, kannst du das getrost vergessen. Wir haben den Mörder. Wir haben sein Geständnis gehört. Und wir haben es auf Band.«

Cooperman stand unvermittelt auf und winkte mich wie ein Verkehrspolizist hinter sich her.

»Ende der Teepause«, sagte Fox.

Cooperman führte uns einen schmalen Korridor hinab, an weiteren Büros vorbei, weiteren Milchglasscheiben, klingelnden Telefonen und gedämpften Stimmen, die nach den Trivialitäten und Tragödien der großen Stadt dufteten. Es war ein Flur

wie jeder andere, nur herrschte hier eine merk-
würdige Atmosphäre ständigen Kommens und Ge-
hens, ähnlich der Notaufnahme eines Großstadt-
krankenhauses. Im Vorbeigehen spürte man förmlich das verhängnisvolle Flattern der Schwingen des
Todes.

Wir gingen eine Treppe hinunter, Cooperman an der
Spitze, ich in der Mitte, und Fox bildete die Nachhut.
Ich fühlte mich wie eingeklemmt zwischen zwei kalt-
blütig dahinmarschierenden Buchstützen. Im darun-
terliegenden Stockwerk liefen mehrere Uniformierte
durch den Korridor. Einer davon streifte uns fast.
Cooperman schenkte ihm soviel Beachtung wie
einer vorbeischwirrenden Libelle. Der Detective Sergeant hatte eine Mission zu erfüllen. Er gab einer
Wache ein Zeichen, und vor uns schwang eine stahl-
verriegelte Tür beiseite. Wir ließen sie hinter uns und
gelangten in kühle, feuchte, gruftähnliche Räumlich-
keiten, wo Cooperman schließlich stehenblieb und
sich zu mir umdrehte.

»Ich hab' dir doch schon mal erklärt«, sagte er, »wenn
wir den Killer erst hätten, würdest du einsehen, daß
die Angelegenheit ganz einfach und hausbacken ist.
Kannst du dich daran erinnern, Tex?«

Ich nickte. Ich konnte.

»Nun, es war wirklich ganz einfach. Und wenn du dir
die U-Haftzelle da drüben anschaust, wirst du sehen,
daß die Sache kaum näher hätte liegen können.«

Ich folgte Coopermans Fingerzeig und sah eine ein-
same und verhuschte Figur, die sich in einer Zel-

lenecke zusammenkauerte. Ich trat näher und kniff die Augen zusammen, um im Halbdunkel besser sehen zu können. Aber was ich dann sah, vergrößerte nur das Halbdunkel in meinem Herzen.

Es war Ratso.

26

Robert Louis Stevenson wurde einst gebeten, eine Kurzgeschichte für einen religiösen Rundbrief zu verfassen, den ein befreundeter Missionar auf Samoa verteilte. Die Geschichte, die Stevenson für das Blättchen schrieb, hieß »Das Flaschenteufelchen« und wurde in kurzer Zeit zum Klassiker. Sie handelt von einem Mann, der für sehr wenig Geld zum Eigentümer eines Kobolds in einer Flasche wird, welcher ihm jeden Wunsch erfüllt. Der Kobold ist ursprünglich durch einen Teufelspakt in die Welt gekommen, und die Geschichte erzählt weiter, daß jeder zur Hölle fährt, der bei seinem Tod Eigentümer dieser Flasche ist. Obwohl der Kobold nur wenige Cents kostet, ist niemand närrisch genug, ihn zu kaufen, denn die Wiederverkaufschancen sind einfach grauenhaft schlecht, abgesehen von den Aussichten auf das, was einem zustößt, wenn man mit dem Teufelchen unter seinen Habseligkeiten in der Versenkung verschwindet.

Der Mann versucht wie verrückt, den Kobold loszuwerden, findet aber keinen Käufer und versucht daraufhin, ihn zu verschenken. Immer wenn er nach Hause kommt, ist der Kobold wie durch Zauberhand wieder da. Der Mann läßt die Flasche auf einer Parkbank stehen, wirft sie ins Meer, versucht wahrscheinlich, sie im Altglascontainer zu entsorgen, aber alles vergebens. Unweigerlich kehrt das Flaschenteufelchen auf die eine oder andere Weise zu seinem verfluchten und verzweifelten Herrn zurück. Es kann ihm jeden Wunsch auf Erden erfüllen, außer Gesundheit, Glück und Seelenfrieden.

Die Eingeborenen auf Samoa, die diese Geschichte als erste zu Gesicht bekamen, kamen – durchaus nachvollziehbar – zu der Überzeugung, daß das Werk gar keine Erfindung sei. Schließlich wußten sie, daß ihr geliebter Freund mitten in ihrem Paradies an melancholischen Stimmungen litt. Sie kannten sein empfindsames, sanftmütiges Wesen und sahen seine Gesundheit bis an die Pforten des Todes verkümmern. Sie fragten sich in aller Öffentlichkeit, wie ein Mann, der soviel besaß, sich so schmerzlich nach seinen Freunden, seiner Kindheit, seiner schottischen Heimat, seiner eigenen Kultur und nach all jenem sehnen konnte, wonach sich Menschen, die bereits alles haben, schon immer sehnten. Die Eingeborenen auf Samoa glaubten schließlich, Robert Louis Stevenson hätte das Flaschenteufelchen in einem Geheimfach irgendwo in seinem großen Herrenhaus eingeschlossen.

Bei Ratsos Anblick mußte ich zugeben, daß ich ihn wohl auch nie loswerden würde, so sehr ich es auch versuchte. Er besaß das einzigartige Talent, in den Augenblicken und an den Orten in meinem Leben aufzutauchen, wo er nichts als Ärger und Verdruß bereitete. Als Cooperman mir gönnerhaft die Zellentür aufsperrte und mich für ein paar Minuten mit dem Gefangenen allein ließ, fiel mir auf, daß Ratsos Augen und Gesichtszüge meiner Vorstellung vom Flaschenteufelchen immer mehr entsprachen.

Wenn Ratsos Benehmen an sich schon besorgniserregend genug war (ganz zu schweigen davon, daß er im Gefängnis saß), so war seine Reaktion auf meine stockenden und einseitigen Versuche, ein Gespräch mit ihm anzuknüpfen, noch weit beängstigender. Als er mich zwei Tage zuvor aus Woodstock angerufen hatte, klang er noch normal bis überschwenglich und neigte gelegentlich zum Anödenden. Jetzt wirkte und handelte er plötzlich wie ein Mann, dem man sein ganzes Leben unter den Füßen weggerissen hatte.

Als ich zu ihm in die Zellenecke ging, war in seinen Augen keine Wärme, ja kaum ein Zeichen des Erkennens zu sehen. Als ich ihn fragte, was ihn hierher verschlagen habe, stützte er bloß niedergeschlagen den Kopf in die Hände. Offenbar hatte er meine Anweisungen, in Woodstock zu bleiben, nicht befolgt, aber jetzt war kaum die Zeit oder der Ort, ihm das vorzuhalten. Auf meine weiteren Fragen reagierte er kindisch, fast autistisch und schüttelte entweder den Kopf oder drehte das Gesicht zur Wand. Der einzige halbwegs vernünftige Satz fiel als Antwort auf meine ungläubige Frage, ob er Bramson eigenhändig umgebracht habe.

»Hausenfluck«, sagte er, »frag Hausenfluck.«

Ratso hatte Hausenfluck schon früher gelegentlich erwähnt. Er wohnte unter ihm, ein älterer Herr und pensionierter Lehrer, der in letzter Zeit, wenn ich mich recht entsann, gewisse seelische Probleme hatte, die großenteils auf die Flasche zurückzuführen waren. Ich hatte in letzter Zeit ebenfalls gewisse seelische Probleme, die großenteils auf die Flasche zurückzuführen waren, dachte ich. Der einzige Unterschied zwischen Hausenfluck und mir lag wohl darin, daß in meiner Flasche ein Teufelchen steckte.

Ich hatte nicht den Eindruck, daß aus Ratso noch etwas herauszuholen war, und da Cooperman an der Zellentür wenig subtile Aufbruchssignale gab, drückte ich Ratso den Arm und verließ ihn mit dem einsilbigen Ratschlag, den Sancho Pansa Don Quijote manchmal gab, wenn sie mal wieder hoffnungslos in der Klemme saßen: »Nur Mut!«

Draußen auf dem Korridor versicherte ich Cooperman, daß er den falschen Mann festgenommen habe. Trotz seinem gegenwärtigen Zustand klinischer Depression widerspreche es einfach Ratsos Charakter, ein solches Verbrechen zu begehen. Cooperman wurde mit meinen Einwänden spielend fertig und erklärte in aller Ruhe, Ratso sei am frühen Morgen in die Stadt zurückgekommen, habe rechtswidrig die Absperrung des Tatorts durchbrochen, seine Wohnung betreten, und als sein Nachbar, ein

Mann namens Hausenfluck, ihn anrief, habe er den Mord an Jack Bramson zugegeben. Da er den Hörer erst abnahm, als der Anrufbeantworter schon lief, wurde das Geständnis von seinem eigenen Gerät aufgezeichnet, und die Kassette befand sich jetzt in den Händen der Polizei.

Ratso war erst wenige Stunden in Gewahrsam, aber seine Freilassung gegen Kaution würde mit ziemlicher Sicherheit verweigert werden, denn das Fluchtrisiko war angesichts seiner gegenwärtigen psychischen Verfassung zu groß. Man hatte bereits einen Arzt verständigt, um ihn untersuchen zu lassen. Außerdem wollte Cooperman ihn umgehend offiziell verhören. Aber Ratso hatte der Polizei gegenüber bereits wiederholt, was er im Gespräch mit Hausenfluck auf Band gesprochen hatte: »Ich habe Jack Bramson umgebracht.«

»Er hat Jack Bramson nicht umgebracht«, sagte ich, als wir die Treppe hoch ins Erdgeschoß zurückliefen.

»Das solltest du *ihm* lieber sagen«, meinte Fox.

Ich hatte ein dumpfes Pochen im Schädel und mußte mich konzentrieren, um überhaupt klar denken zu können. Ich wußte, daß Ratso unschuldig war. Nachdem ich ihm vom Tod seines Freundes erzählt hatte, mußten ihn die Gewissensbisse überwältigt haben. Er gab sich die Schuld an Bramsons Tod, was unter nahestehenden Freunden nicht ungewöhnlich ist, aber New Yorks Freunde und Helfer hatten ihn beim Wort genommen, was für sie auch nicht ungewöhnlich war.

»Paß auf«, sagte Cooperman, »mach dir mal seinetwegen keine Sorgen, Tex. Er ist in guten Händen. Ich werde ihn höchstpersönlich verhören. Ein Arzt ist unterwegs. Und einen Anwalt hat er auch verständigt. Mehr kannst du vorläufig nicht tun.«

»Wie heißt der Anwalt?« fragte ich.

»Wen hat er noch gleich angerufen, Fox?« fragte Cooperman. »Der Name klang irgendwie komisch, oder?«

»Stimmt«, sagte Fox. »Vielleicht war er durcheinander und dachte, er bestellt sich was zu essen.«

Ich drehte mich ungeduldig zu Fox, aber der stand schon an der Schwelle zu einem kleinen Zimmer und unterhielt sich mit einer Frau, die aussah wie eine in die Jahre gekommene Prostituierte. Ich fühlte mich auch langsam wie eine in die Jahre gekommene Prostituierte. Ich trat an die Tür und rührte mich nicht vom Fleck, bis Fox und die Frau endlich hochsahen.

»War noch was, Tex?«

»Ja, Sergeant. Wie hieß der Anwalt?«

»Hamburger«, sagte er.

27

Nach Verlassen des Bullenbüros kehrte ich nicht ins Loft zurück. Das Loft war in guten Händen, sagte ich mir. Die Katze hatte die Verantwortung übernommen, und mit all ihren Deputys – Sherlock, den Kakerlaken und dem Anrufbeantworter – konnte man sich kaum eine Situation vorstellen, der sie nicht gewachsen war. Sollte etwas vorfallen, was sie nicht bewältigen konnte, wurde es eben nicht bewältigt. Im Moment hatte ich Besseres zu tun. Ratso war eindeutig neben der Kappe, und wenn ich nicht schleunigst ein paar Antworten fand, würden ihn bald die Knackis zureiten. Für einen Menschen, der vor kurzer Zeit erst dem Sensenmann entronnen war, bloß um gleich darauf einem Schicksal zu begegnen, das schlimmer als der Tod war, hielt er sich recht wacker. Von mir konnte ich das nicht behaupten.

Als ich zum Sheridan Square lief, schneite es heftiger, und die Schneeflocken zerstoben in alle Himmelsrichtungen gleichzeitig wie kleine graue Zellen, die über den Jordan gegangen waren. Ich hatte keine Ahnung, was ich als nächstes tun sollte. Ich wußte bloß, egal, was ich tun würde, müßte ich schnell und gut tun.

Offenkundig war ich auf dem Weg nach Irgendwo, aber nicht ganz bei der Sache. In dem alten, über Winter geschlossenen Autokino meines Gehirns liefen allerlei Filme der Vergangenheit ab. Ich sah Ratso, Mike Simmons und mich an einem Abend wie diesem vor vielen Mondlandungen unten im Monkey's Paw. Simmons war ein hochintelligenter, anständiger Kerl mit einem goldenen Herzen, und unser Verhältnis wurde einzig und allein dadurch getrübt, daß er meine verflossenen fünf Freundinnen flachgelegt hatte, bevor sie die Chance bekommen hatten, verflossene Freundinnen zu werden.

Vielleicht hatte Ratso recht, und der Hintergrund für Simmons' Tun war wirklich eine Form latent homosexueller Schmeichelei, vielleicht teilte er aber auch nur meinen Frauengeschmack und war zu faul, sich selbst welche zu suchen; vielleicht hatte es auch mit der Tatsache zu tun, daß damals noch mehr kolumbianische Marschverpflegung als Schneeflocken im Umlauf war, jedenfalls war ich nie richtig sauer geworden, bis ich ihn eines Tages erwischte, wie er die Katze anstarrte.

»Warum starrst du sie denn so an?«

»Weil sie schön ist. So graziös.«

»Komm bloß nicht auf dumme Gedanken.«

»Zum Teufel, was fällt dir eigentlich ein?«

»Ich will nicht, daß du meine Katze flachlegst.«

»Ich würde nie im Leben deine Katze flachlegen. Sie ist die einzige ernsthafte Beziehung zu einem weiblichen Wesen, die du je gehabt hast.«

Er sollte Wort halten.

Aus irgendeinem Grund ging mir Simmons' ständige Einmischung in meine Liebschaften nie auf den Wecker. Zum einen lag das wohl daran, daß er immer Gentleman blieb. Einmal schlug er sogar vor, ich solle ihn auf Frauen aufmerksam machen, zu denen ich mich hingezogen fühlte, und dann würde er sie flachlegen, *bevor* ich sie näher kennenlernte. Auf die Weise, beteuerte er, betreibe er eine Art Ein-Mann-Gesundheitsprophylaxe in diesen modernen Zeiten von Aids und anderen Geschlechtskrankheiten. Ich ließ mir sein Angebot durch den Kopf gehen.

Dummerweise hatte sich Simmons kurz darauf nach Kalifornien abgesetzt, und seither schleppten sich meine Beziehungen stets länger hin, als allen Beteiligten lieb war, sie welkten, bekamen Muskelschwund und gammelten, bis sich nach der Liebe auch die Freundschaft vom Acker machte und nichts zurückließ als ein altes Paar rote Cowboystiefel und einen Becher mit blauem Kaffeeschimmel.

An einer Ecke blieb ich stehen und schrieb Simmons' Namen in mein kleines Notizbuch. Einem Gerücht zufolge war er wieder in der Stadt. Wenn ich ihn zu fassen bekam, konnte er in meinem Verhältnis zu Ratso vielleicht ein gutes Wort einlegen. Falls dieser doch auf Kaution freikam, konnte Simmons bei ihm Händchen halten, seinen Babysitter spielen und ihn aus weiteren Kalamitäten raushalten, obwohl ich mir kaum vorstellen konnte, wie er sich noch tiefer in die Scheiße reiten sollte. Falls Ratso allerdings im Gefängnis blieb, und im Moment sah es ganz danach aus, konnte Simmons ihm Bologna-Sandwiches und bergeweise Bücher über Hitler, Jesus und Bob Dylan bringen. Auf jeden Fall würde Simmons mir Ratso psychologisch vom Hals halten und so den erforderlichen Spielraum für die inzwischen zum Erfolg verdammten Nachforschungen verschaffen. Wenn ich keinen anständigen Gegenkandidaten für den Posten als Jack Bramsons Mörder fand, konnte Ratso seine letzten Zuckungen bald hinter sich haben.

Als ich die Seventh Avenue bei Rot überquerte, wie das in New York und Paris jeder und in Deutschland und Beverly Hills keiner macht, war ich immer noch der festen Überzeugung, daß sich alle Geheimnisse um Ratsos Adoption auflösen würden, wenn ich nur Bramsons wahren Mörder fand. Bramsons Tod und die Suche nach Ratsos Mutter waren für mich so untrennbar miteinander verbunden, daß selbst Mike Simmons keinen Keil zwischen sie treiben konnte, immer vorausgesetzt, ich konnte Mike Simmons auftreiben. In letzter Zeit schien ich die Leute leichter zu verlieren als zu finden, was zwar unter Umständen meine Lebensdauer verlängerte, aber auch die Frage aufwarf, was ich vom Leben überhaupt noch zu erwarten hatte.

Der Abend war kalt und finster, und es schneite immer noch, als ich an einer Schwulenbar vorbeistapfte,

die ich mal im Zuge einer Mordermittlung betreten
hatte, in die sich McGovern hatte verstricken lassen.
Ich weiß noch, daß ich in den Laden reingegangen
war, mich an die Bar gesetzt und einen Drink ver-
langt hatte. Dann war ein Typ hinter mich getreten
und hatte mich mit der ältesten schwulen Anmache
der Welt begrüßt: »Wollen Sie nicht lieber mir einen
statt Trübsal blasen?«

Ohne Frage, dachte ich, verdankte das Village einen
Großteil seines einzigartigen Flairs den dortigen
Schwulen, Künstlern und Freaks, natürlich nur im
Verein mit den Workoholics, Serienkillern, Düsen-
triebs, Computerfanatikern, Reformrabbinern und
Tierpsychologen, die einen Großteil der normalen
Bevölkerung ausmachten. Als ich stehenblieb und
darüber nachdachte, beunruhigte es mich ein wenig,
daß ich anscheinend prächtig in dieses Milieu paßte.
Heute abend wollte ich aber absolut nicht stehenblei-
ben und darüber nachdenken. Dafür würde noch
jede Menge Zeit sein, wenn ich Mary Goodman gefunden hatte.

Als ich die Sixth Avenue überquerte und nach Soho
kam, an den ganzen Trendläden vorbei, die Zeug
verhökern, das kein Mensch braucht, schüttelte ich
die irregeleiteten Gedanken und Schneeflocken ab,
stiefelte zum West Broadway rüber und bog rechts in
die Prince Street ein, wo ich vor einem vertrauten
Gebäude stehenblieb, das mir neuerdings so gespens-
tisch vorkam wie das Kunstwerk eines verhaltensge-
störten Kindes. Das sonst hier wohnhafte verhaltens-

gestörte Kind war, wie ich nur zu gut wußte, kürzlich unbequem geworden, und daraufhin hatte man es in den Knast überführt.

Ich wußte nicht, warum Ratso mir nicht von McLane erzählt hatte, dem inzwischen verschiedenen Privatschnüffler, den er als ersten mit der Suche nach seiner Mutter beauftragt hatte. Und ich wollte auch gar nicht so genau wissen, warum zum Teufel Ratso versucht hatte, aus dem Gefängnis bei Hamburger, dem Anwalt, anzurufen. Ich wußte nur, daß Ratso hier nicht mehr wohnte.

Also holte ich mein Schmetterlingsnetz heraus und klingelte bei Hausenfluck.

28

Bin ich ein böser Junge gewesen, Mutter?«
fragte Cecil Hausenfluck in höchst aufgeregtem, fast
hysterischem Falsett.
»Ist Ihre Mutter im Schlafzimmer?« fragte ich.
»Wir sind hier in einem Einzimmerapartment«, antwortete er.
»Verstehe.«
Also gab es kein Schlafzimmer und keine Mutter, es
sei denn, sie war zurückgekommen, um Hausenfluck
in Form der großen Stehlampe mit Troddeln heimzu-
suchen, an die er seine Frage zu richten schien. Es gab
weiß Gott genug Dinge, die diesen Mann heimsuch-
ten. Warum nicht auch seine als antike Stehlampe ver-
kleidete Mutter? Von der konnte er sich wenigstens
mal abwenden, wenn er keine Lust hatte.
»Sie haben also am frühen Vormittag Ratso angerufen«, sagte ich.
»Ich habe also am frühen Vormittag Ratso angerufen«, konstatierte er und ahmte meinen Tonfall perfekt nach.
»Warum haben Sie ihn angerufen?«

»Ich wollte ihm erzählen, daß die kleinen Kinder wieder da waren und der große böse Wolf vor der Tür stand.«

»Verstehe«, sagte ich, verstand aber natürlich nicht die Bohne. Niemand versteht die Dinge, auf die sich die Cecil Hausenflucks dieser Welt so gut verstehen. Na gut, Anne Frank, Jeanne d'Arc und van Gogh verstanden sie vielleicht, aber schauen Sie sich doch an, was aus denen geworden ist. Sie starben ausnahmslos gräßliche Tode, und jetzt sitzen sie zur Rechten Gottes, der, nach dem gegenwärtigen Zustand des Planeten zu urteilen, auch nicht viel Durchblick hat. Vielleicht hat man ja bei Texas State Optical's was Passendes für ihn.

»Anscheinend paßt es Ihnen jetzt nicht so gut«, sagte ich, als Hausenfluck mit der halbverzehrten Truthahnkeule auf dem Tisch liebäugelte. »Vielleicht sollte ich Sie in Ruhe essen lassen und ein andermal vorbeischauen.«

»Für meine Figur habe ich genau die richtige Menge zu mir genommen«, sagte er in sittsamem Gefangene-werden-nicht-gemacht-Falsett.

»Prima«, sagte ich. »Dann kommen wir doch noch einmal auf Ihr Gespräch mit Ratso zurück.«

»Das ist ein prächtiger junger Bursche, nicht wahr?«

»Auf jeden Fall.«

»Wissen Sie, manchmal hilft er mir, wenn die kleinen Kinder kommen und mir Streiche spielen. Das sind richtige kleine Frechdachse. Manchmal verstecken sie mein Geld. Letzte Woche haben sie meine Lesebrille versteckt. Hab' ich immer noch nicht wiedergefunden.«

»Wie sehen sie denn aus?« fragte ich. »Die kleinen Kinder.«

In nervösen Zuckungen trat sich Hausenfluck zweimal mit dem rechten Fuß gegen den linken Knöchel. Es war nur eine Kleinigkeit, reichte aber, um den seltenen Gast nachhaltig zu irritieren. Als er weitersprach, zeigte seine Miene keine Spur von Arglist. Er glaubte jedes Wort, das er sagte.

»Die kleinen Kinder haben kleine Gesichter und kleine Köpfe wie alle kleinen Kinder, aber sie sind keine kleinen Kinder. In Wirklichkeit sind sie böse, kleine Dämonen. Sie haben kleine, kurze Körper. Keine Beine. Keine Arme. Bin ich ein böser Junge gewesen, Mutter?«

Seine Mutter antwortete nicht.

Ich auch nicht.

Er suchte mein Gesicht argwöhnisch nach Zeichen von Zweifel oder Skepsis ab. Mitfühlend schüttelte ich den Kopf und bemühte mich um jenen leeren, gleichgültigen Gesichtsausdruck, den man in dem Wissen aufsetzt, daß ein renommierter Kinderschänder einem gleich eine Oblate in den Mund steckt.

»Vor einem Monat«, fuhr Hausenfluck fort, »mußte ich die ganzen Möbel auf den Flur zum Fahrstuhl rausschaffen, damit sie sich nicht mehr dahinter verstecken konnten. Ratso hat mir geholfen, den schweren Schreibtisch da drüben rauszuschleppen. Er ist ein prächtiger junger Bursche, nicht wahr?«

»Auf jeden Fall.«

»Ich wüßte gar nicht, was ich ohne ihn machen sollte.«

Das wirst du bald herausfinden, dachte ich. Ich hatte von den kleinen Kindern langsam die Nase voll und fand, es war an der Zeit, das Gespräch auf den großen bösen Wolf an der Tür zu lenken und diesem dann durch die Tür hinaus zu folgen. Dieser Typ schwebte doch über einem Planeten, der noch gar nicht entdeckt worden war!

»Und was war nun mit dem großen bösen Wolf an Ihrer Tür?« fragte ich und beobachtete munter, wie er wieder zweimal auf den Knöchel eintrat. Der Anblick war schwer erträglich, aber offenbar brachte es ihn wieder in die richtige Bahn. Vielleicht sollte ich das auch mal ausprobieren, dachte ich, falls ich je vom dritten Saturnring wieder nach Hause fand.

»Nicht an *meiner* Tür«, sagte er.

»Wie bitte?«

»Der große böse Wolf stand an Ratsos Tür.«

Hausenfluck lächelte und summte vor sich hin. Einen umwerfenden Entlastungszeugen würde er kaum abgeben, aber mehr hatte ich vorläufig nicht zu bieten. Ich mußte nur dafür sorgen, daß er den großen bösen Wolf im Auge behielt.

»Wann haben Sie den großen bösen Wolf gesehen?«

»Mal überlegen. Am Abend vor drei Tagen, glaube ich. Ja, genau, ich brauchte nämlich Ratsos Hilfe, um meine Klamotten in den Flur zu schaffen, weil sich die kleinen Kinder im Schrank versteckt hatten. Habe ich Ihnen schon von den kleinen Kindern erzählt?«

»Sie haben sie beiläufig erwähnt. Was hat der große böse Wolf gemacht?«

»Er spielte *Knock, knock, knockin' on Ratso's door*, genau wie in diesem Song von Bob Dylan, den Ratso immer hört. Dann pustete er, dann hustete er, dann pustete die Tür er um. Und da hab' ich Angst bekommen und bin mit dem Fahrstuhl wieder runtergefahren, aber da hatte mir eins von den kleinen Kindern den Schlüssel weggenommen, und ich mußte erst den Hausmeister wecken, um mir aufschließen zu lassen.«

»Aber Sie haben den großen bösen Wolf gesehen?«

»Natürlich.«

»Können Sie ihn beschreiben?«

»Na ja, er – RUNTER VON DEN VORHÄNGEN!! IHR ZERREISST MIR NOCH DIE VORHÄNGE!!! HÖRT SOFORT AUF, AN DEN BESCHISSENEN VORHÄNGEN ZU SCHAUKELN!!! ICH HOL' DEN BESEN!! WO HABT IHR DEN SCHEISSBESEN VERSTECKT?!!...«

Hausenfluck schrie sich die Lunge aus dem Hals. Er sprang wie von der Tarantel gestochen auf, stieß mit einer hektischen Bewegung den Kaffeetisch um und schickte die halbverzehrte Truthahnkeule auf eine hübsche kleine Flugbahn über die Stehlampe. Ich ging ein paar Schritte auf ihn zu, um ihn zu beruhigen, aber er hüpfte durchs Zimmer wie ein Kobold in Dauerbetrieb.

»DA IST EINS AUF DEM SOFA!! DAS HAT DIREKT NEBEN

MIR GESESSEN!! SCHAFF DIE HIER RAUS!! SCHAFF DIE HIER RAUS!!!«

Ich wußte nicht, ob ich Hausenfluck wie eine Stoffpuppe schütteln, ihm einen Eimer Wasser über den Kopf schütten oder einfach nur helfen sollte, die kleinen Kinder rauszuwerfen. Schließlich ging ich in die Küche und suchte Brandy. Ich schlug eine Zeitlang Krach, während er nebenan kreischte, denn jedesmal, wenn ich einen Schrank öffnete, purzelten mir ungefähr achthundert leere Schnapsflaschen entgegen, die, wie ich annahm, einen nicht unerheblichen Anteil zu seiner Demenz beigetragen hatten.

Schließlich fand ich eine fast volle Flasche Brandy und schenkte uns zwei große Gläser voll. Wir mußten beide nicht groß überredet werden, uns das Zeug hinter die Binde zu kippen. Hausenfluck wollte weitertanzen, und ich wollte ihn nicht allein weitertrinken lassen, also schenkte ich uns reichlich nach. Bald darauf schnarchte Cecil Hausenfluck friedlich auf dem Sofa, und ich ging. Leise schloß ich die Tür hinter mir und ließ ihn mit seinen kleinen Kindern allein.

Ich fuhr mit dem armseligen kleinen Fahrstuhl ins Foyer hinab, verließ Ratsos Haus und ging zur Straßenecke, um mir ein Taxi zu rufen. Es hatte aufgehört zu schneien, und die Nachtluft hatte etwas Kaltes, Kristallines, schiwagoartig Tröstliches an sich.

»Bin ich ein böser Junge gewesen, Mutter?« fragte ich den Himmel über New York.

Aber auch meine Mutter antwortete nicht.

29

Am nächsten Morgen fegte Kent Perkins wie ein großer, blonder, kalifornischer Kondor in die Stadt und landete mit kräftigen Flügelschlägen. Als allererstes wollte er einen Arbeits-Powerbrunch à la Los Angeles abhalten, und dabei sollte ich ihm die Einzelheiten des Falls von A bis Z auseinandersetzen.

»Ich erzähl' dir gern alles, woran ich mich erinnern kann«, sagte ich, »aber ein Archie Goodwin bin ich nicht.«

»Wer ist Archie Goodwin?« fragte er.

»Ein fiktiver Detektiv.«

»Jeder gute Detektiv ist ein fiktiver Detektiv«, sagte Perkins. »Das ist schließlich keine exakte Wissenschaft. Die Burschen, die alle Antworten parat haben, die Hartgekochten und Sensationshascher, die bringen kaum je was zustande. Die beste Detektivarbeit wird gewöhnlich von Leuten gemacht, die kaum zu existieren scheinen.«

Ich fand, für jemanden, der noch nie von Archie Goodwin gehört hatte, war das eine ziemlich kluge

Einsicht. Man konnte ihm natürlich keinen Vorwurf machen. Nero Wolfe war ein vergeistigter, fetter Sitzriese mittleren Alters, der kaum je in ein Auto kam, geschweige denn in eine Verfolgungsjagd geriet. Um ihn im Film zu portraitieren, hätte sich jemand wie Tom Hanks auf zweihundert Kilo aufblähen müssen, und selbst dann hätte er seine Mimik für Gefühlsausdrücke auf das Vorstülpen und Einsaugen der Lippen kurz vor der Auflösung eines Falles beschränken müssen. Aus diesen Gründen hatte Nero Wolfe es auch nie auf die große Leinwand geschafft, und die Leute in Hollywood, die ohnehin so gut wie nie ein Buch in die Hand nehmen, konnten nicht wissen, daß sein Handlanger Archie Goodwin hieß. Aber man sollte fair bleiben: Wahrscheinlich hatte Archie Goodwin auch noch nie von Tom Hanks gehört.

Seit langer Zeit hatte ich zum erstenmal den Eindruck, daß die Ermittlung allmählich vorankam. Am Vorabend hatte ich Mike Simmons erreicht, und er war Feuer und Flamme gewesen, für mich einzuspringen und sich mit Ratso ein paar schöne Stunden zu machen. Nicht daß Ratso einen großen Aktionsradius hatte, aber ich hoffte, Simmons und das NYPD würden ihn lange genug auf Eis legen, bis Perkins und ich einen besseren Kandidaten für den Hochsicherheitstrakt gefunden hatten.

Perkins war nicht nur groß und blond und kam aus Kalifornien, er hatte auch etwas Vertrauenerweckendes an sich und war definitiv ein Mensch, auf den man sich verlassen konnte. Er war freundlich, bescheiden und von einnehmendem Wesen, was sich von den meisten meiner Freunde in New York nicht sagen ließ, und für einen Privatermittler hatte er schier unglaublichen Respekt vor dem Gesetz. Darin unterschied er sich insbesondere von Rambam, der fand, das Gesetz wäre ein Arsch, auf den man in regelmäßigen Abständen mit spitzen Cowboystiefeln eintreten müsse. Das war wahrscheinlich einer der Gründe, warum Rambam in allen Bundesstaaten gesucht wurde, die mit »I« anfangen.

Zum Powerbrunch lotste ich Kent Perkins zum Big Wong's in Chinatown. Als wir eintraten, stellten sich der Koch und die Kellner hinter dem Tresen auf und riefen unisono: »Oooh-lah-lah! Oooh-lah-lah! Kee-kee! Chee-chee! Kee-kee! Chee-chee!«

Ich ooh-lah-lahte ein paarmal zurück und ließ den Empfang ungerührt und voller Anmut über mich ergehen wie Frank Sinatra, wenn er in Little Italy ein Café betritt.

Kent Perkins war gebührend beeindruckt.

Der Geschäftsführer, der an der Registrierkasse saß und nur wenig Englisch sprach, verneigte sich rund siebenmal vor Kent und mir, dann sah er sich um.

»Wo Raz-zo?« fragte er.

»Fragen Sie lieber nicht«, sagte ich.

Die »kee-kee, chee-chee«-Begrüßung für Ratso und mich hatte im Big Wong's Tradition und wurde im Lauf der Jahre nur wenigen Veränderungen unterworfen. Ratso und ich hatten hier wahrscheinlich häufiger gegessen als jeder andere Mann, jede Frau und jedes Kind auf Erden. Über die Bedeutung der Worte »kee-kee, chee-chee« konnte bislang keine Einigkeit erzielt werden. Ratso und ich sind immer davon ausgegangen, daß es Kosenamen sind, haben uns entsprechend benommen und die Kellner im Big Wong's ungeachtet der Tatsache, daß nur wenige von ihnen Englisch sprechen, zu unseren treuesten und loyalsten Freunden in der Stadt gezählt. Manchmal waren sie unsere einzigen Freunde in der Stadt.

Ted Mann, der ehemalige Herausgeber vom *National Lampoon* und einer der Autoren von *New York Cops*, ist ein alter Kumpel von mir und hängt einer anderen Interpretation der »kee-kee, chee-chee«-Begrüßung an. Er vertritt die Ansicht – und behauptet, er habe in dieser Angelegenheit recherchiert –, die beiden Wörter seien keine Kosenamen. Er ist davon überzeugt, daß »kee-kee« und »chee-chee« in Wahrheit Mandarin-Begriffe sind und »Spinner« beziehungsweise »Stinker« bedeuten. Außerdem vermutet er, die chinesischen Kellner hielten Ratso und mich für ein freundliches und exzentrisches Schwulenpaar, weil wir so oft zusammen und nie mit einer Frau herkommen.

Kent und ich wurden an einen besonderen Tisch im Hinterzimmer geführt, und als wir mit dem ersten Gang, Wantan-Mei-Suppe, fertig waren, hatte ich alles wiedergekäut, was ich über die Suche nach Mary Goodman wußte. Während ich daherbrabbelte, schrieb sich Kent gelegentlich etwas in sein kleines Notizbuch, und ich schöpfte neuen Mut, als ich sah, daß er die Seiten wie ein Cop nach oben umblätterte und nicht zur Seite wie ein Lyrikstudent oder ein Jungschreiberling vom *Daily Planet*.

»Okay, Kink«, sagte er, »fangen wir beim Nummernschild der beiden alten Knaben mit dem Sturmgewehr an, die dich in Miami zum Flughafen verfolgt haben. Danach machen wir uns an das Schwein vom Grill. Ich liebe Schwein vom Grill.«

»Das ehrt dich«, sagte ich, blätterte in meinem Big-Chief-Block, fand das Kennzeichen und diktierte es Kent, der es in sein kleines Notizbuch kritzelte und ein neues Blatt aufschlug.

Im Lauf der nächsten Stunde sprang Perkins immer wieder jählings auf und rannte öfter zum Telefon als ein Buchmacher mit Tourette-Syndrom. Er war der einzige große, arisch aussehende Mensch im Restaurant, wodurch das Ganze eine komische Note bekam, die noch verstärkt wurde, weil die Kellner bei jedem Anruf an unseren Tisch traten, erst in den vorderen Teil des Restaurants, dann auf Kent zeigten und jedesmal »Fö' Sie!« sagten.

Er erklärte mir, er sei mit einem Polizisten in Miami befreundet, habe einen weiteren Kontaktmann im Verkehrsressort in Florida und hoffe zu erfahren, wer der Eigentümer oder Mieter des Wagens war, noch bevor die Glückskekse kamen.

»Da können wir warten, bis wir schwarz werden«, meinte ich. »Schau dich doch um. Keine Bleichgesichter, keine Glückskekse.«

Aber Kent hing schon wieder am Telefon, kritzelte

etwas in sein Notizbuch und starrte lüstern die großen Stücke Schwein vom Grill an, die hinter der Glasscheibe der Theke hingen und von denen das Fett auf das Hackbrett tropfte. Während er anderweitig beschäftigt war, bestellte ich ihm eine große Portion Schwein vom Grill. Außerdem bestellte ich Spare Ribs mit schwarzer Bohnensauce, mit Knochen gehacktes Huhn in Sojasauce mit Ingwer sowie eine große Portion Bok Choy mit Austernsauce. Das meiste davon rauschte bereits durch meinen Dickdarm, bevor Perkins auch nur die Chance hatte, das Schwein vom Grill anzurühren.

»Du brauchst nicht auf mich zu warten«, sagte ich, als er wieder einmal zum Tisch zurückkam, »fang ruhig schon an.«

»Das Auto«, sagte er mit breitem Texanergrinsen, »wurde von der Bimini Corporation geleast. Und die sitzt hier im guten alten New York. Ich hab' die Adresse des Bürogebäudes und die Nummer der Geschäftsräume.«

»Und was machen wir jetzt?«

»Als erstes esse ich. Sobald ich damit fertig bin, schnappen wir uns den Typen, der den Wagen geleast hat, und ich nehm' ihn mir zur Brust.«

»Du?« fragte ich und paffte grüblerisch meine Zigarre.

»Allerdings«, sagte Kent Perkins. »Und für Schwein vom Grill brauch' ich nicht lange.«

30

Kent Perkins hatte recht. Er brauchte wirklich nicht lange für das gegrillte Schwein. Es nahm hingegen einen Großteil unseres Erwachsenendaseins in Anspruch, bis wir in Chinatown ein Cab gefunden hatten. Aber auch das war keine sinnlos vergeudete Zeit, denn dadurch fand ich Gelegenheit, Kent zu begutachten, und Kent fand dadurch Gelegenheit, New York zu begutachten, was ihm, wie er beteuerte, sehr viel Spaß machte, obwohl es kalt und regnerisch war und alle Geschäfte, an denen wir vorbeiliefen, Buddhas, chinesische Sonnenschirme und Chicago-Bulls-Mützen verkauften.

Wir blieben vor einem Restaurantfenster stehen, in dem riesige zinnoberrote Tintenfische neben einer Reihe von Enten hingen, denen Haken durch die Augenhöhlen getrieben waren. Daneben baumelte kopfüber ein ganzes Schwein, und seine blicklosen Augenhöhlen schienen zu sagen: »Ich bin die Reinkarnation von Mussolini.«

»Da möchte man fast zum Vegetarier werden«, sagte ich.

»Entweder das«, sagte Perkins, »oder man wünscht sich das Marktmonopol auf Schweinehälften-Terminkontrakte.«

»Ich würde viel lieber die Bimini Corporation traktieren.«

»Daß sie den Wagen gemietet haben, von dem aus man dich in Florida umnieten wollte, könnte man ihnen durchaus zur Last legen.«

»Ich weiß«, sagte ich, »aber es dürfte dir nicht so leicht fallen, eine ganze Firma zur Brust zu nehmen.«

»Ich hab's nicht zum erstenmal mit ganzen Firmen zu tun«, sagte er und zog den Mantel gegen die Kälte enger zusammen. »Diese alten Knaben sind wahrscheinlich schmieriger als Eulenscheiße auf einem Pumpenschwengel, aber wenn wir ihren Obermotz finden, kriegt er einen solchen Tritt, daß sein Polohemd sich am Rückgrat hochringelt wie ein Rouleau.«

»Freu mich schon drauf«, sagte ich. »Hier in New York ist sonst ja nicht viel los.«

»Das kriegen wir schon gebacken«, sagte Kent. »Das könnte sogar noch spannender werden als damals in L.A., wo du in der Klimakammer des Tabakladens diese enorme Gasexplosion erzeugt hast.«

»Bist du sicher, daß ich das war?«

Auf der gesamten Mott Street war nicht die Spur von einem Cab zu sehen. Wir liefen im Nieselregen noch einen Block weit, und ich grübelte wieder einmal über Kent Perkins nach, diesen »wandelnden Widerspruch« zu Kris Kristofferson. Hinter der komischen

176

Fassade des texanischen Machofarmers verbarg sich
ein superintelligenter und äußerst sensibler Amerikaner mit einem Sinn für Loyalität und Entschlossen-
heit, wie man ihn im Land seiner Väter immer sel-
tener antraf. Wenn er sich etwas vornahm, dann
pflegte er das auch zu erreichen. Es fehlte nicht viel,
und ich hätte in diesem Moment einen Anflug
hauchfeinen Mitleids mit demjenigen verspürt, der
als Generaldirektor in blankgeputzten Schuhen am
Ruder der Bimini Corporation stand.

»Ach, übrigens«, sagte Kent, »wenn wir zu dem Büro-
gebäude kommen, dann erwarte nicht, daß wir dort
auch die echten Büroräume der Bimini Corporation
finden.«

»Solange es kein Fenster mit einem Schwein drin ist,
ist es doch schon ein Fortschritt.«

»Ich meine bloß, wenn sie fähig genug und groß genug und böse genug sind, dich um Micky-Maus-
Schnurrhaaresbreite für immer nach Disney World
zu schicken, dann sind sie auch gerissen genug, ihre
echten Zelte nicht unter der Adresse aufzuschlagen,
zu der wir unterwegs sind. Falls wir noch jemals ein
Cab kriegen. Raus mit der Sprache, Kinky: Gibt es in
New York überhaupt Taxis?«

»Ja, Virginia, gibt es. Man hat hier bloß noch nie von
einem Mann aus L.A. gehört, der je zu Fuß gegangen
wäre, und das will man erst mal auskosten.«

Wir liefen ans kurvenreiche Ende der Mott Street
hinab, kehrten dann um und folgten unserer Fährte
zurück zur Canal. Die Suche nach einem Cab kann

manchmal eine Zen-Erfahrung sein, um nicht zu sagen todlangweilig. Wenn man zu intensiv und an zu vielen Orten sucht, findet man nie eins. Meist ist es besser, an den Ort zurückzukehren, wo die ganze Suche begonnen hat, und einfach dort zu warten.

»Eins spricht allerdings für uns«, sagte Perkins, als wir wieder unter dem Blechdach des Ladens mit dem Schwein im Fenster standen.

»Wir sind beide Juden?«

»Ich fürchte nein, Kink. Mein Rammer hat nie ein Messer gesehen.«

»Du kannst dir jederzeit das leihen, was in meinem Rücken steckt«, sagte ich, schnitt einer frischen Zigarre die Spitze ab und war mir der freudianischen Implikationen dieser Maßnahme nur dunkel bewußt.

»Ich will bloß sagen«, meinte Kent, der schlagartig ernst werden konnte, »daß wir nur für eine kurze Zeitspanne die Gelegenheit haben, und die sollten wir nutzen. Diese Leute denken doch, daß Ratso tot ist, weil sie glauben, sie hätten ihn eigenhändig umgebracht. Wenn sie wirklich clever sind, wissen sie inzwischen, daß sie den Falschen erwischt haben und daß Ratso unter Mordverdacht festgenommen worden ist. In beiden Fällen dürften sie ihre Deckung momentan etwas vernachlässigt haben, und das reicht vielleicht schon, um sie zu überlisten.«

Dann ging alles sehr schnell. Ich zündete die Zigarre an, und als ich hochsah, stieg auf der anderen Straßenseite ein Mann aus einem Taxi.

»Da ist ein Cab«, schrie ich, und wir sprinteten hinüber, als hätte uns eine Zirkuskanone abgefeuert.

Ungefähr eine halbe Nanosekunde später gab die Zirkuskanone eine Salve in unsere Richtung ab, genau auf die leere Stelle, wo wir eben noch unter der Markise gestanden hatten. Ich drehte mich um und sah einen Tintenfisch in eine Million Einzelteile zerplatzen. Das Schwein drehte sich plötzlich wie eine Dreidel beim Fest der jüdischen Tempelweihe, und das Fenster zersplitterte in glänzende Eiszäpfchen aus Glas.

Perkins kauerte mit einem Revolver in der Hand hinter einem parkenden Auto und suchte die Straße ab. Ich hatte in einer engen Telefonzelle Unterschlupf gefunden, die von einem kleinen chinesischen Pagodendach gekrönt wurde. Einen Augenblick lang hing die Zeit wie ein totes Schwein da. Dann strömten Menschen aus dem Restaurant, wo erstaunlicherweise niemand verletzt worden war. Autos fuhren langsam durch den Regen. Der Regen fiel auf den Fußweg. Der Fußweg lag da wie die alte Hure, die er nun einmal war, und die bunten Glasscherben funkelten im Regen wie Modeschmuck.

»Soviel zu der kurzen Zeitspanne der Gelegenheit«, sagte ich.

31

Also, da leck mich doch einer nackt auf 'nem Trecker am Arsch«, sagte Kent Perkins und starrte wütend aus dem Taxifenster.

»Ich bin schon überglücklich«, sagte ich, »wenn ich ohne Akupunktur aus Chinatown rauskomme.«

»Das ändert gar nichts«, sagte Kent. »Das heißt bloß, daß wir so vorsichtig sein müssen wie zwei Stachelschweine bei der Paarung.«

In den letzten zwanzig Minuten hatte Kent den Kutscher immer wieder scharf und unerwartet wenden und Achten fahren lassen, und was mich betraf, so hätte ich jeden noch nicht abgeschüttelten Verfolger willkommen geheißen, ins Cab zu springen und die wilde, verwegene Fahrt mitzumachen. Mein Magen war der gleichen Meinung.

Ich war von Perkins' Ablenkungsmanövern gebührend beeindruckt, zumal der einzige Mensch in New York, der sich in der Stadt noch schlechter auskannte als Kent, unser kambodschanischer Taxifahrer sein mußte. Sich absichtlich in einer Stadt zu verfahren ist übrigens nicht so einfach, wie man annimmt. Viele Menschen verfahren sich alle naselang in vielen Städten, aber es ist wie mit dem Rülpsen oder Furzen – nur wenige können es auf Kommando.

Die Welt war schon komisch, dachte ich und sah Kent zu, der sich über die Lehne gebeugt hatte und dem Kambodschaner half, sich im Hexenkessel New York zurechtzufinden. Bei wohlwollender Einschätzung war der freundliche Texaner mindestens dreimal so groß wie der winzige Kambodschaner, aber der Kambodschaner hatte in seinem Leben wahrscheinlich zehnmal soviel Scheiße gesehen, und ich meine keine Pferdeäpfel oder Kuhfladen, sondern menschliches Elend, und das ist oft sehr viel schwerer von den Stiefeln zu kratzen.

Bald darauf entdeckten wir auf der Lex in Midtown das Gebäude, das die Bimini Corporation, wer oder was auch immer sich dahinter verbarg, als Stammsitz angegeben hatte. Kent wies den Fahrer an, noch einmal um den Block zu fahren.

»Kannst du dir vorstellen, was die Bimini Corporation so macht, wenn sie nicht gerade Fensterscheiben in Chinatown zerschießt?« fragte ich.

»Das werden wir bald erfahren«, meinte er und bedeutete dem Fahrer, er solle eine Straßenecke vom Gebäude entfernt anhalten.

Als er forsch die Straße entlang auf die besagte Adresse zuschritt, schaltete der Taxifahrer, der aus dem Westen Kambodschas kommen mußte, einen Countrysender ein. Ich erkannte sofort Garth Brooks, den Anti-Hank. Ich paffte meine Zigarre, lauschte

Garth Brooks mit halbem Ohr – so wie sich heutzutage jeder Countrymusik anhört – und beklagte, daß die nichtentkoffeinierte Ära der Fünfziger und Sechziger der Vergangenheit angehörte. Hank Williams und Johnny Horton fehlten mir. Beide waren frühe, tragische und perfekt getimte Countrytode gestorben, und beide waren zufällig mit Billie Jean Horton verheiratet gewesen. Captain Midnite, mein Freund in Nashville, hatte immer behauptet, Billie Jean Horton sei eine Art Hexe gewesen, sie habe Hank Williams und Johnny Horton umgebracht und Faron Young in seiner Entwicklung gehemmt.

Meine Entwicklung wurde leider auch gehemmt. Meine Entwicklung wurde von Ratso gehemmt. Als ich ihm versprach, bei der Suche nach seiner leiblichen Mutter zu helfen, konnte ich nicht voraussehen, daß dieses Projekt zu meinem einzigen Lebensinhalt werden würde. Inzwischen war die Suche nicht nur ermüdend, sondern auch gefährlich geworden. Jack Bramson war tot, Ratso saß im Bau, und der Typ, der mir in Florida die Hölle heißgemacht hatte, wollte mich hier in New York kaltmachen.

Trotzdem verließ ich mich voll und ganz auf Kent Perkins. In New York kannte er sich zwar nicht besonders gut aus, aber im ganzen Westen hatte er in seinem Metier große Erfolge gefeiert. Er konnte mit Menschen umgehen. Er war der Inbegriff des guten Cops. Und ich verließ mich darauf, daß seine Suche nach den Wurzeln der Bimini Corporation der beste

Weg war, herauszufinden, was Mary Goodman zugestoßen war.

Kurz darauf kam Perkins zum Cab zurück und neigte seinen großen Kopf zum Fenster. Seine Miene ließ nichts Gutes ahnen.

»Da gibt's bloß Briefkastenfirmen«, sagte er, »ein Postfach neben dem anderen, und davor thront eine schwarze Dreizentnerbraut, giftig wie 'ne Klapperschlange.«

»Klingt nicht gerade vielversprechend.«

»Ich brauch' nur ein bißchen Zeit. Vergiß nicht, daß ich mit Menschen umgehen kann.«

»Kann ich persönlich nicht bestätigen.«

»Hör zu, ich brauch' höchstens zwei Stunden. Fahr mit dem Cab nach Hause. Ich ruf' dich dann an. Hast du nichts im Haushalt zu erledigen? Die Höhle aufräumen oder so was?«

»Ich habe keine Höhle, und ich würde viel lieber mit der nach wie vor unergründlichen Bimini Corporation aufräumen.«

»Du wirst bald mehr ergründen, als dir lieb ist.«

»Prima. Wenn ich nie wieder von dir höre, geh' ich davon aus, daß du entweder tot bist oder nur einer von diesen kalifornischen Freunden, die sich nie melden, auch wenn sie immer behaupten, mal anzurufen.«

»Ich ruf' dich in spätestens zwei Stunden an.«

»Ich bring' solang die Katzenstreu runter.«

Perkins hielt sein Wort. Ich war erst eine gute Stunde zu Hause, als die Telefone klingelten. Als Gewohnheitstier hob ich den linken Hörer ab.

183

»Bimini Corporation«, sagte ich.

»Das wär' mir neu«, sagte Perkins. »Egal, was zum blauäugigen, splitterfasernackten Teufel hier vor sich geht, wir wissen wenigstens endlich, wo wir suchen müssen.«

»Prima«, sagte ich. »Spuck's aus.«

»Das echte Büro der Bimini Corporation liegt drüben auf der West Side. Ich hab' die Adresse und mach' mich jetzt auf die Socken. Ich seh's mir nur an. Ich geh' nicht rein. Ich finde, das sollten wir uns für heute abend aufsparen. Besser noch heute nacht.«

»Woher hast du die Adresse?«

»Wenn ich dir das erzähle, glaubst du mir kein Wort. Da kommt ein Cab. Ich muß los. Ich meld' mich wieder.«

Ich konnte verdammt wenig tun, außer die Katzenstreu runterzubringen.

Und das tat ich dann auch.

32

Es wurde dunkel, und Kent hatte noch nicht wieder von sich hören lassen. Ich stand am Küchenfenster, rauchte eine Zigarre, trank eine Tasse schwarzen Kaffee und sah zu, wie der Abend in die Vandam Street kroch. Ich hatte versucht, mich nützlich zu machen, und in Mosche Hamburgers Büro, bei Cooperman, Ratso und Michael Simmons angerufen. Das Endergebnis lautete 0:4. Hamburger war noch weg, Cooperman draußen, Ratso natürlich drinnen, konnte den Anruf aber nicht entgegennehmen, und Simmons »wohnt hier nicht mehr«, jedenfalls der gereizten jungen Frau zufolge, die ans Telefon gegangen war. Ich wollte wissen, ob sie seine neue Nummer habe, und sie sagte: »Schon mal was vom Telefonbuch gehört?«

Falls Kent und ich über die Bimini Corporation nicht weiterkamen, hatte ich kaum noch etwas in der Hand. Ich konnte McGovern anstiften, in seinem Blatt etwas über Ratsos Suche nach seiner Mutter zu bringen, aber auf »Bitte melde dich«-Aufrufe meldete sich heute kein vernünftiger Mensch mehr. Ich konnte Phil Kaplan, einen befreundeten Anwalt in Kalifornien, anrufen und fragen, ob er einen heißen Tip hätte, wie ich Hamburger ausfindig machen könnte, aber einen Anwalt dazu zu bewegen, einen Anwalt zu suchen, war eine knifflige Angelegenheit. Ich konnte als wandelnde Litfaßsäule mit einer Suchanzeige nach Mary Goodman durchs Village laufen, aber die meisten Leute würden das wahrscheinlich bloß für eine Performance halten. Ich konnte mich als Mormonenmissionar ausgeben und die örtlichen Tempel und Synagogen abklappern. Das konnte zu interessanten Ergebnissen führen. Oder ich konnte den ganzen Krempel hinschmeißen, und als Abend, Licht und Zwielicht immer dunkler wurden, war ich fast soweit.

Derselbe Fall, der noch vor wenigen Tagen in Florida unter Dach und Fach zu sein schien, machte jetzt den Eindruck, als zerbröckelte er allmählich wie die Gehwege in New York. Am Rande der Verzweiflung setzte ich mich an den Tisch, hob den Hörer ab und rief Phil Kaplan an, den Anwalt in Kalifornien.

»Streit, Pearson, Harbison & Myers«, sagte Margo, die Sekretärin, mit der ich häufig plauderte, wenn ich auf Phil wartete.

»Eine Anwaltskanzlei, die mit Streit anfängt, kann nicht von schlechten Eltern sein«, sagte ich.

»Kinky!« rief sie begeistert. Manche Frauen mochten den schrulligen Namen Kinky und manche eben nicht, egal, ob sie selbst schrullig waren oder nicht. Margo gefiel der Name Kinky. Wir waren uns nie begegnet, und das war wahrscheinlich auch besser so.

Als Phil an den Apparat kam, erklärte ich ihm kurz und bündig, was ein Mosche Hamburger war und warum ich nach einem suchte. Phil klang erstaunlich optimistisch. Alle Kalifornier klingen immer erstaunlich optimistisch.

»Es gibt ein Buch namens *Martindale-Hubble*«, sagte Phil. »Das ist ein Branchenverzeichnis für Anwälte und enthält Angaben, mit denen wir deinen Mann finden müßten.«

»Ich weiß, daß es ihn gibt«, sagte ich, »ich bin ihm schon begegnet.«

»Dann finden wir ihn«, sagte Phil immer zuversichtlicher. Alle Kalifornier werden immer zuversichtlicher, je länger man mit ihnen spricht. Deswegen fassen sich die meisten Amerikaner so kurz, wenn sie mit der Westküste telefonieren.

Phil meinte, er würde dem im Laufe des Abends nachgehen und mich morgen zurückrufen. Das fand ich prima und bedankte mich.

»Auf daß deine Geschworenen nie ein verschworenes Team werden«, sagte ich, legte auf und angelte mir eine frische Zigarre aus Sherlock Holmes' Kopf.

»Weißt du was?« sagte ich zur Katze. »Es spricht einiges dafür, daß Kent lieber der frischen Fährte eines Autokennzeichens von letzter Woche nachgeht, als eine Frau zu suchen, die seit siebenundvierzig Jahren nichts mehr von ihrem Sohn wissen will. Entweder ist sie tot, oder er ist ihr scheißegal.«

Die Katze saß auf dem Tisch und sah mich an.

»Das könnte natürlich für viele Menschen gelten, von denen wir ewig nichts gehört haben.«

Ich zündete mir mit einem Streichholz die Zigarre an, drehte sie langsam und achtete darauf, sie immer ein winziges Stück über der Flamme zu halten. Dabei sah ich zwei helle Kerzen in den Augen der Katze, die ein weiteres Stück Obsidiannacht verbrannten.

Ich hatte eben zu paffen begonnen, als die Telefone losschrillten. Ich stieß eine Rauchwolke aus und griff zum linken Hörer.

Es war Kent Perkins, der mich um Mitternacht in einem kleinen Café irgendwo in Hell's Kitchen treffen wollte. Außerdem sollte ich eine lange Stange, eine Angelrute etwa, und einen Cowboyhut mitbringen.

»Gehen wir auf Raubtierjagd oder machen wir einen Angelausflug?« fragte ich. »Ich muß doch wissen, was ich anziehen soll.«

»Kink, wir gehen in eine private Tiefgarage. Das Tor wird durch eine Lichtschranke gesteuert. Ich habe bis Mitternacht noch einiges vor. Setz einfach deinen Hut auf und bring eine rund zwei Meter lange Stange mit.«

»Hast du schon mal daran gedacht, deinen Rammer einzusetzen?«

»Der bringt's nur bei wirklich großen Feuerleiter-Einsätzen. Übrigens hast du recht, wir haben eine Art Angelausflug vor. Weißt du, was mein Dad in Texas immer gesagt hat, als ich klein war?«

»›Erzähl Mama nicht, daß ich das Kindermädchen nagle‹?«

»Kink«, sagte er tadelnd. »Mein Dad hat gesagt: ›Angle immer da, wo die großen Fische schwimmen.‹«

»Dann fangen wir hoffentlich schnell einen ganz großen«, sagte ich. »Ich habe keine Lust, die halbe Nacht in hebräischem Huck-Finn-Outfit in Hell's Kitchen rumzuhängen.«

33

Ein alter Eishockeyschläger, den John Davidson, der Torwart der Rangers, mir in irgendeiner längst vergangenen Eiszeit geschenkt hatte, kam im Loft einer Stange noch am nächsten. Ich nahm ihn, setzte meinen Cowboyhut auf und steckte fünf Zigarren und eine kleine Taschenlampe ein. Es war halb zwölf, als ich mir einen anständigen Jameson für unterwegs in das alte Stierhorn goß.

»Mach dir meinetwegen keine Sorgen«, sagte ich zur Katze. »Ich bin bestens gerüstet, falls mich jemand mit einem Eishockeypuck angreift.«

Ich kippte den Whiskey.

Ich überließ der Katze die Verantwortung.

Die Nacht war kühl und klar, und als ich im Taxi nach Hell's Kitchen saß, schien auch mein Kopf kühler und klarer zu werden. Ging Ratsos angebliches Geständnis, sein ungewöhnliches Benehmen und seine komische Bitte, unter all den Legionen von Anwälten dieser Welt ausgerechnet Mosche Hamburger mit seiner Verteidigung zu beauftragen, wirklich nur auf Reue über den Tod seines Freundes Bramson zurück?

Oder steckte da mehr dahinter, etwas, was der ge-
treue alte Doktor Watson seinem einsamen Freund
Sherlock verheimlicht hatte?
Natürlich war Kent Perkins in unterschiedlicher
Hinsicht ein großer Junge, aber wo hatte ich ihn da
eigentlich hineingezogen? Wäre er nicht so ein aufge-
wecktes Bürschchen gewesen, hätte er mit ziemlicher Sicherheit als Landei durchgehen können, und
die Anforderungen an Landeier sind in dieser Stadt
nicht besonders groß. Hatte ich das Recht, ihn in eine
lebensgefährliche Situation zu bringen, wo er vollständig den Boden unter den Füßen verlieren konnte?
Hatte ich das Recht, mich selbst in eine solche Situation zu bringen? Was würden Ruth Buzzi und die
Katze sagen, wenn sie von dem heutigen Vorfall in
Chinatown hörten?
Als der Eishockeyschläger und ich aus dem Cab stiegen, war ein Beschluß in mir gereift. Wenn diese
Nacht rum war, würden Kent und ich das tödliche
Katz-und-Maus-Spiel mit den finsteren Handlangern
der Bimini Corporation nicht fortsetzen. Zunächst
brauchten wir ein umfassenderes Wissen über das,
was hinter den Kulissen vorging. Die Ausbeute
mochte noch so mager sein, ich mußte noch einmal
mit Ratso sprechen, was schwierig werden dürfte,
denn anscheinend hatte sein Anwalt inzwischen allen
potentiellen Besuchern ein Embargo vor den Latz
geknallt. Außerdem mußte ich Cooperman anrufen,
damit wir – sofern das möglich war – unsere Vorgehensweise aufeinander abstimmen konnten, und

schließlich mußte ich die ganze Angelegenheit über McGoverns Kolumne in der *Daily News* an die Öffentlichkeit bringen. Das sollten auf jeden Fall meine nächsten Schritte sein, dachte ich, während ich zum kleinen Café an der Ecke lief, aber vorher sei ich es Kent noch schuldig, mir anzuschauen, was er im Lauf des Abends herausbekommen hatte.

Im Café drückten sich einige finstere Gestalten herum, und auf dem Boden neben der Tür lag etwas, was ich für Entenkotze hielt, aber davon abgesehen war es nach den Maßstäben von Hell's Kitchen ein sauberes und helles Lokal. Es gab natürlich keinen Oberkellner, aber wenn man einen Kent Perkins suchte, konnte man ihn in keiner Menschenmenge übersehen. Diesmal war es noch einfacher, weil fast niemand da war.

»So«, sagte ich, nachdem ich Kaffee bestellt und den Eishockeyschläger unter dem Tisch verstaut hatte, »freut mich, daß noch niemand von uns in einer religiösen Fundamentalistensekte untergetaucht ist.«

»Heute nachmittag in Chinatown waren wir verdammt nah dran.«

»Is' nicht wahr!«

»Ich werd' dir verraten, wie ich mir unser Abendprogramm vorstelle. Ich könnte mir denken, daß es dich schlicht begeistern wird.«

»Mein Freund John McCall pflegt in solchen Fällen zu sagen: ›Dann bring mir bitte etwas davon auf einer Scheibe trockenem Toast mit.‹«

Perkins lachte aus vollem Hals. Bislang hatte ich immer gedacht, Menschen, die in Restaurants laut lachen, wären nicht besonders glücklich. Aber vielleicht trifft das nur auf übervolle Edelrestaurants zu. Oder Perkins war einfach nur nervös. Es gab auch die klitzekleine Möglichkeit, daß er meine Bemerkung komisch fand.

»Apropos trockener Toast«, sagte er, »bestell hier keinen Hamburger.«

Ich zog eine Zigarre heraus und fing mit dem Präzündungsritual an, um meine Nerven zu beruhigen. Die Erfahrung mit dem rotierenden Schwein am Nachmittag hatte mich stärker mitgenommen, als ich dachte. Ich hatte das dumpfe Gefühl, daß Kent Perkins und ich die nächsten beiden rotierenden Schweine werden könnten, wenn wir nicht sehr behutsam vorgingen.

»Paß auf«, sagte ich mit einigem Nachdruck, »ich will wissen, wie und warum wir heute nacht in diese Tiefgarage einbrechen.« Wenn das Schicksal schon wollte, daß ich als rotierendes Schwein endete, hatte ich wohl ein Anrecht zu erfahren, welche Gründe dahintersteckten.

»Erstens«, sagte Perkins, als unterhielte er sich mit einem Kleinkind, »brechen wir nicht in die Tiefgarage ein. Wir unterbrechen eine Lichtschranke und können dann ganz normal in die Tiefgarage gehen. Und hier hast du deinen Grund.«

Er schob mir einen Umschlag zu, ich holte meinen Spitzenabschneider aus der Tasche und sah, während ich die Zigarre beschnitt, daß der Umschlag an die

Bimini Corporation adressiert war. Simultan zog ich ein Blatt Papier aus dem Umschlag und ein rotzfarbenes Bic-Feuerzeug, das sich seit rund achtundvierzig Stunden in Familienbesitz befand, aus der Nichtjagdweste. Ich zündete mir die Zigarre und sah mir den Zettel an.

»Dieses Dokument«, sagte Kent, »kam unter Zuhilfenahme der Gabel meines Schweizer Armeemessers in meinen Besitz. Hinter der Tür zu den Bimini-Geschäftsräumen lag ein ganzer Poststapel, aber ich konnte nur das hier erreichen und rausziehen, ohne so lange im Flur zu hocken, bis die erste Miete fällig wurde.«

In dem Schreiben mit dem Poststempel von letzter Woche wurde Bimini lediglich aufgefordert, den schwarzen Lincoln-Continental vom Parkplatz A 12 zu entfernen, anderenfalls werde er abgeschleppt.

»Der Wagen steht immer noch da«, sagte Perkins. »Man kann ihn gerade noch sehen, wenn man sich dicht ans Haus stellt und in den Spiegel neben der Auffahrt schaut.«

»Dann ist also seit einiger Zeit niemand mehr im Büro gewesen.«

»Vielleicht kommen sie nur einmal pro Woche. Vielleicht kommen sie auch nie wieder. Wir wissen bloß, daß der Wagen vor einer halben Stunde noch dastand. Und wenn ich mit zwei Dingen umgehen kann, dann sind das Menschen und Autos.«

»Und wenn *ich* mit zwei Dingen umgehen kann, dann sind das Katzen und Zigarren. Aber mit etwas gutem Willen finden wir sicher doch noch ein paar Gemeinsamkeiten.«

»Wir haben schon etwas gemeinsam«, meinte Perkins, plötzlich wieder ernst. »Jemand hat heute nachmittag in Chinatown versucht, uns am hellichten Tage umzubringen. Wir wissen nicht, wer hinter der Bimini Corporation steckt, aber derjenige kennt uns auf jeden Fall. Und genau diese ruchlose Verzweiflungstat gegen uns sagt mir, daß wir auf der richtigen Spur sind. Das heißt übrigens auch, daß jemand verflucht wenig Interesse daran hat, daß dein Freund Ratso seine Mutter findet.«

»Heilige Scheiße«, sagte ich und paffte nachdenklich die Zigarre, »womöglich ist Ratso *wirklich* der Erbe des Goodmanschen Eiernudelimperiums.«

34

Einer Tiefgarage fällt es nicht sonderlich schwer, um Mitternacht fies und gemein auszusehen, und die, die jetzt vor uns lag, brauchte sich nicht einmal viel Mühe zu geben. Hinter dem Stahltor führte die gewundene Fahrspur unter die zynischen Fußwege Manhattans, und wer wußte schon, ob dort nicht der erste Kreis der Hölle begann. Das galt natürlich auch für andere Gegenden in Manhattan. Ich befolgte Kents Anweisungen, lehnte mich ans Tor und, klar doch, da stand der schwarze Lincoln und aalte sich in seiner Sturheit wie ein gottgefälliger Demonstrant vor einer Abtreibungsklinik.

Straßen und Fußwege waren um diese Zeit alles andere als leer, und ich fragte Perkins, ob er es nicht für ratsam hielte, noch etwas zu warten, beispielsweise bis ins Jahr 2013. »Ich habe keine Angst davor, gesehen zu werden«, sagte er. »Ich hab' schon die Polizei informiert.«

»Du hast was?« fragte ich und hätte fast den Eishockeyschläger fallen lassen.

»Ich hab' gesagt, daß ich für Westside Security arbeite. Die sind für die Tiefgarage hier zuständig. Ich hab' behauptet, daß wir heute nacht ein paarmal an die Alarmanlage ran müßten. Nur so als Vorsichtsmaßnahme, falls wir sie auslösen, statt das Tor zu öffnen.«

»Und du glaubst, die Polizei kauft dir das ab?«

»Warum nicht? Du weißt doch, ich kann mit Menschen umgehen. Ich hab' die schwarze Dreizentnerdame unten bei den Postfächern dazu gebracht, mir das Formular für die Bimini Corporation zu geben, damit ich den Nachsendeantrag ergänzen könnte. Mußte sie natürlich erst ein bißchen bearbeiten. Hab' ihr erzählt, daß ich verstehe, was für einen schweren Job sie hat, mit den ewig langen Arbeitstagen. Bin sogar losgezogen und hab' ihr eine Batatenpastete besorgt. Dann hat sie mir das Formular gegeben, und da stand die Adresse von dieser Tiefgarage drauf. Jetzt müssen wir nur noch das verdammte Tor aufkriegen.«

»Jammerschade, daß es hier keinen Nachtwächter gibt. Dem hättest du ein Erdbeerparfait mitbringen können.«

»Eins muß man New York lassen«, sagte Kent und hockte sich mitten auf die Einfahrt vor dem Tor. »Hier schert sich keiner einen Dreck um irgendwas.«

»Hoffen wir, daß das auch für die Leute gilt, die sich hinter der Bimini Corporation verstecken.«

»Sieht so aus, als würden sie diese Tiefgarage meiden wie der Teufel das Weihwasser. Ich glaube, ich weiß auch, warum.«

»Hättest du die Güte, deinen kleinen jüdischen Bruder in deine Vermutungen einzuweihen?«

Falls Perkins mich gehört hatte, ließ er es sich nicht anmerken. Immer noch hockend hielt er sich in Höhe seiner Knie am Gitter fest, bewegte den Oberkörper hin und her, spähte konzentriert ins Dunkel und ließ seinen Blick von der einen Seite der unterirdischen Kammer zur anderen wandern. Ich zündete mir eine frische Zigarre an und wartete, paffte an der Mauer still vor mich hin und blies den Rauch gelegentlich in Richtung der glücklichen jungen Pärchen oder jener seltenen Spezies des Joggerus mitternachtus idioticus. Eigentlich war es längst Zeit für deren Winterschlaf, aber ich bekam noch ein paar zu sehen.

»Was hast du eigentlich vor?« fragte ich schließlich. »Willst du die ganze Nacht wie ein Affe im Zoo dahocken?«

Perkins sah nicht einmal hoch. Wenn er überhaupt eine Reaktion zeigte, dann starrte er noch konzentrierter durch das Stahlgitter. Er streckte den Arm mit der Handfläche nach oben grob in meine Richtung.

»Eishockeyschläger«, sagte er.

Ich reichte ihm den Eishockeyschläger.

»Cowboyhut«, sagte er.

Ich reichte ihm den Cowboyhut, den er über das Blatt des Eishockeyschlägers stülpte. So konnte er ihn über den Boden schieben, und das Gebilde bekam gespenstische Ähnlichkeit mit einem von Hausenflucks kleinen Kindern.

»Doktor Perkins«, sagte ich, »sind Sie sicher, daß es chirurgisch nötig war, den Patienten am Hals zu amputieren?«

Perkins antwortete nicht, sondern schob die groteske kleine Konstruktion weiter an den Infrarotstrahl heran. Schließlich hatte er seine Arme auf der anderen Seite der Gitterstäbe ganz ausgestreckt, kam aber immer noch nicht an die Lichtschranke heran.

»Fünfzehn Zentimeter mehr, und du wärst der Größte gewesen«, sagte ich.

»Pferdeschiß und wilder Honig!« fluchte er plötzlich vehement. »Einer von uns muß mit dem Cowboyhut Frisbee spielen.«

»Frisbee fällt in dein Ressort«, sagte ich. »Schließlich kommst du aus Kalifornien.«

»Dir ist klar, was dabei auf dem Spiel steht, oder? Wenn ich den Hut werfe und den Lichtstrahl verfehle, kriegen wir nicht nur das Tor nicht auf, sondern sehen wahrscheinlich auch deinen Hut nie wieder.«

»Das fänd' ich aber gar nicht schön, wenn ein Mustang ihn plattmacht. Oder ein Cherokee auf ihm rumtrampelt.«

»Oder ein Thunderbird ihn vollkackt«, sagte Kent. »Vielleicht trägt ihn dann sogar ein Manager beim Rasenmähen in Connecticut.«

»In Connecticut mäht man keinen Rasen«, sagte ich. »Da geht man auf den Golfplatz.«

»Dann trägt er ihn eben auf dem Golfplatz. Und irgendwann hat er ihn satt und verkauft ihn auf dem Flohmarkt.«

»In Connecticut gibt es auch keine Flohmärkte«, sagte ich. »Wahrscheinlich spendet er ihn der Heilsarmee oder Hadassas Trödelladen – hängt natürlich von der spezifischen Beschaffenheit seiner religiösen Gefühle ab.«

»Dann geht er für 'n Appel und 'n Ei an einen puertoricanischen Zuhälter«, sagte Perkins, »der ihn in Spanish Harlem einer rothaarigen Hure mit Goldzahn schenkt.«

»Die ein pfirsichfarbenes Kleid trägt.«

»Und den Hut als Zugabe benutzt, wenn sie einem Manager aus Connecticut die japanische Fellatussi macht, der ihn daraufhin in seiner Tiefgarage verliert, wo er von einem Mustang plattgemacht wird.«

»Eine durchaus vorstellbare Vorstellung«, sagte ich.

»Treffen wir also lieber gleich beim ersten Mal.«

Und dann warf er den Cowboyhut.

Ein paar Sekunden lang herrschte Schweigen, während der Hut so schicksalsschwer durch Zeit und Geographie segelte wie Kolumbus, der einen Wunschbrunnen befuhr. Dann vernahmen wir ein fast mittelalterliches Knarren. Entweder ging das Tor auf, oder Kolumbus starb in Ketten. In New York hätte man über keins von beidem eine Augenbraue hochgezogen.

»Den Lincoln haben wir schneller geknackt, als eine Elritze durch eine Suppenkelle schwimmt«, sagte Perkins.

Dann hantierte er auch schon an der Beifahrertür des Lincoln herum, während ich meinen Arsch die Einfahrt runterschob und meinen Cowboyhut suchte. Als ich ihn gefunden, nach Ölflecken abgesucht und aufgesetzt hatte und zu Kent zurückgegangen war, hatte er die Tür bereits geöffnet.

»Warum hat das so lange gedauert?« fragte ich.

»Tut mir leid, Kink. Ist einige Zeit her, seit ich mein letztes Verbrechen begangen habe, und ich wollte keinen Kratzer im Lack.«

Er sah sich flüchtig im Wagen um, dann verschwand sein großer blonder Kopf unter dem Armaturenbrett. Ich sah mich flüchtig in der Tiefgarage um, wo sich aber nichts rührte; dann verschwand mein Köpfchen in einer fürsorglichen Wolke blauen Zigarrenrauchs. Mein ganzes Leben lang hatte ich mir einen großen Kopf gewünscht, wie Perkins oder McGovern ihn hatten. Ich litt an chronischem Kopfneid und konnte nichts dagegen tun, konnte nur mit meinem Eishockeyschläger durch die Tiefgarage laufen und nach Räubern oder Gendarmen oder den Burschen von der Bimini Corporation Ausschau halten, denen die Größe meines Kopfs offenbar scheißegal war, solange sie ihn mir von den Schultern holen und in den Vorstädten verscharren konnten.

Während Perkins unter dem Armaturenbrett entweder den Wagen kurzschloß oder nach alten Kaugummis suchte, schrieb ich das Kennzeichen des Lincoln und alle Abziehbilder und Aufkleber ab, die ich finden konnte. Es ist immer gut, wenn man sich nützlich machen kann. Ich steckte gerade mein kleines Notizbuch ein, als der Motor ansprang.

»Steig ein«, sagte Kent. »Komm, wir eiern zu Mary Goodmans Haus.«

»Wir wissen aber nicht, wo das ist«, sagte ich.

Kent öffnete das Handschuhfach, zog einige Papiere heraus, warf einen Blick darauf und steckte sie in seine Manteltasche.

»Könnte 'ne schöne Lektüre für den Sommerurlaub werden«, sagte er.

»Ich warte lieber auf die Verfilmung«, sagte ich.

Dann langte Kent noch einmal ins Handschuhfach, drückte einen Knopf, und die Kofferraumklappe hob sich langsam wie der Deckel einer Gruft. Da ich seit über fünfzehn Jahren nichts mehr riechen konnte, merkte Kent zuerst, daß hier was faul war im Staate Dänemark.

»Ich weiß nicht, was da drin ist«, sagte er, »aber der Gestank würde jeden Aasgeier von einem Innereien-waggon weg hierherlocken.«

Eher gemäßigten Schritts gingen wir zum Koffer-raum und sahen uns die Bescherung an. Das aufge-dunsene Gesicht des Todes grinste uns entgegen wie die freundliche Avon-Beraterin. Das *Martindale-Hubble*-Verzeichnis brauchten wir nicht mehr.

Wir hatten Mosche Hamburger gefunden.

35

Cooperman war nicht besonders glücklich, als er den Eishockeyschläger und die Leiche im Kofferraum sah. Er hatte im Lauf seines Lebens schon viele Leichen in vielen Kofferräumen gesehen und wußte meine Aufmerksamkeit gar nicht zu schätzen, daß ich ihn angerufen hatte, um ihm eine weitere zu zeigen. Ich war von der irrigen Annahme ausgegangen, diese eine könnte meiner Überzeugung Rückendeckung verschaffen, daß da draußen tatsächlich jemand sein Unwesen trieb, der Ratsos Wunsch, seine leibliche Mutter zu finden, mit aller Macht verhindern wollte.

Obendrein ergriff ich die Gelegenheit, Cooperman mit meiner Schilderung des Angriffs auf Kent und mich in Chinatown die voreingenommenen Ohren vollzujammern und ihn außerdem an meine unheimliche Begegnung mit dem Krautomobil in Miami zu erinnern.

Cooperman und Fox hatten den Anruf, da die Angelegenheit nicht in ihr Revier fiel, nicht nur ungnädig aufgenommen, sie mochten auch nicht einsehen, daß es mit dieser verhältnismäßig würdelosen Vertagung des Anwaltslebens immer unwahrscheinlicher wurde, daß Ratso Jack Bramson umgebracht hatte. Während Kents rührender Appell à la Rockford Coopermans Eispanzer kurz zum Schmelzen zu bringen schien, war es doch beruhigend zu sehen, daß sich manche Dinge in dieser komischen Welt niemals ändern.

Das Bullenfunkeln in seinen Augen verriet mir, daß der vielgepriesene Detective Sergeant und ich ungefähr so sehr harmonierten, als hätte er Spinoza dabei ertappt, wie er durch die Bowery strich.

»*Zwei* verdammte Cowboys«, sagte er, nachdem er die Tiefgarage und den Lincoln kurz gemustert hatte.

»Und *ein* Eishockeyschläger«, sagte Fox strahlend.

»Das war der Anwalt«, sagte ich und wies auf den offenen Kofferraum, »dessen Vater Ratsos Adoptionsverfahren abgewickelt hatte. Das ist der, den Ratso nach seiner Festnahme vom Polizeirevier aus anrufen wollte. Das heißt, falls er nicht nur den Namen des Toten wegen der Schuldgefühle und Depressionen vor sich hingemurmelt hat, die auf ihm lasten, weil er Hamburger Vorwürfe gemacht hat, daß dessen Vater das ganze Problem damals überhaupt erst ins Rollen brachte.«

»Jetzt wissen wir wenigstens, warum der Anwalt nicht zurückgerufen hat«, sagte Cooperman und lachte trocken, während er sich das makabre Bild vor uns ansah.

»Wie sollte er auch«, sagte Fox und trat aus dem

Schatten, »wo er hier doch die ganze Zeit auf der faulen Haut lag.«

Kent Perkins machte große Augen und bemühte sich um ein Lächeln. Ich versuchte es gar nicht erst. Fox stellte mir ein paar Fragen, die sich auf den Eishokkeyschläger bezogen, aber ansonsten waren die beiden nicht so recht bei der Sache. Als die Cops vom zuständigen Revier eintrafen, verschwanden Cooperman und Fox. Die neuen kannten Ratso nicht und wollten auch nichts von ihm wissen. Nach ein paar oberflächlichen Fragen durften Kent und ich los, und wir verpißten uns, heilfroh, diesen Katakomben zu entkommen.

»Scheiße«, sagte Kent, als wir im Cab saßen, »ich hab' vergessen, den Cops die Papiere aus dem Handschuhfach zu geben.«

»Das ist die erste gute Nachricht, die mir heute zu Ohren kommt«, sagte ich. »Dann fahren wir zu Sarge's Deli rüber und pauken noch etwas für die Abschlußprüfung.«

Als wir beim Sarge's ankamen, war es schon nach drei, aber irgendwie hatten wir den toten Punkt in einen springenden verwandelt, und auch die Zeitungen auf dem Fußweg wurden wieder lebendig, als würden sie von unsichtbaren Händen umgeblättert. Auf der Third Avenue war so gut wie kein Verkehr, und dasselbe galt fürs Sarge's, aber trotzdem machte mein Pastrami-Sandwich erst um Viertel vor vier einen Bauchklatscher auf Tisch Nr. 47.

»Das entspricht ganz der Theorie meines Vaters über Restaurants«, sagte ich und verstaute den Eishockeyschläger unter dem Tisch.

»Was besagt die denn? Halt dich vom Sarge's fern?«

»Nein, das Sarge's ist prima. Das Essen ist gut, und die lassen sich hier genügend Zeit, daß man in Ruhe nachdenken kann. Außerdem eignet es sich hervorragend, wenn man sehen und gesehen werden will.« Ich sah zur spärlichen Kundenparade hoch, die wie Furien und Gespenster an unserem Tisch vorbeitrieb. Kent nickte kurz und widmete sich wieder seinem Bagel.

»Was besagt denn die Theorie deines Vaters?« fragte er.

»Toms Restauranttheorie wurde erstmals in Austin, Texas, verkündet, ist aber unbedingt allgemeingültig. Sie ist im Grunde ganz einfach und lautet: ›Je weniger Gäste, desto lahmer die Bedienung.‹«

»Dann wäre ich nur sehr ungern der einzige hier«, sagte Kent, zog die Papiere, die dem Handschuhfach des Lincoln entstammten, aus der Manteltasche und legte sie neben eine große Schale Gratispickles.

»Glaubst du, wir haben da was?« fragte ich, deutete auf die Dokumente und stülpte die Lippen vor wie ein Eingeborener auf Borneo. »Eine Papierspur, der wir folgen können?«

»Das dürfte schwierig werden«, sagte er. »Das Zündschloß war rausgebrochen.«

»Das heißt?‹

»Das heißt, daß das Auto gestohlen war.«

»Na großartig«, sagte ich. »Diese ganzen Papiere –

Straßenkarten, Automobilclubrechnungen und Tankquittungen – gehören also einer netten alten Dame,
die mit dem Auto nur zu Bingoabenden gefahren ist.«
»Ich fürchte, ja«, sagte Kent. »Das hier ist allerdings
die Rechnung einer Abschleppfirma für einen Rei-
fenwechsel, und die scheint jünger zu sein als die
Tankquittungen. Vielleicht genau das, was wir brau-
chen. Denk an Perkins' Theorie gestohlener Fahr-
zeuge, die ich in Los Angeles ungefähr zur selben
Zeit erarbeitet habe, als Professor Friedman seine
Theorie vom Restaurantservice verkündete.«
»Und wie lautet die?« fragte ich und kämpfte gandhi-
mäßig um Geduld.
»Wenn du ein Auto klaust, prüfst du nicht, ob es ein
Reserverad hat.«
»Diese Theorie«, sagte ich, »würde ich gern um einen
Zusatz ergänzen.«
»Und wie lautet der?« fragte Perkins.
»Man prüft auch nicht, ob ein Reserverad da ist,
wenn man weiß, daß es unter einem flott verfaulen-
den Hamburger liegt.«

36

Der Abschleppdienst Beaver & Sohn arbeitete rund um die Uhr. Wir auch. Mit dem Cab brauchten wir etwa zehn Minuten, und als wir ankamen, hatte es den Anschein, als hätte die Abschleppfirma bis auf einen Haufen Zaun und ein kleines provisorisches Büro in einem Wohnwagen, der zwischen zwei größeren Gebäuden stand, schon alles weggeschleppt. Im Wohnwagen brannte Licht.

»Glaubst du, Ruth wird sauer, wenn sie erfährt, daß du die ganze Nacht auf der Walze warst?« fragte ich, als wir aus dem Cab stiegen.

»Ja«, sagte Kent.

»Du hast sie doch angerufen?«

»Klar. Sie hat sehr viel Verständnis, kann aber auch sehr zickig werden. Sie ist die einzige zickige und gleichzeitig verständnisvolle Ehefrau der Welt.«

»Deswegen hab' ich ja auch 'ne Katze.«

Als wir unter dem Mond von Manhattan, der noch nie besonders schön oder romantisch war, durch die kurze, von hohen Gebäuden begrenzte Gasse auf den Wohnwagen zuliefen und ich die Quittung für den

Reifenwechsel in der Jackentasche spürte, da dachte ich nicht zum erstenmal, wie sehr das Leben oft an einem silbernen Speichelfaden hängt, an einer feinen Kette schwarzen Froschlaichs auf einem abgelegenen Weiher. Vor uns lag das Ende eines langen Weges, dachte ich.

Wenn uns diese Spur nicht weiterbrachte, konnte ich lediglich die Dokumente nur noch bei den Cops abliefern. Vielleicht schafften die es noch, der alten Dame ihren Wagen rechtzeitig zum nächsten Bingoabend zurückzugeben. Die Cops interessierten sich nicht für die Bimini Corporation, und ohne sie konnten wir den Fall nicht abschließen. Es gab niemanden mehr, an den wir uns wenden konnten. Eliot Ness war Wurmfutter, und George Smiley saß wahrscheinlich auf einer moosbewachsenen Parkbank und fütterte irgendwo jenseits des großen Teichs die Spatzen. Unsere letzte Chance, aus Mosche Hamburger etwas herauszukitzeln, hatte sich in dem Moment in Luft aufgelöst, als Kent Perkins auf den kleinen Knopf im Handschuhfach des Lincoln drückte. In einem Lincoln läßt sich's bestens sterben, ging es mir durch den Kopf. Mit einem flüchtigen Lächeln erinnerte ich mich daran, was der große französische Schriftsteller und Philosoph Jean Genet gesagt haben soll, als er bei einer Vortragstournee vor ewigen Zeiten durch Chicago gefahren wurde: »Nur in Amerika«, lautete sein Kommentar, »konnte jemand auf die Idee kommen, ein Auto *Galaxy* zu nennen.«

Die kalten und schmutzstarrenden Ranken des Morgengrauens kratzten in meinen blutunterlaufenen Augen wie ein Zedernzweig an einem alten, verrosteten Fliegengitter. Vielleicht verleihe ich dem Ganzen erst im nachhinein übersinnliche Bedeutung, aber als wir unsere Netze um die Firma zusammenzogen, hatte ich das Gefühl, daß der kleine Wohnwagen etwas wirklich Wichtiges für uns bereithielt. Wir sahen durchs Fenster und erblickten den Rücken eines großen, stämmigen Burschen, der vor einem kleinen Radiator zu hocken schien.

»Geh niemals in die Hocke, wenn du deine Sporen noch anhast«, sagte ich zu Perkins.

»Wenn seine Arschspalte noch breiter wird, brauchen die Backen bald 'ne Wiedervereinigung«, sagte Kent.

Als wir die Stufen zu einem winzigen Vorbau hochgingen, sahen wir hinter dem Wohnwagen auf einem verwahrlosten Hof den Abschleppwagen, der unter den recycelten Lichtern der Großstadt wie ein Kronjuwel glänzte. Selbst im Stillstand vermittelte das Fahrzeug den Eindruck eines Zuges, der auf einen zuraste. Das Firmenlogo stand in knallbunter Schrift an der Seite: BEAVER & SOHN TOWING SERVICE. Wir klopften an die Wohnwagentür, und der Typ schoß hoch wie eine Silvesterrakete. Er sah mißtrauisch aus dem Fenster, aber entweder gefiel ihm Kents breites, freundliches Texanergrinsen oder mein Cowboyhut, oder er war Eishockeyfan, jedenfalls öffnete er.

»Macht Ihnen wohl Spaß, mich zu Tode zu erschrecken«, sagte er.

»Das kann ja wohl nicht wahr sein«, sagte Kent Perkins. »Ich bekomme in dieser gottverlassenen Stadt morgens um fünf einen texanischen Akzent zu hören?«

»Travis Beaver«, sagte der Mann und streckte Kent die Pranke entgegen. »Weatherford, Texas.«

»Scheiße, Mann«, sagte Kent hocherfreut. »Ich heiße Kent Perkins. Ich komm' aus Azle, Texas. Kink, Azle und Weatherford liegen beide in Spuckweite von Fort Worth. Wäre gut möglich, daß Travis und ich schon gegeneinander Football gespielt haben. Ich war Left Tackle bei den Azle Hornets.«

»Ich war Right Guard bei den Weatherford Kangaroos«, sagte Beaver mit wachsender Begeisterung.

»Stecht die Kangaroos!« schrie Kent.

»Kickt die Hornets!« schrie Beaver.

Dann legte er plötzlich einen Finger an die Lippen und zeigte in den Hintergrund des Wohnwagens, wo ein kleines Bündel auf einem Feldbett lag. Kent und ich schlichen hinüber und sahen einen ungefähr zehnjährigen Jungen mit Strubbelkopf und Sommersprossen, der tief und fest schlief.

»Beaver & Sohn«, flüsterte Beaver stolz, als er sich zu uns gesellte. »Das ist Travis Beaver junior.«

Einen Augenblick lang betrachteten wir den schlafenden Jungen. Er sah aus, als gehörte er zu Peter Pans verlorenen Jungen, dachte ich. Wenn man an Peter Pan denkt, denkt man eigentlich an Mary Martin. Ich dachte an Mary Martin. Und wie in einer Traumsequenz im Film erinnerte ich mich schlagartig. Mary Martin stammte aus Weatherford, Texas.

Zur Wahrung meines geistigen Gleichgewichts stützte ich mich auf den Eishockeyschläger. Lieber Gott, vielleicht war Mary Martin mal Cheerleader für die Weatherford Kangaroos gewesen. Vielleicht hatte sie mit all den anderen blonden, jungen Kleinstadtmädchen in einer Reihe gestanden, und als die Chef-Cheerleaderin »Ready?« fragte, antworteten die anderen Mädchen: »Ohh-*kay*!«

Aus irgendeinem Grund, vielleicht lag es an der späten Stunde, fiel mir ein alter Countrysong ein:

> Just a small-town girl 'til she learned to twirl
> Then she set the world on fire
> Like a drive-in Cinderella
> In a Chevy named desire
> So leave your teddy bear at the county fair
> Honey, Hollywood's on the phone
> For a small-town girl from a small-town world
> You're a long, long way from home.

Ich mußte mir einen Kraftschlummer im Stehen gegönnt haben, denn mir fiel auf, daß Perkins und Beaver plötzlich am Tisch saßen, Kaffee tranken und ein ernsthaftes Gespräch führten, während ich immer noch das Kind angaffte und das hölzerne Memento an John Davidson an mein Brustbein drückte.

Kurz darauf stand ich am Tisch, vor mir ein Becher mit heißem Kaffee, und Kent Perkins strahlte wie ein Honigkuchenpferd.

»Erzähl's ihm, Travis«, sagte er.

»Ich erinnere mich an den Mann, den ihr sucht«, sagte Beaver. »Der Wagen war ein neuer schwarzer Lincoln mit 'nem Platten, und er meinte, er hätte kein Reserverad. Ich hab' ihn abgeschleppt, und er hat mir den neuen Reifen bezahlt. Das ist vielleicht 'ne Woche her.«

»Wie sah er denn aus?« fragte ich, trank einen Schluck Kaffee, hielt die Luft an und kam so einem Kaffeeprusten à la Danny Thomas gefährlich nahe.

»Großer Bursche mit langen schwarzen Haaren und dunklem, buschigem Vollbart. Hat mir zwei Hunderter gegeben, und ich hab' gesagt, ich will seinen Führerschein sehen, weil ich in letzter Zeit so viele gefälschte Hunderter bekommen habe. Er sagt nein, und ich sag', dann montier' ich den Scheißreifen halt wieder ab, schließlich sagt er okay und zeigt mir seinen Führerschein.«

Inzwischen balancierte ich definitiv auf der Spitze meines Eishockeyschlägers. Beaver wollte etwas aus dem Hut zaubern, und ich durfte ihm keinesfalls die Schau stehlen.

»Ich bin mir nicht mehr ganz sicher«, fuhr Beaver fort, »aber die Adresse war nicht in der Stadt, das weiß ich noch. New Yorker Führerschein, aber von außerhalb. Der Ort klang irgendwie indianisch. Irgendwas in der Richtung von Chappaquiddick.«

»Vielleicht hat Ted Kennedy es nach seinem Autounfall, bei dem die Sekretärin ertrunken ist, endlich geschafft, einen Abschleppwagen zu bestellen«, sagte Kent.

Beaver lachte. Ich merkte wieder einmal, wie gut Kent das Spiel beherrschte, den Leuten Informationen aus der Nase zu ziehen, ohne ihnen weh zu tun. Beaver stand kurz davor, den Fall zu knacken und offenzulegen. Er war ganz locker und redete mit uns wie mit zwei alten Freunden.

»Wie lautete der Name auf dem Führerschein?« fragte Kent.

Travis Beaver stellte seinen Kaffeebecher auf den Tisch, legte die Hand auf den Kopf und schloß die Augen, um sich zu konzentrieren. Er verharrte dermaßen lange in dieser Stellung, daß etliche Fruchtfliegengenerationen in der Zwischenzeit hätten werden und vergehen können. Ich sah Kent an. Kent sah mich an. Wir sahen Travis Beaver an. Ohne die Hand vom Kopf zu nehmen, öffnete Beaver dann die Augen.

»Donald Goodman«, sagte er. »Kann das hinkommen?«

37

Im Staat New York gibt es bestimmt eine Million Orte mit indianischen Namen. Das liegt daran, daß bestimmt zig Millionen Indianer dort gelebt haben, bevor sie die Insel Manhattan für vierundzwanzig Dollar und eine Perlenkette verkauften, und jeder, der in letzter Zeit mal in New York gewesen ist, wird zugeben müssen, daß das wahrscheinlich das beste Geschäft war, das die Indianer je gemacht haben. Jedesmal, wenn ich an indianische Namen denke, fällt mir die Legende von dem jungen Krieger ein, der seinen Häuptling mit der Bitte aufsucht, seinen Namen ändern zu dürfen. Wenn Sie mit indianischem Sagengut halbwegs vertraut sind, kennen Sie zweifellos die weise Antwort des Häuptlings: »Warum fragst du, Zwei-sich-bespringende-Hunde?«
Wenn man die Suche freilich auf indianische Namen beschränkt, die ungefähr wie Chappaquiddick klingen, dann bleiben nicht viele übrig. Da hätten wir Chappaquitdick, den Ferienort, an dem Richard Nixon sein Präsidentenamt niederlegte. Dann gibt es Chappaquidproquo, den eingetragenen Saftladen für

Firmenanwälte. Es gibt weiter den beliebten Ort Chappanudnick, den die Touristen unweigerlich ansteuern. Und zu guter Letzt gibt es noch das kleine Indianerdorf, in das Gerüchten zufolge vor Urzeiten eine Gruppe irregeleiteter italienischer Immigranten eingeheiratet hat, Chappamyass.

Als ich am folgenden Nachmittag mit den Füßen auf dem Tisch dasaß, stand auf meinem Big-Chief-Block nur ein indianischer Name. Den kreiste ich jetzt ein. Dann lächelte ich wie ein selbstzufriedener Serienkiller, hob Sherlocks Porzellanmütze hoch und nahm mir eine frische Zigarre aus dem Keramikkopf.

Ich legte den Big-Chief-Block auf den Tisch, stand auf und ging zum Kühlschrank, wo ich gerade lange genug stehenblieb, um eine Packung der letzten Kaffeebohnenlieferung, die Kathy de Palma mir aus Maui geschickt hatte, herauszunehmen. Mit der unangezündeten Zigarre, die ich nur als Balancierstange im Mund hielt, vollführte ich rasant eine ganze Reihe von Haushaltstätigkeiten. Mancherlei Gedanken sickerten mir durch den Kopf, allen voran der Name auf dem Big-Chief-Block und was der Name wohl für eine Bedeutung hatte. Ich glaubte, daß er zumindest in geographischer Hinsicht die Lösung des Falles war.

Ich mahlte den Kaffee, und mit der gefälligen Anmut, mit der ein römischer Soldat den Löwen die Christen vorwirft, füllte ich das Pulver in die Espressomaschine. Während ich darauf wartete, daß sie in den Turbogang schaltete, lächelte ich den kleinen

Negerpuppenkopf an, der oben auf dem Kühlschrank saß.

»Ach, armer Yorick«, sagte ich, »du hast in letzter Zeit nur wenig Action mitbekommen. Nur wenige Besucher hat unsere bescheidene Bleibe gesehen. Ich nehme indes an, teurer Freund, daß all dies sich bald schon ändern wird.«

Der kleine Negerpuppenkopf erwiderte mein Lächeln. Es war nicht das große, breite Texanerlächeln, mit dem Kent Perkins die Leute in seinen Bann zog. Aber es hatte einen eigenen unschuldigen Charme. Unerschütterlich. Ohne Fehl. Ohne Hintergedanken. Wäre ich ewig stehengeblieben und hätte zu dem kleinen Ebenholzgesicht hochgestarrt, dann hätte ich mein Leben ausschließlich unter dem Banner der griechischen Komödienmaske geführt, sorgenfrei geborgen, nie hätte ich dann das tragische Antlitz der Welt kennengelernt. Aber irgendwer mußte ja die Katze füttern.

Ich fütterte also die Katze.

Kurz darauf durchzog der Duft hawaiischen Kaffees das Loft, ich lief mit der nicht angezündeten Zigarre auf und ab, die Katze fraß den Thunfisch, die Tauben kackten auf die Fenstersimse, und der Puppenkopf lächelte weiterhin freundlich die gegenüberliegende Wand an, wo einer meiner Vormieter das Bild einer Tänzerin aufgehängt hatte, bevor er sich wahrscheinlich selbst aufhängte. Das hätte zumindest ein Gutteil der vergeistigten Atmosphäre erklärt, die das Loft ausstrahlte.

Aber alles in allem war es ein schöner, erfüllter Tag gewesen. Ich hatte McGovern grünes Licht gegeben, die »wahre Geschichte« über Ratsos Suche nach seiner verlorengeglaubten leiblichen Mutter zu bringen. Nachdem ich mir den Mund fusselig geredet hatte, konnte ich ihn überzeugen, den Abschnitt über Ratsos gegenwärtigen Aufenthalt zu streichen.

»Das muß auf einer groß aufgemachten Doppelseite erscheinen«, erklärte ich ihm am frühen Nachmittag, »und zwar in den nächsten achtundvierzig Stunden.«

»Das hängt vom Chefredakteur ab«, sagte McGovern.

»Scheiß auf den Chefredakteur«, warf ich ein.

»Von Herzen gern«, sagte er.

Nachdem ich McGovern auf Trab gebracht hatte, war auch Simmons' Außendienstbericht eingetrudelt. Er war ein paarmal bei Ratso gewesen und hatte ihm einen Staranwalt besorgt, der ihn Simmons' Meinung nach vielleicht auf Kaution rausholen konnte.

»Ratsos Zustand hat sich deutlich verbessert«, sagte Simmons.

»Selbst wenn er dir auf den Kopf gekotzt hätte, wäre das schon eine deutliche Verbesserung gewesen«, lautete mein Kommentar.

Schließlich hatte ich noch mit Stephanie gesprochen, die mir immer mehr damit auf die Pelle rückte, an der Jagd nach Ratsos Mutter mitmachen zu dürfen, besonders jetzt, wo die Sache, wie sie sich ausdrückte, »endlich ins Rollen kam«. Dann hatte ich noch Kent angerufen, und wir waren beide der Auffassung, daß wir möglichst bald zuschlagen sollten.

»Es ist seltsam mit verstaubten alten Fällen wie dem vorliegenden«, sagte er. »Vergiß nicht, daß solche Fälle in der Regel ungeklärt bleiben. Meistens heißt das, daß jemand im Hintergrund die Fäden zieht, der nicht das geringste Interesse an Aufklärung hat.«

»Im vorliegenden Fall«, antwortete ich, »wissen wir, wer dieser Jemand ist. Und ich bin verdammt sicher, daß ich auch weiß, *wo* dieser Jemand ist.«

Als der Kaffee fertig war, goß ich meinen alten IMUS-IN-THE-MORNING-Becher mit dem dampfenden Gebräu voll und brachte Imus' Becher, den Kaffee und mich an den Schreibtisch. Ich trank einen Schluck, und einen Augenblick lang sah ich durch den Dampf Robert Louis Stevenson, der mit Prinzessin Kaiulani unter einem Banyanbaum saß. Prinzessin Kaiulani, die letzte Prinzessin von Hawaii, hatte nicht viel Zeit gehabt, lächelnde Puppenköpfe anzustarren. Ihr Prinz war nie gekommen, sie starb einen tragisch frühen Tod und hatte gerade lange genug gelebt, um zu sehen, wie ihr Königreich langsam in Schutt und Asche zerfiel. Deswegen schmeckt guter hawaiischer Kaffee immer etwas bitter, wenn auch etwas besser als jeder andere Kaffee der Welt.

Ich trank noch ein paar Schlucke und starrte erneut auf das einzige indianische Wort auf dem Big-Chief-Block. Es lautete »Chappaqua«, der indianische Name für einen Ort im Staat New York, der für einen Fremden womöglich wie Chappaquiddick klang. Zufälligerweise kannte ich den Ort recht gut. Vor vielen Monden hatte ich selbst dort gelebt.

Ich riß an meiner alten Jeans ein Streichholz an und steckte die Zigarre in Brand. Ich hielt die Zigarrenspitze wie immer ein winziges Stück über die Flamme und spürte dabei förmlich, wie sich die Schlinge Stück für Stück um Donald Goodmans Hals zusammenzog.

38

Zwei Tage später schlug McGoverns Geschichte in der Öffentlichkeit wie eine Bombe ein, und kurz darauf schlugen Kent Perkins und ich den Weg nach Chappaqua ein. Wir hielten nur kurz im Village, um in einer kleinen Spelunke in der Nähe vom ehemaligen Bells of Hell den Starfotografen Mick Brennan einzusacken. Das Bells of Hell hatte sich unter anderem dadurch einen Namen gemacht, daß McGovern eines Nachts ein Auge aus dem Kopf fiel, als er an der Bar saß und ein Typ von hinten über ihn hergefallen war. McGovern behauptet, das Auge sei einfach von seinem angestammten Platz weggesprungen und habe nur noch an einem klebrigen, schleimigen Faden gebaumelt. Er hielt es fest und lief damit in die Notaufnahme vom St. Vincent, dem Krankenhaus, in dem Bessie Smith gestorben war (was für McGovern von großer spiritueller Bedeutung war). Er wartete zwei Stunden in der Notaufnahme, während die Ärzte wie besessen an anderen Patienten herumdokterten und beispielsweise Leute voneinander trennten, die sich beim Nageln ineinander verkeilt hatten. Schließlich kümmerte sich eine Schwester um McGovern, das Auge wurde ihm wieder in den großen Schädel eingesetzt, der sogar noch größer ist als der von Kent Perkins, und McGovern war rechtzeitig vor der letzten Runde wieder im Bells of Hell.

Die Geschichte stand natürlich in keinerlei Beziehung zu unserer heutigen Fahrt, abgesehen von der Mahnung vielleicht, daß wir ein scharfes Auge auf die zu erwartenden Probleme werfen sollten. Chappaqua war immer ein ruhiges Nest gewesen, und die meisten Leute hier hätten ein Problem wahrscheinlich nicht einmal erkannt, wenn es auf einem großen, schwarzen Nilpferd in die Stadt geritten wäre, aber wir sollten bald herausfinden, daß auch hier Veränderungen im Anzug waren.

Nachdem wir Brennan mitsamt Kamera und Objektiven abgeholt hatten, bei denen der Rammer vor Neid erblaßt wäre, lenkte Kent den Mietwagen auf den Saw Mill River Parkway, und wir nahmen Kurs auf Chappaqua mit nichts als einem friedlichen Tag in den Vorstädten im Sinn. Brennan und Perkins waren so verschieden, wie man nur sein konnte. Da sie so gut wie nichts gemein hatten, dachte ich, daß sie sich prächtig verstehen müßten, und so war es dann auch. Das war wichtig, denn die beiden sollten Hauptrollen in einem Drama übernehmen, in dem unser aller Leben auf dem Spiel stand. Ich war nämlich inzwischen davon überzeugt, daß man bei der Suche nach Mary Goodman unweigerlich auf Donald Goodman stieß.

Und dieser Mann, auch da war ich mir sicher, war bereits auf Jack Bramson und Mosche Hamburger gestoßen und hätte auch bei Kent und mir zugestoßen, wenn das Schicksal nicht im letzten Moment die Karten neu verteilt hätte. Und das eine weiß ich über das Schicksal: Man kann sich nicht ewig darauf verlassen.

In den letzten Tagen hatten wir einen Plan für die Suche nach Mary Goodman und Belastungsmaterial gegen Donald Goodman ausgeheckt. Da dieser offenbar einiges zu verlieren hatte, falls Ratso Mary begegnete, gingen wir davon aus, daß Donald ihr Sohn oder Neffe war. Das Goodmansche Landgut zu finden, war dabei eine unserer leichtesten Übungen. Ich hatte meinen Freund Sal Lorello angerufen, der nicht nur jahrelang mein umtriebiger Manager gewesen war, sondern außerdem in Chappaqua einen Fahrdienst betrieben hatte. Nachdem er durch unsere gemeinsame Arbeit fast in die Grube gefahren war, hatte er die oberen Zehntausend von Westchester durch die Gegend gefahren. Dann war Cleve mein Manager geworden und hatte schließlich im Pilgrim State Mental Hospital Quartier bezogen. Ratso hatte mich bei praktisch allen Exkursen in die Verbrechensaufklärung begleitet und war jetzt ein offizieller Gast des NYPD. Gutes Personal war heutzutage schwer zu kriegen, dachte ich, als wir im verschlafenen Chappaqua ankamen. Willie Nelson hatte mir mal geraten: »Du mußt in die nächste große Stadt ziehen können, ohne dir die Pulsadern aufzuschneiden.«

»Unglaublich, daß ich es zwei Jahre lang hier ausgehalten habe«, sagte ich, als wir an den malerischen kleinen Läden und Häusern vorbeifuhren.

»Unglaublich, daß du's auch nur ein Wochenende lang ausgehalten hast, Kumpel«, meinte Brennan.

Sal Lorello hatte schnell zurückgerufen und mir vage, hoffentlich aber zutreffende Anweisungen gegeben, wie man Mary Goodmans Anwesen erreichte. Sal war Mary nie begegnet und kannte auch niemanden, der sie je gesehen hatte. In der Stadt erzählte man sich, daß sie extrem wohlhabend und leicht körperbehindert sei, viel Zeit in ihrem Garten verbringe, und das Refugium ihres Landsitzes, der in Wirklichkeit ein modernes Schloß war, so gut wie nie verließ.

Wir durchquerten Chappaqua, fuhren auf einer Landstraße nach Osten und bogen rechts auf einen besseren Feldweg ab. Kent hielt an einem Abhang und betrachtete die Landschaft durch ein Fernglas.

»Hast du dein Vogelbestimmungsbuch mitgebracht?« fragte ich Brennan.

»Herrgott«, sagte Kent plötzlich. »Das Haus sieht ja aus wie ein irisches Schloß.«

»Ganz recht. Kumpel«, sagte Brennan und folgte seiner Blickrichtung durchs Kameraobjektiv. »Weißt du, Goodman ist der Name einer angesehenen irischen Familie.« Er zwinkerte mir zu.

»Fahr den Wagen nicht in den Schloßgraben«, sagte ich, nachdem Perkins Brennan und mich wie Küken zum Auto zurückgescheucht hatte, um in Richtung Schloß loszudüsen.

Wir fanden ein Wäldchen am Straßenrand, von dem aus wir den Haupteingang und die vorderen Rasenflächen überblicken konnten, ohne uns allzu verdächtig zu machen. Der Anblick war so opulent wie der von Xanadu.

»Mick«, sagte ich, »deine Aufgabe ist es jetzt, dich an der Umzäunung entlangzuarbeiten und ein paar dieser unauffälligen Schnappschüsse zu machen, wie sie im *National Enquirer* erscheinen. Ich weiß, daß Unauffälligkeit nicht deine Stärke ist, aber versuch's halt mal. Die Fotos könnten uns helfen, wenn wir in ein paar Tagen wieder hierherkommen und Phase zwei des Plans in Angriff nehmen: das Eindringen ins Schloß.«

»Und das wird eine Sauarbeit«, sagte Kent. »Die haben ein schwerbemanntes Wachhäuschen und genug Leibwächter, um den Papst zu beschützen. Ganz schöner Aufwand für eine kleine alte Dame im Garten. Aber bei so einer Operation sollte man natürlich auch nie den Haupteingang nehmen.«

»Was hast du da gelb angestrichen, Kumpel?« fragte Brennan, als er sich Kents Straßenkarte ansah.

»Das ist das Krankenhaus«, sagte Kent lächelnd. »Bei so einer Aktion sollte man immer wissen, wo das liegt.«

»Echt stark, Kumpel«, sagte Brennan, der schon seine Fotoausrüstung zusammenschraubte.

»Wißt ihr, was ich bei der ganzen Sache nicht verstehe?« fragte er dabei. »Warum ...«

»Immer sachte mit den jungen Bräuten«, unterbrach ich ihn.

In dem Augenblick kam nämlich ein langer, baby-blauer Rolls-Royce am Wachhäuschen vorbei die Auffahrt entlang. Gefahren wurde er von einem großen, stämmigen Mann mit langen, zerstrubbelten Haaren und einem buschigen schwarzen Vollbart. Mann und Fahrzeug rollten unaufhaltsam mit dem gleitenden, gnadenlosen Schwung eines Maestro auf dem Weg ans Dirigentenpult durch den kühlen Nachmittag. Schon auf den ersten Blick stand fest, daß nicht einmal eine Backsteinmauer diesen Mann aufhalten konnte. Er war dasselbe große haarige Säugetier, das mich fast wie ein Karnickel auf dem Asphalt plattgemacht hatte, als es mich vor Mosche Hamburgers Büro über den Haufen gerannt hatte.

»Leg los, Mick«, sagte ich.

Mick legte los wie ein Modefotograf. Aber es war ein himmelweiter Unterschied, ob man Donald Goodman auf einem Foto oder in natura zu Gesicht bekam. Unschuldigen Reichtum gibt es nicht, dachte ich. Und Goodmans Reichtum war unverkennbar böse. Als mir klar wurde, welch eine Herkulesarbeit uns noch bevorstand, war ich plötzlich niederge-schlagen.

»Die Cops interessieren sich nicht die Bohne für Donald Goodman«, sagte ich. »Und bei seinem Geld und seiner Macht bin ich mir keineswegs sicher, daß wir ihn ohne Hilfe zu fassen kriegen.«

»Mein alter Herr in Texas hat immer gesagt: ›Die Gerechtigkeit reitet einen lahmen Gaul, aber der geht am Ende immer als erster durchs Ziel‹«, sagte Kent.

»Das ist ja schön und gut«, sagte Brennan. »Aber die olle Schindmähre überholt nie im Leben diesen Wichser im Rolls.«

Der blaue Rolls-Royce preschte mit der unheildräuenden Anmut und Unwiderruflichkeit eines Pinselstrichs auf der Leinwand des Satans die kleine Straße entlang. Wir duckten uns hinter den Mietwagen, bis Donald Goodman um eine Kurve verschwunden war. Cecil Hausenflucks Beschreibung des Mannes fiel mir ein, der gepustet und gehustet und dann Ratsos Tür umgepustet hatte. Für mich war es eine ausgemachte Sache, daß ich jenen Mann just in diesem Augenblick vor mir hatte.

»Das muß er sein«, sagte ich. »Das ist der große böse Wolf.«

»Wenn das stimmt, Kumpel«, sagte Brennan und ließ die Kamera sinken, »dann wollen wir hoffen, daß wir nicht die drei kleinen Schweinchen sind.«

39

Wir ließen Mick Brennan und seine Kamera an einer großen Ulme zurück, und er erhielt die Anweisung, langsam um das Grundstück herumzuschleichen und alles zu knipsen, was sich bewegte.

»Laß dich nicht erwischen«, sagte Kent. »Denn wenn doch, bist du wohl auf dich allein gestellt.«

»Das bin ich schon mein ganzes Leben, Kumpel«, sagte Brennan und schlug sich ins Unterholz.

»Wir holen dich in ein paar Stunden ab«, sagte ich, war aber nicht sicher, ob er das noch gehört hatte.

Kent und ich fuhren an die Rückseite der riesigen Anlage. Er parkte, band sich eine dunkelblaue Krawatte um und setzte eine Mütze mit dem Schriftzug SECURITY auf. Mit Jacke und Klemmbrett sah er aus wie ein Mensch, mit dem nicht gut Kirschen essen ist.

»Wie seh' ich aus?« fragte er, als er aus dem Wagen stieg.

»Ich würde dich einstellen.«

»Hast du schon.«

Wir beobachteten die Straße noch eine Weile aus einem Gebüsch neben einer schmalen Zufahrtsstraße. Hier war weit mehr Verkehr als am Haupteingang.

»Das gute ist, daß bei so einem Riesenladen am Lieferanteneingang ständiges Kommen und Gehen herrscht und die garantiert ständig neue Leute einstellen«, sagte Kent. »Das erleichtert uns einiges, wenn wir zuschlagen.«

Er verstummte, weil der Lieferwagen eines Elektrikers in die Einfahrt bog. Gleichzeitig verließen der Pick-up eines Landschaftsgärtners und ein Fleischerwagen das Anwesen.

»Meine Güte«, sagte ich, »bis auf Beaver & Sohn trifft sich hier ja alle Welt.«

»Dann will ich man auch auf die Party«, sagte Kent, griff sich sein Klemmbrett und schritt entschlossen die Einfahrt hoch. »In einer Stunde oder so bin ich zurück.«

»Und was mach' ich solange?« rief ich ihm nach.

»Rumhängen und die Gegend angucken.«

»Das mach' ich schon mein ganzes Leben, Kumpel«, sagte ich.

Ich ging zum Wagen zurück, stieg ein, fischte eine frische Zigarre heraus und zündete sie an. Ich wollte hier nicht herumhängen. Aber während Kent Perkins wie der Chef der Sicherheitsabteilung aussah, glich ich eher einem Lazarus am fünften Tage. Nun gut, ich war also auf mich gestellt und mußte jetzt damit klarkommen. Ich wußte nicht recht, was Perkins eigentlich vorhatte, aber er hatte gesagt, er habe eine gute Idee, und ich glaubte ihm. Dann sah ich zu den unüberwindlichen Mauern und Türmchen des Goodmanschen Anwesens hoch, und da kamen mir doch Bedenken. Ich paffte meine Zigarre, sah dem Treiben am Lieferanteneingang zu und vergaß alles andere. Was das Rumhängen und Tagträumen anging, war ich absolut spitze.

Ich blinzelte noch träge in irgendwelche Palmwipfel in der Südsee, als jemand mit einem Revolver ans Fenster klopfte und ich fast die Zigarre verschluckte. Dann erkannte ich hinter der Scheibe zu meiner großen Erleichterung Kent Perkins' lächelndes Mondgesicht.

»Entschuldigen Sie, Sir«, sagte er, »können Sie mir wohl sagen, wie ich zur Freiheitsstatue komme?«

»Klar«, sagte ich, »zuerst machen Sie mal, daß Sie hier wegkommen.«

Während wir uns an die mühselige Aufgabe machten, Mick Brennan aus dem Dickicht zu locken, ohne den Wachleuten aufzufallen, weihte mich Kent in die Einzelheiten seiner kleinen Unterwanderung ein.

»Donald Goodman wird eine Woche lang geschäftlich unterwegs sein. Wir haben also jede Menge Luft.«

»Das ist schön«, sagte ich, »denn die ist hier auch viel besser als in der Stadt.«

»Ich habe ein paar Lieferanten und Angestellte bis auf weiteres weggeschickt. Anordnung von Mr. Goodman.«

»Na hoffentlich hast du dir auch brav aufgeschrieben, um wen es sich handelte.«

»Hab' ich alles schwarz auf weiß. Aber wir brauchen noch Helfer, wenn wir Ende der Woche wieder hierherkommen und sie durch eigene Leute ersetzen wollen.«

»Kein Problem«, sagte ich. »McGovern und Brennan – falls wir den je wiederfinden – helfen bestimmt gern. Und Stephanie DuPont sitzt mir sowieso im Nacken, weil sie unbedingt mitmachen will. Die müßte dir übrigens gefallen. Vielleicht können wir sie als Masseuse ausgeben, die Hausbesuche macht.«

»Gute Idee. Vielleicht kann sie mich auch mal besuchen.«

»Und was macht Ruthie, wenn sie das rauskriegt?«

»Hackt mir wahrscheinlich mit einer Machete den Rammer ab und spendet ihn der Feuerwehr.«

Nachdem wir alles von oben bis unten abgesucht hatten, fanden wir Brennan ziemlich gedrückt und frierend unter der Ulme, an der wir ihn abgesetzt hatten.

»Hab' fünf Filme verschossen«, sagte er, nachdem er ins Auto gestiegen war. »Haufenweise Männer mit Knarren und Frauen mit Teegedecken.«

»Irgendwelche Anzeichen der alten Dame?« fragte Kent.

»Keine Spur. Aber es würde mich nicht überraschen, wenn man die drinnen irgendwo eingesperrt hat. Als ich die schwarzen Bediensteten gesehen hab', die den Tee in den Garten brachten, hab' ich fast Heimweh nach dem guten alten Süden bekommen. Jedenfalls ist da drinnen eine mittelgroße Armee von Bediensteten, die sich um eine kleine alte Dame kümmern, und an der Umzäunung eine mittelgroße Armee aus Bewaffneten, die sie beschützen.«

»Oder dafür sorgen, daß sie drinbleibt«, sagte ich.

»Da muß sie ja ein echter Satansbraten sein.«

»Sollte sie Ratsos Mutter sein, muß man auf alles gefaßt sein«, sagte ich.

Wir mußten wirklich auf alles gefaßt sein, dachte ich, während Perkins den Wagen nach Chappaqua zurückfuhr. Aber immer, wenn man denkt, man wäre auf alles gefaßt, kann alles mögliche passieren. Und dann läuft garantiert irgendeine Knalltüte durch die Gegend, schüttelt griesgrämig den Kopf und murmelt weise vor sich hin: »Ist doch nicht zu fassen.« Aber diesmal wollte ich nicht diese Knalltüte sein, das schwor ich mir.

»Glaubst du wirklich, daß Mary Goodman irgendwo auf dem Grundstück ist?« fragte Kent, nahm die SECURITY-Mütze ab und lockerte seine Krawatte.

»Darauf würd' ich mein Leben verwetten«, sagte ich.

40

Auf dem Rückweg aus Chappaqua in die Stadt blieben wir in der Mutter aller Staus stecken. Kent setzte sich über Brennans schwachen Protest hinweg und ergriff die Gelegenheit, eine ergreifende Geschichte zum besten zu geben, die ihn als jungen Mann in Fort Worth, Texas, geprägt hatte.

»Immer, wenn ich einen Rolls-Royce sehe«, sagte er, »muß ich an meinen ersten denken. Es war auch mein letzter. Ich war so zweiundzwanzig, ein junger, aufstrebender Bodenspekulant, hatte Geld wie Heu und wollte es verprassen. Also hab' ich mir in Houston einen wunderschönen brandneuen schwarzen Rolls gekauft, ihn bestimmt sechs Stunden lang gewienert und poliert und bin nach Fort Worth gefahren, um vor meinen Freunden und den Verwandten meiner ersten Frau damit anzugeben. Ruthie hatte seinerzeit jede Menge Rolls-Royce gesehen. Bei der hätte ich damit keinen Blumentopf gewonnen.

Aber in Fort Worth und erst recht in Azle, Texas, hatten die meisten Leute noch nie einen zu Gesicht bekommen. Ich weiß noch, wie die gesamte Bevölkerung mich und meinen Wagen angegafft hat, als ich durch Azle gefahren bin. Ich bleib' beispielsweise vor 'ner roten Ampel stehen, und der Farmer in einem uralten Pick-up neben mir sagt: ›Prima Wagen. Mein Daddy hatte früher auch so einen alten Packard.‹

Ich fahr' also zu meinen Schwiegereltern, park' den Rolls in der Auffahrt, alle kommen raus und können sich gar nicht sattsehen. Ich seh' den Wagen noch vor mir. Er glänzte in der texanischen Sonne wie ein Edelstein.

Na ja, neben meinen Schwiegereltern wohnte Onkel Rosie, mein Lieblingsonkel. Onkel Rosie war blind, wußte aber immer, was los war. Der rief deinen Namen schon, wenn er bloß deine Schritte auf dem Fußweg hörte. Der hat sich den lieben langen Tag John-Wayne-Filme angesehen. Er muß jeden einzelnen John-Wayne-Film mindestens hundertmal ›gesehen‹ haben. Onkel Rosie war jedenfalls schon ganz aufgeregt, endlich den Rolls zu ›sehen‹. Unreif wie ich war, hatte ich damit Probleme, weil ich mir nur zu gut vorstellen konnte, wie er mit seinen Händen über den Wagen fahren und die blitzblanke Politur ruinieren würde.

Ich lass' den Wagen also etwas ängstlich bei meinen Schwiegereltern stehen und geh' nach nebenan zu Onkel Rosie. Wie erwartet ruft er meinen Namen schon, als ich noch auf dem Fußweg bin. Er sieht sich gerade den *Teufelshauptmann* an, selbstverständlich mit John Wayne in der Hauptrolle. Dann will er wissen, ob der Wagen schon da ist, und ich lüge und sage, nein, aber er kommt in ein paar Tagen.

›Ich möchte bloß diese tollen Ledersitze spüren‹, sagt er. ›Bloß der hübschen kleinen Dame auf dem Kühlergrill hallo sagen.‹ Und ich dachte wieder an meine Politur.

Ich sag' natürlich, sobald er da ist, komm' ich sofort vorbei, und fühl' mich total mies, denn der Wagen steht ja die ganze Zeit nebenan in der Auffahrt. Aber wenn man jung ist, baut man eben Scheiße, und wenn man Glück hat, lernt man was draus und wird ein besserer Mensch. Wenn ich noch mal von vorn anfangen könnte, würde ich Onkel Rosie an die Hand nehmen, ihm die kleine Dame auf dem Kühlergrill persönlich vorstellen und dafür sorgen, daß er das ganze Auto so zu sehen bekommt, wie er es sich wünscht.

Aber es kam alles ganz anders. Ich hab' Onkel Rosie noch mal versprochen, daß ich sofort nach der Lieferung mit dem Rolls vorbeikommen würde, und bin gegangen. Zu Hause hab' ich mich wie der letzte Dreck gefühlt, und am Abend hab' ich mir fest vorgenommen, daß ich am Tag darauf zu ihm fahre und mir die Politur gestohlen bleiben kann.

Am nächsten Tag steh' ich also auf, und ich weiß noch, ich bin gerade am Kaffeekochen, da bekommt meine Frau einen Anruf von ihren Verwandten. Onkel Rosie war in der Nacht gestorben.«

Der Stau löste sich langsam auf, und Kent fuhr mit dem versunkenen Blick weiter, den ich vor ein paar

Tagen schon am Bett von Travis Beavers schlafendem Sohn bei ihm gesehen hatte. Ich paffte stumm meine Zigarre. Eine Zeitlang sagte niemand etwas. Dann machte sich Brennan auf dem Rücksitz bemerkbar.

»Und was ist die Moral von der Geschicht'?« fragte er.

»Keine Ahnung, Mick«, sagte ich. »Sag an.«

»Blinde fickt man nicht, Kumpel.«

41

Ich mach' auf keinen Fall auf Au-pair-Mädchen«, sagte Stephanie DuPont trotzig. Zwei Tage waren vergangen, und ich veranstaltete ein kleines Koordinationstreffen im Loft. Perkins zufolge hatten wir immer noch vier Tage Zeit.

»Schon gar nicht für ein durchgeknalltes Arschloch in Chappaqua«, setzte Stephanie hinzu.

»Tut mir leid«, sagte McGovern. »In Brooklyn ist die Nachfrage nach Au-pair-Mädchen momentan eher gering.«

»Hast du schon mal eine Karriere als Masseuse, die Hausbesuche macht, in Betracht gezogen?« fragte ich.

»Nein, Turboschwanz«, sagte Stephanie.

»Sie wollen ein Au-pair-Mädchen«, sagte Kent Perkins, »also kriegen sie ein Au-pair-Mädchen. Wenn du deine Ausdrucksweise beibehalten willst, achte wenigstens auf den richtigen Akzent.«

»Ein Au-pair-Mädchen mit *deinem* Akzent wäre auch nicht besser, Kumpel«, sagte Brennan.

»Du mußt gerade reden«, sagte McGovern. Brennan

und er hatten den ganzen Nachmittag Guinness ge-
trunken, das ich in großen Mengen aus dem Myers of
Keswick an der Hudson Street herangeschafft hatte.
Als guter Gastgeber hatte ich getan, was in meiner
Macht stand, um mir ihre Freundschaft zu erhalten.

»Zu dumm«, sagte ich, »daß Ratso und Rambam uns
nicht bei der Planung helfen können.«

»Stimmt«, sagte McGovern, »es ist fast schon ange-
nehm.«

»Rambam«, fuhr ich fort, »ist bei den Fallschirmspringern vom Burmesischen Luftlandebataillon ...«

»Der kann mir mal den Buckel runterspringen, Kumpel.«

»Und Ratso kann aus uns bekannten Gründen nicht
mitmachen.«

»Und ich hatte mich so darauf gefreut«, sagte Stephanie mit unverhohlenem Abscheu, »auch deine rest-
lichen Freunde kennenzulernen.«

Kent ignorierte die Sticheleien und sagte: »Voraus-
sichtlich treten wir in drei Tagen in Aktion, wenn Donald Goodman noch unterwegs ist und wir eine
Chance haben, die alte Dame zu finden. Stephanie
spielt das Au-pair-Mädchen. Kink, McGovern und
ich werden Anstreicher. Brennan gibt sich als Innen-
architekt aus.«

»Wunderbar«, sagte Brennan. »Dann brauch' ich eine
Baskenmütze und einen Pferdeschwanz.«

»Was bei deinem Schwänzchen schwierig werden
dürfte«, sagte Stephanie.

»Pfui Spinne«, sagte Mick. »Wo hast du bloß diese

schamlose Schnepfe her?« Er zeigte mit einer der vielen leeren Guinnessflaschen in Stephanies Richtung.

»Die ist mir eines Morgens zugeflogen«, sagte ich. »Und hat sich seitdem zu meinem Lieblingsalbatros gemausert.«

»Schnauze, Itzig«, sagte Stephanie zuckersüß.

»Gott behüte, das fällt mir jetzt erst auf«, sagte ich. »Ohne Ratso und Rambam bin ich ja der einzige Jude bei der ganzen Aktion.«

»Dann haben wir ja glatt noch Erfolgschancen, Kumpel«, sagte Brennan.

»Wenn keiner aus der Rolle fällt«, sagte ich, »wird alles wie geschmiert laufen. Micks Fotos müßten heute abend fertig sein und sollten uns dann weiterhelfen. McGoverns Reportage hat die Stadt in helle Aufregung versetzt. Vielleicht hat sich Donald Goodman sogar deswegen vom Acker gemacht. Wir werden wahrscheinlich in drei Tagen zuschlagen, also besorgt euch alles, was ihr an Klamotten, Fahrzeugen und Requisiten braucht. Aber verliert unser vorrangiges Ziel nicht aus den Augen. Wir suchen Mary Goodman. Sobald wir sicher sind, daß sie gesund und munter ist, können sich die Cops um Donald Goodman kümmern, egal, ob er nun ihr Neffe oder ihr Sohn oder sonstwas ist.«

»Bist du schon mal auf die Idee gekommen, daß er ihr Mann sein könnte?« fragte McGovern.

»Genug Geld ist jedenfalls im Spiel«, sagte Kent. »Möglich wär's.«

»Dann vergreift er sich also an Minderjährigen, ja?«

239

fragte Brennan mit boshaftem Grinsen. »Genau wie der Kinkster.«

Stephanie warf ihm einen Blick zu, der eine Blume im Herbarium zum Welken gebracht hätte. »Nenn in meiner Gegenwart nicht Kinkys Namen«, sagte sie, »wenn ich mich gerade entspannen will.«

»Eins kann ich nicht genug betonen«, sagte der die kleine Gruppe überragende Kent Perkins eindringlich und ernst. »Unsere Vorgehensweise birgt beträchtliche Gefahren in sich. Am Tage unseres Eindringens wird Donald Goodman nicht zu Hause sein, aber wenn er derjenige ist, für den wir ihn halten, dann hat er bereits zwei Menschen auf dem Gewissen, und zwei weitere – Kinky und ich – sind ihm nur knapp entkommen. Wir wollen uns nicht mit seinen Wachmannschaften anlegen, aber wenn alles gutgeht, werden wir das auch nicht. Bis auf die Anstreicher McGovern, Kink und mich arbeitet jeder für sich, obwohl wir letztlich natürlich alle zusammenarbeiten. Und denkt dran, eine Kette ist nur so stark wie ihr schwächstes Glied.«

»Das wäre McGovern«, sagte Brennan.

»Psst«, machte Stephanie.

Kent hob die Hände, um die Menge zu beschwichtigen. Wie ein Offizier, der weiß, daß er seine Männer auf ein Himmelfahrtskommando schickt, sah er jedem von uns kurz in die Augen.

»Und vergeßt niemals«, fuhr er fort und starrte Patton-mäßig in die Halbdistanz, in der nur er etwas erkannte, »ich werde bewaffnet sein. Wenn einer von euch Schwierigkeiten bekommt, werde ich alles tun, um ihm zu helfen. Kinky sagt Bescheid, wenn's losgeht. Ich wünsche euch viel Glück.«

Einen Augenblick lang herrschte Schweigen im Loft. Dann lachte McGovern sein lautes und herzliches Irenlachen, das im Hausgebrauch immer unangemessen wirkte.

»Was war denn das jetzt für 'ne Show?« fragte er.

42

Cinderella mußte zusehen, daß sie nach Hause kam, es war eine Viertelstunde vor Mitternacht, als ich zum grob geschätzt dreizehnten Mal McGoverns Geschichte in der *Daily News* las, mir zur Beruhigung stierhornweise Jameson reinschüttete, und mit Sherlocks Porzellankopf und der Katze Zwiesprache hielt. Im Loft über mir legte die Lesbentanzschule wieder los und machte die Katze nervös. Sherlock wandte seine wissenden, braunen Augen nicht von mir. Sein gelassener, durchdringender Blick zeigte sich amüsiert darüber, wie wenig sich die Welt im Grunde doch verändert hatte. Nach den vielen Schluckimpfungen aus dem Horn glichen meine Augen wahrscheinlich in den Schnee gepißten Löchern. Um mich zu vergewissern, hätte ich in den Spiegel schauen müssen, und mein einziger Spiegel hing im Produzentenscheißhaus, wo ich einige Stunden zuvor eine große, übelriechende, fast rhomboide Raumstation gelandet hatte.

»Geh da bloß nicht ohne Gasmaske rein«, warnte ich die Katze beim Lesen von McGoverns Kolumne.

242

Die Katze antwortete natürlich nicht. Sie verachtete den vorpubertären Humor von Bauernlümmeln und Pennälern. Eigentlich verachtete sie jede Art von Humor. Was nicht einer gewissen Komik entbehrte.

»Du bist ein humorloser, verklemmter Schnösel«, teilte ich ihr mit.

Die Katze sagte nichts, sondern beschränkte sich darauf, heftig mit dem Schwanz zu schlagen. Es handelte sich hier weniger um ein Mißverständnis zwischen Mann und Katze, dachte ich. Es war eher das typische angeborene und tiefverwurzelte Mißtrauen, das es in irgendeiner Form seit Adam und Eva zwischen Männern und Frauen gegeben hat. Die Katze wandte ihre wissenden, braunen Augen nicht von mir. Ihr gelassener, durchdringender Blick zeigte sich amüsiert darüber, wie wenig sich die Welt im Grunde doch verändert hatte.

McGoverns Geschichte über die endlose Suche eines hingebungsvollen Sohns nach seiner Mutter hatte zu meiner nicht geringen Überraschung zu einer Explosion ganz eigener Art im Raumschiff New York geführt. Für alle, die Ratso kannten, war es richtig unterhaltsam zu sehen, wie sich McGovern ein Bein ausgerissen hatte, um ihn als leidlich angenehmen Zeitgenossen zu schildern. Andererseits war sein Artikel Wasser auf die Mühlen von Don Imus und Howard Stern, den Hörfunkstars von New York, die Ratso regelmäßig niedermachten. Und jetzt machten sowohl Imus als auch Stern Ratso nieder, jeder auf die ihm eigene, unnachahmliche Weise, in einer Art und einer Aggressivität, bei denen Gustave Flaubert warm ums Herz geworden wäre.

Natürlich wußten sie nicht, daß Ratso im Bau saß. Von der Ermittlung oder dem bevorstehenden Angriff wußten sie auch nichts. Und schon gar nicht, daß wir nichts mehr auf der Hand hatten, falls Mary Goodman nicht im Schloß in Chappaqua wohnte. Es hatte seine Gründe, warum Mary Goodman siebenundvierzig Jahre lang nicht aufgetaucht war. Und keine noch so umfangreiche Pressearbeit oder Publicity konnte sie wahrscheinlich jetzt noch aus der Versenkung locken. Aber vielleicht hatte die Berichterstattung dazu beigetragen, Donald Goodman eine Zeitlang aus dem Weg zu scheuchen. Trotzdem hatten wir keine handfesten Beweise gegen ihn. Rein gar nichts. Bloß ein belangloses Indiziengeflecht, das so dünn war, daß man hindurchsehen konnte. Cecil Hausenfluck, ein Mann, der sich nervös gegen die Knöchel trat, hatte mir Goodman beschrieben. Travis Beaver, der Fahrer eines Abschleppdienstes, hatte mir seinen Namen genannt. Es war derselbe Nachname wie der, den ich aus Jack Slomans Banksafe erfahren hatte, nämlich der von Ratsos leiblicher Mutter. Schließlich gab es da natürlich noch zwei Leichen, die vage darauf hindeuteten, daß Goodman der Übeltäter war. Aber dann dachte ich, was war nun, wenn Goodman zwar ein Übeltäter war, aber der falsche Übeltäter, und Mary Goodman gar nicht mit ihm verwandt war und gar nicht in einem Schloß in Chappaqua wohnte, und vielleicht hatten wir dann gar nichts mehr auf der Hand?

»Wenn man nichts mehr auf der Hand hat«, meinte ich zur Katze, »kann nicht mal das Schicksal einem in die Karten schauen.«

43

Als ich am nächsten Morgen aufwachte, hatte sich zwar kein Sarong an meinem Sack verfangen, aber ich hatte andere Probleme. Drei Stockwerke unter meinem Küchenfenster stand ein Giftzwerg auf dem Gehweg und brüllte in durchdringendem Cockney Obszönitäten zu mir herauf. Das letzte Mal hatte ich einen solchen Tonfall gehört, als Cecil Hausenfluck seine Mutter fragte, ob er ein böser Junge gewesen sei.

Mick Brennan war es offensichtlich scheißegal, was irgendwelche Mütter dachten.

»Halt den Rand, Mick«, schrie ich, nachdem ich das Fenster aufgerissen und den Puppenkopf in das schwache, frostkalte Sonnenlicht hinausgeworfen hatte. Dann schloß ich das Fenster wieder, marschierte im Stechschritt zur Espressomaschine und setzte sie zügig in Betrieb. Dann lehnte ich mich an die Anrichte, lauschte dem Zischen und Rasseln der Maschine und erwartete das Unausweichliche.

»Verdammte Scheiße, Kumpel«, sagte Brennan, als er mit dem Puppenkopf in der einen und einem dicken

Umschlag in der anderen Hand zur Tür herein-
stürzte. »Ich hau' mir die Nacht mit den Scheißabzü-
gen um die Ohren und darf mir dann die Beine in den
Bauch stehen und den ganzen gottverfluchten Vormittag lang darauf warten, daß du deinen Arsch aus
dem Bett wälzt und mir diesen beschissenen Puppenkopf runterschmeißt.«

»Darf ich dir eventuell eine Tasse Tee anbieten?«
fragte ich liebenswürdig.

»Schenk mir lieber einen anständigen Jameson
ein, Kumpel, und immer langsam mit den jungen
Brötchen. Danach können wir uns ja die Fotos ansehen.«

Ich goß einen kräftigen Schluck irischen Whiskey ins
Stierhorn und reichte es Mick. Dann goß ich einen
genauso kräftigen Schluck Whiskey in meinen IMUS-
IN-THE-MORNING-Kaffeebecher, der offenbar einen
Sprung abbekommen hatte. Genau wie ich.

»Auf deinen Kumpel Kent Perkins«, sagte Brennan
und hob das Stierhorn. »Er gefällt mir, und um unser
aller willen hoffe ich, daß er nicht verrückt ist.«

»War verdammt clever von ihm, da reinzugehen und
den Aushilfen direkt unter den Augen der Wachleute
zu sagen, daß sie erst nächste Woche wiederkommen
sollen.«

Wir stießen unsere eigentlich zweckentfremdeten
Gefäße gegeneinander und gossen uns die Jamesons
hinter die Binde.

»Ein herzhaftes Frühstück fand ich schon immer
wichtig«, sagte Brennan.

»Nun mal los, Mick, spuck's aus. Hast du irgendeinen Hinweis darauf gefunden, daß unsere kleine alte Dame im Schloß haust?«

»Was erwartest du eigentlich, Kumpel? Eine neben dem Wagen abgestellte Gehhilfe aus Aluminium? Eine Nahaufnahme ihrer dritten Zähne, die dich vom Canasta-Tisch aus angrinsen? Ich bin gut, aber ich bin kein beschissener Spionagesatellit.«

Unter diesem Vorbehalt reichte mir Brennan den Umschlag und setzte sich mit dem Rücken zur Tür.

»Die sind bestimmt von unschätzbarem Wert«, sagte ich. »Wir werden sie sehr genau untersuchen, bevor wir uns über das Anwesen hermachen. Ich habe bloß gehofft, du würdest vielleicht den einen oder anderen Hinweis auf Mary Goodman finden. Wenn wir sie dort nicht vorfinden, können wir nur noch die Kavallerie um Hilfe rufen und uns verpissen.«

»Na, ich hoffe bloß, daß wir nicht umsonst reingehen, Kumpel. Du hast gesagt, Ratsos Mutter wäre da. Und daß du dein Leben darauf verwetten würdest.«

»Das würde ich immer noch tun«, sagte ich und legte den Puppenkopf wieder auf den Kühlschrank. »Ich frage mich bloß, ob die Götter uns irgendwelche Gewinnchancen einräumen.«

»Das haben die einem noch nie, Kumpel«, sagte Brennan und verschwand.

Am Nachmittag lag ein Hauch von D-Day über dem Loft. Ich wartete auf Stephanies Klopfen und ging im Kopf eine Liste mit Malerutensilien durch. Sie kam zu spät, was heutzutage ja allgemein üblich ist. Ich nutzte bis dahin die Zeit und rief Mike Simmons unter der neuen Nummer an, die er mir auf den Anrufbeantworter gesprochen hatte.

»Gute Nachrichten«, sagte er, nachdem er endlich rangegangen war. »Unser neuer Anwalt ist kein Piranha, sondern ein Candiru. Du weißt schon, diese kleinen Fische aus *Naked Lunch* von William Burroughs, die im Amazonas leben, sich in deinen Arsch oder Schwanz zwängen, dort ihre Stacheln ausfahren und nur operativ entfernt werden können, was am Amazonas bekanntlich nicht so ohne weiteres möglich ist.«

»Hat Burroughs das selbst erlebt, oder war das reines Wunschdenken?«

»Oh, das ist 'ne fischige Angelegenheit«, sagte Simmons. »Ich kann nur sagen, daß Ratso in vierundzwanzig Stunden aus dem Knast raus sein könnte.«

»Allah sei gelobt«, sagte ich erleichterter, als ich vielleicht klang.

»Ratso ist ziemlich zerknirscht. Er weiß, daß er Scheiße gebaut hat, als er aus Woodstock in seine Wohnung zurückgekehrt ist.«

»Da hat er recht.«

»Er meint außerdem, er hätte dir sofort von dem ersten Detektiv erzählen müssen, den er mit der Suche nach seiner richtigen Mutter beauftragt hatte.«

»Da hat er recht.«

»Außerdem fühlt er sich beschissen, weil er dir und allen anderen soviel Ärger macht.«

»Da hat er schon wieder recht«, sagte ich. »Vielleicht stimmt was nicht mit ihm.«

»Na«, sagte Simmons, »das werden wir ja bald erfahren. Vielleicht kommt er schon heute abend auf Kaution frei. Dann ruft er dich bestimmt an und erzählt dir das selbst.«

»Bestimmt«, sagte ich. »Vielleicht hab' auch ich ihm bald was zu erzählen. Vielleicht kann ich ihm erzählen, wo Mary Goodman steckt. Seine Mutter.«

»Darüber wäre er bestimmt sehr glücklich.«

»Aus irgendeinem Grund habe ich das Gefühl, daß Mary Goodman diese Wiedervereinigung von Mutter und Kind nicht mit der gleichen Freude aufnehmen wird.«

Am späteren Nachmittag erlebte ich dann, wie sich jeder, aber auch jeder Schwanz auf der Canal Street nach uns umdrehte, als Stephanie und ich im Warenkreislauf von Army und Navy stöberten. Kein Schwanz schien sich allerdings für meinen Cowboyhut zu interessieren.

»Du bist echt der Renner auf der Canal Street«, sagte ich.

»Der bin ich überall, du Schrumpfschädel«, sagte Stephanie. »Ist dir das bisher nicht aufgefallen?«

»Muß schwer sein, damit klarzukommen«, sagte ich und aalte mich in der hemmungslosen Eifersucht der niederen Lebensformen auf dem Fußweg.

»Ist nur schwer mit klarzukommen, wenn um meine kurvenreichen Hüften ständig ein nervender Itzig von Detektiv mit Cowboyhut und stinkender Zigarre herumscharwenzelt.«

»Ja«, sagte ich verständnisvoll, »das kann ich dir nachfühlen.«

Wir kauften Farbe, Pinsel, weiße Overalls und weiße Mützen für Kent, McGovern und mich. Da Stephanie keine Ruhe gab, probierte ich meine Verkleidung im Laden an.

»Du siehst aus wie ein Pfleger im Irrenhaus«, sagte Stephanie lachend.

»Das stimmt nicht«, sagte ich. »Es gibt nur zwei Berufszweige, die immer weiße Mützen tragen. Söhne reicher Leute und Anstreicher. Ich bin Anstreicher.«

»Ich weiß«, sagte Stephanie wehmütig.

»Ich freue mich, daß du uns beim Einstieg helfen willst«, sagte ich, als wir mit drei großen Einkaufstüten das Geschäft verließen. »Es könnte aber ziemlich Zoff geben.«

»Glaubst du, daß es ein echtes Schloß ist?« fragte sie plötzlich mit fast kindlicher Unschuld.

»Ich hab' dir doch Micks Bilder gezeigt. Natürlich ist es ein echtes Schloß.«

»Aber sei doch mal ehrlich: Wenn du ein echtes Schloß wärst, würdest du dann nach Westchester ziehen?«

»Eher weniger«, sagte ich und versuchte erfolglos, an der Canal Street ein Cab heranzuwinken. »Aber nun gib dem ollen Schloß doch eine Chance. Man kann nie wissen. Vielleicht findet ein Schloßfräulein wie du dort ja seinen Märchenprinz.«

Stephanie hob den Arm, und sofort hielt ein Cab am Straßenrand wie eine große motorisierte Marionette.

»Man kann nie wissen«, sagte sie, warf den Kopf in den Nacken und ließ ihr langes blondes Haar fast bis nach Little Italy hinüberwehen. »Vielleicht finden wir sogar Mary Goodman.«

44

Ratso rief nicht an. Die Katze und ich versuchten uns damit zu trösten, daß wir nicht wußten, ob er nicht doch noch im Kittchen saß oder tatsächlich auf Kaution freigelassen worden war und nur so tat, als würde er uns nicht mehr kennen. Ich war zu stolz und zu beschäftigt, um es genauer wissen zu wollen. Und die Katze war zu stolz und zu beschäftigt, um sich um irgend etwas oder jemanden zu scheren, der ihr nicht auf Anhieb gefiel oder sie faszinierte. Ratsos Leben hätte davon abhängen können – sie wäre nicht mal vom einen roten Telefon auf dem Schreibtisch zum anderen gegangen. Katzen sind noch sauber.

Da ich ein – wenn auch mürrisches und nur auf Teilzeitbasis arbeitendes – Mitglied der so wunderbar einfühlsamen und vielschichtigen menschlichen Rasse war, fürchtete ich schließlich, die geistige Entsprechung der Windpocken könne mich umwerfen, und ich wollte keine Narben auf dem Gewissen davontragen. Ja, ich hatte immer noch vor, am nächsten Morgen mein Team hochqualifizierter Geheimagenten zum Schloß zu führen, um Ratsos Mutter zu suchen. Ja, ich hatte im Verlauf dieser Ermittlung mehrfach Kopf und Kragen riskiert und nicht nur meinen eigenen. Ich hatte für Ratso getan, was Sherlock für Watson getan hätte oder Nero Wolfe – wenn auch nur widerwillig – für Archie Goodman. Aber je länger ich darüber nachdachte, desto unsicherer wurde ich, ob ich Ratso wirklich ein guter Freund gewesen war, was immer das heißen mochte.

In meinen nachdenklichen Stunden mußte ich zugeben, daß ich oft recht hohe Erwartungen an die Menschen stellte, besonders an die, die ich meine Freunde nannte. Verstehen Sie mich nicht falsch. Ich konnte meinen Mitmenschen durchaus Güte und Großzügigkeit entgegenbringen; aber irgend etwas in mir stellte sich quer, wenn ich mich so sah. Was soll's, dachte ich. Wir sind, wie wir sind, wenn wir überhaupt was sind.

Ungefähr in diesem Moment fiel mir auf, daß die Katze mich anstarrte. Sie las meine ambivalenten, schweifenden Gedanken, wie sie mir auch die Luft zum Atmen nahm, wenn sie nachts auf meiner Brust schlief. Es war ein beängstigendes, fast bedrohliches Gefühl der Verletzlichkeit. Als würde man splitterfasernackt von der ganzen Welt angeglotzt. Oder ginge in New York auf die Straße.

»Ich bin auch nur ein Mensch«, sagte ich zu ihr. »Was erwartest du also von mir?«

Sie sagte nichts, starrte aber weiterhin undurchschaubar wie die Sphinx von Vandam.

»Na gut, vielleicht hatte Kent Perkins doch recht«, sagte ich, »und ich bin ein Blutspender, der am Tropf hängt.«

Die Katze schwieg.

Plötzlich fühlte ich mich wie Cecil Hausenfluck beim Gespräch mit seiner abwesenden Mutter. Ich stand auf, goß mir ein Jameson-Betthupferl ins Stierhorn, trat damit ans Fenster, leerte das Horn und sah geradeaus ins sinnleere Nichts drei Stockwerke über den nächtlichen Straßen der Stadt. Eine kleine Gewissensprüfung hat noch keinem geschadet, sagte ich mir, wenn man am nächsten Morgen ein Schloß erstürmen will.

45

Natürlich erstürmten wir das Schloß nicht. Aber wenn Sie je versucht haben, sich in ein Schloß auch nur einzuschleichen, dann wissen Sie, daß das fast genauso gefährlich sein kann. Die Menschen, die in Schlössern leben, trauen im allgemeinen keinen Menschen, die vor Schlössern leben. Und das kann man ihnen wohl nicht einmal verdenken.

»Das sieht zu leicht aus, Kumpel«, sagte Brennan am nächsten Morgen, als wir fünf in einem unscheinbaren, gemieteten Lieferwagen vor einem Café in Chappaqua zum Frühstück Kaffee und Doughnuts aßen.

»Es *ist* leicht«, sagte Kent geduldig.

»Ihr dürft euch bloß nicht erwischen lassen«, ergänzte McGovern. Er unterstrich seinen Kommentar mit einer Maschinengewehrsalve seines ansteckenden Lachens, das in einem geschlossenen Lieferwagen morgens um acht untersagt sein sollte.

»Die meisten Leute, die im Schloß und seinem Umfeld arbeiten«, fuhr Kent fort, »sind wahrscheinlich kaum länger da als ihr. Als ich das Anfang der Woche geprüft habe, waren etliche neue Leute da, eine

256

ganze Reihe von Zeitarbeitern, und auch sonst ist die Fluktuation sehr hoch. So wird verhindert, daß jemand zuviel erfährt.«

»Ja«, sagte Stephanie, »könnte man so sehen. Aber warum läßt man hier überhaupt so viel Volk rumwuseln, wenn man etwas oder jemand verstecken will?«

»Das hab' ich mich auch schon gefragt«, sagte ich. »Aber man braucht eben 'ne Menge Leute, um einen so großen Laden in Schuß zu halten. Es wäre einfach verdächtig, wenn nie jemand hier wäre. Und wenn Mary Goodman hier ist oder war, dann könnten sich die entsprechenden Hinweise auf wenige Räume beschränken. Da Donald Goodman nicht da ist, müssen wir uns seinetwegen keine grauen Haare wachsen lassen. Und seine Spießgesellen, die in seiner Abwesenheit alles im Auge behalten, lassen sich von Dingen außerhalb des Schlosses garantiert nicht beunruhigen. Brenzlig wird's wohl erst, wenn man ins Haus reinkommt.«

»Tröstliche Worte für jeden Innenarchitekten, Kumpel«, sagte Brennan.

»Oder für das französische Zimmermädchen, das Donald Goodman gerade eingestellt hat«, sagte Stephanie.

»Zur Aufmachung als französisches Zimmermädchen wollte ich noch ein Wörtchen loswerden«, sagte Kent, »aber ich fürchte, Gott oder Ruthie würden mich auf der Stelle erschlagen, wenn ich ein dermaßen ausstaffiertes Zimmermädchen einstellen würde.«

»So, nun kriegt euch mal alle wieder ein und tut so, als

ob ihr hierher gehört«, sagte ich. »Stellt euch einfach vor, ihr wärt in einer euch unbekannten Gegend von New York. Paßt euch an. Kein Mensch weiß, wen Goodman in letzter Zeit eingestellt oder rausgeworfen hat, also denkt euch eine Geschichte aus, macht sie nicht so kompliziert, und bleibt dabei. Und schaut euch nach einer alten Dame um, die man vielleicht in einen Wintergarten oder eine versteckte kleine Laube gesperrt hat.«

»Oder in einen Kerker, Kumpel.«

»Sperrt Augen und Ohren auf«, wies ich sie an und überging Brennans Bemerkung. »Und immer schön geschmeidig bleiben.«

»Das kann ich mir nicht alles auf einmal merken«, sagte McGovern.

»Wenn die Nacht übers Schloß hereinbricht«, sagte Kent Perkins dramatisch, während er den Lieferwagen anließ, »ist das Geheimnis der Mary Goodman gelöst.«

Als der Lieferwagen über den Parkplatz auf sein Rendezvous mit dem Schicksal zurollte, ging jeder Passagier auf seine Weise in sich und feilte ein letztes Mal an seiner neuen Identität. Ich mußte zugeben, daß sie glaubwürdig aussahen. Jetzt mußten sie nur noch glaubwürdig schauspielern.

»Wenn du irgendwo im Schloß deinem Märchenprinz begegnest«, fragte ich Stephanie, »was sagst du ihm dann?«

»Stell dich hinten an«, sagte sie.

Wie Kent vorhergesagt hatte, war es ein Kinderspiel, auf das Goodmansche Grundstück vorzudringen. Zusätzlich wurde es noch dadurch vereinfacht, daß sich sämtliche männlichen Guckerchen auf dem Gelände an Stephanie DuPont und ihre Aufmachung als französisches Zimmermädchen klammerten. Wir hätten wahrscheinlich die gesamte polnische Armee in die Eingangshalle schmuggeln können, ohne daß es jemand spitzgekriegt hätte.

Und die polnische Armee hätte wohl auch gerade so in der Eingangshalle Platz gefunden.

Die Festung war tatsächlich so riesig, daß selbst Mick Brennans Aufklärungsfotos ihrer Größe und labyrinthischen Gestaltung nicht gerecht wurden. Hier konnte schnell mal eine Leiche verschwinden, dachte ich, als ich in Irrenhaustracht mit Zollstock und ausgefeilter Farbtabelle unbehelligt durch die unteren Stockwerke streifte. Zum Rest unserer Truppe hatte ich längst keinen Kontakt mehr, nur McGovern, den größten Anstreicher der Welt, sah ich noch durch eine Glasmalerei, bei deren Anblick jeder Mormonenmissionar vor Neid grün angelaufen wäre. McGovern strich ein desolat wirkendes, frostbeulenübersätes Gartenspalier aus Holz, und die Arbeit schien ihm Spaß zu machen. Ich entdeckte eine Hoftür und ging zu ihm hinüber.

»Ich weiß ja nicht, ob ein rotzfarbenes Spalier hier wirklich erwünscht ist«, sagte ich. »Im Frühling beißt sich das doch mit dem frischen Grün.«

»Macht nichts«, sagte McGovern. »Im Frühling bin ich längst über alle Berge.«

»McGovern, bleib du mal hier, solange du kannst. Wahrscheinlich sind hektarweise Wälder und Parks um uns herum, aber von hier aus kann man wenigstens halbwegs das Haus und die Anlagen übersehen. Unter Umständen bist du der einzige, der weiß, wo zum Teufel die anderen jeweils gerade stecken. Ich werde in regelmäßigen Abständen rauskommen, sämtliche Gänge außer den Stuhlgängen erkunden und das korrekte Trocknen deiner Farbe prüfen.«

»Ich kann nicht ewig dieses Spalier streichen«, sagte McGovern. »Was ist, wenn ein Gärtner oder einer von den Sicherheitsburschen rauskommt und mich in die Mangel nimmt?«

»Du bleibst, wo du bist. Hier ist auch der einzige Ort, von dem aus man im Auge behalten kann, was im Schloß passiert.«

»Da passiert schon was«, sagte McGovern und zeigte nach oben auf ein Fenster.

Wir sahen hoch und erblickten die blonden Locken eines großen Mannes mit Malermütze, der uns offenbar beobachtet hatte, jetzt aber aufgestanden war und sich umgedreht hatte. Dann schien ein helles Stoffstück aus unserem Sichtfeld zu sinken. Plötzlich leuchteten McGovern und mir zwei blasse Arschbacken entgegen.

46

Um die Gary-Cooper-Zeit herum funktionierte unsere Tarnung noch prima, und wir bewegten uns mit der unbeschwerten und altbewährten Leichtigkeit des tödlichen Candirufischs durch Schloß und Gärten. Wie Mike Simmons mir erklärt hatte – und wie jeder aus eigener Erfahrung weiß, der mal in den Amazonas uriniert hat, ohne dabei draufzugehen –, bewegt sich der Candiru auf eine Wärmequelle zu. Wir hingegen bewegten uns auf die Quelle der Wahrheit zu. Je mehr sich der Nachmittag in die Länge zog, desto hektischer wurden unsere Bewegungen. Es stellte sich ziemlich schnell heraus, daß Perkins' Einschätzung zutraf und die meisten Angestellten und Handwerker noch weniger wußten als wir. Niemand auf dem Anwesen hatte je eine alte Dame gesehen, und auf die Frage nach Mary Goodman wurden uns nur verständnislose Blicke zuteil. Es gab allerdings ein paar Ausnahmen. Zu diesen gehörte ein alter Mann, der aussah, als hätte er bereits länger in der Spülküche Silber poliert, als McGovern das Spalier gestrichen hatte.

»Können Sie mir sagen, wo ich Mary Goodman finde?« fragte ich ihn beiläufig, während ich die nächststehende Wand mit meiner stets präsenten Farbtabelle verglich.

»Ach, die ist in ihrem Garten, Sir«, sagte er und hielt beim Polieren fast unmerklich inne, wie ein Schlafender zwischen zwei Atemzügen unbewußt eine kurze Pause macht. »Sie darf nicht gestört werden.«

»Wo liegt denn ihr Garten?« bohrte ich nach.

»Das ist ein Privatgarten, Sir. Da müssen Sie schon Jennings oder Mr. Goodman fragen.«

Das hatte bloß einen Haken, denn Mr. Goodman weilte eben nicht auf dem Gelände, und Jennings war offenkundig seine rechte Hand oder der Big Butler, stand jedenfalls so hoch in der Rangordnung, daß ein kleiner Anstreicher wie ich ihn unmöglich mit einer so delikaten Frage behelligen durfte. Ich wußte nicht einmal, wie hoch ich auf dieser Hierarchieleiter klettern durfte.

Als ich mich bei dem alten Mann bedankte, sah ich mein Spiegelbild im Silberteller, den er gerade polierte, und mir wurde bewußt, daß entweder mein Spiegelbild oder ich oder wir beide eigentlich in eine psychiatrische Anstalt gehörten. Außerdem wurde mir bewußt, daß sich Brennan oder Stephanie um Jennings kümmern mußte. Ich an Jennings' Stelle hätte dem Burschen, der sich da im Silber spiegelte, garantiert irgendwas poliert.

Ich machte mich auf die Suche nach Brennan, den ich vor einer guten Stunde in all seiner schneidigen

Herrlichkeit gesehen hatte, wie er das Personal herumschubste. Sein Naturell war genau das richtige für einen Innenarchitekten an einem Ort wie diesem, fand ich. Er konnte so aggressiv sein, wie er wollte, und trotzdem nickte und dienerte alle Welt und sagte voller Respekt: »Ja, Mr. Cunningham.« Außerdem war es erfrischend zu hören, wie Brennan einen ganzen Tag lang auf das Wort »Kumpel« verzichten mußte.

Aber ich fand Brennan nirgends. Perkins auch nicht. Der war aber immerhin ein Profi. Er war als einziger von uns imstande, das gesamte Obergeschoß zu durchkämmen und dabei noch Zeit zu finden, McGovern und mir den nackten Hintern rauszustrekken. Als ich Stephanie das letztemal gesehen hatte, schwatzte sie leutselig mit der alten Haushälterin und scheuchte mich mit der Hand weg, als die Frau gerade nicht hinsah. Mit Ausnahme von Kent und Mick, die auf Tauchstation gegangen waren, hatte sich unser Team so perfekt angepaßt, daß ich langsam nervös wurde. Und soweit ich mich erinnere, lief die Sache genau von dem Moment an aus dem Ruder.

Als ich mir auf einer großen Terrasse gerade eine Zigarre anzünden wollte, rannte Brennan plötzlich auf mich zu und packte mich am Arm.

»Kumpel«, sagte er beschwörend, »man ist dir auf den Fersen.«

»Reg dich ab, Mick«, sagte ich mit einer Zuversicht, die ich eigentlich gar nicht besaß. »Du führst dich ausgesprochen uninnenarchitektenhaft auf. Für die Anstreicher ist die Zeit vielleicht abgelaufen ...«

»Und wie. Jennings hat sich schon nach euch dreien erkundigt.«

»Aber dich reden doch alle ehrerbietig als ›Mr. Cunningham, Sir‹ an, und Stephanie hat sämtliche Geschlechtsdrüsen weit und breit um den kleinen Finger gewickelt, natürlich mit Ausnahme der unseren, wobei ich mir bei deinen nicht mal ganz sicher bin.«

»Mach, daß du wegkommst, Kumpel.«

»Das haben wir nicht nötig, glaub' ich. Ich bezweifle, daß Jennings genau weiß, ob Goodman uns engagiert hat oder nicht. Ihn plagt einfach der Wissensdurst. Genau wie mich. Jetzt mach doch mal folgendes.«

Mick sollte Stephanie etwas von mir ausrichten. Ein Geistesblitz war es nicht, nur eine Idee aus jenen Zeiten, wo ich stets mit einem Fuß im Grab stand.

Mick machte sich auf die Suche nach Stephanie, und ich lief ums Haus herum, um nachzuschauen, ob McGovern noch auf seinem Posten war. Dabei hielt ich wieder Ausschau nach dem Privatgarten, inklusive Mary Goodman, versteht sich. Ich suchte eine gute halbe Stunde lang, aber jetzt im Winter konnte man sich nur schwer vorstellen, wie die Grünanlagen wohl im Frühjahr aussahen. Vielleicht war irgendwo auf dem weitläufigen Gelände ein privater kleiner Wintergarten verborgen, und Mary Goodman lag dort in eine Decke eingemummelt auf dem Liegestuhl und schlürfte heißen Kamillentee. Natürlich war auch nicht ausgeschlossen, dachte ich, daß der verschollene Judge Crater und die verschollene Amelia Earhart hinter der nächsten Ecke fleißig Narzissen jäteten.

Als ich auf McGovern zukam, schien Brennans düstere Prophezeiung ihre bitteren Früchte zu tragen. Ein großer, bewaffneter Wachmann, beinahe so groß wie McGovern, sprach mit ihm auf eine Art und Weise, die mit Herzlichkeit offensichtlich wenig zu tun hatte. Ich verlangsamte meine Schritte und bekam noch den Schluß des Gesprächs mit.

»Und das ist noch nicht alles, Bursche«, sagte der stämmige Wachmann, »das hier ist mit Abstand die lahmste Malerarbeit, die ich je gesehen habe.«

»Das ist auch weit mehr als eine *Maler*arbeit«, quengelte McGovern geziert und herablassend. »Wir haben es hier mit einer *Komplettrestauration der Oberfläche* zu tun.«

»Wir sprechen uns noch, Freundchen«, sagte der Wachmann und ging zum Eingang des Anwesens zurück.

»Das mit der ›Komplettrestauration der Oberfläche‹ gefällt mir«, sagte ich und sah auf die Uhr. »Unser Anstreichertrupp hat bestenfalls noch zwanzig Minuten, bevor die uns hier mit einem Gabelstapler rauswerfen.«

»In zwanzig Minuten kann viel passieren«, sagte McGovern.

»Und nicht nur Gutes«, sagte ich. »Da kommt Kent.«

Kent Perkins kam wirklich auf uns zu. Er wirkte etwas mitgenommen und rieb sich die Fingerknöchel der rechten Hand.

»Hatte eine kleine Meinungsverschiedenheit mit einem Wachmann«, sagte er, »der uns eine Zeitlang nicht mehr in die Quere kommen sollte.«

»Dummerweise krabbeln hier immer noch siebenundachtzig andere von denen herum wie übergewichtige Gottesanbeterinnen«, sagte ich.

»Die Zeit wird knapp«, sagte McGovern und versah das rotzfarbene Spalier mit einigen letzten, flüchtig hingeworfenen Pinselstrichen. »Ohne daß wir was rausbekommen hätten, wie ich hinzufügen muß.«

»Kann man auch anders sehen«, sagte Kent und grinste kurz. »Brennan hat Stephanie deinen Vorschlag ausgerichtet, und daraufhin hat sie im Arzneischrank eines nicht mehr benutzten Boudoirs im ersten Stock das hier gefunden.«

Er holte das Fläschchen eines rezeptpflichtigen Medikaments aus der Tasche seines Overalls und hielt es uns hin. Auf dem Etikett stand »Mary Goodman«. Die Verschreibung stammte vom Februar 1984.

»Neben einigen Kleinigkeiten standen in dem Schränkchen noch ein paar andere Medikamente von ihr, aber das hier war schon das jüngste. Sie hat definitiv hier gelebt, aber das ist über zehn Jahre her.«

Ich paffte nachdenklich meine Zigarre und beobachtete die kalte Sonne, die das Landgut auf der Anhöhe beschien.

»In Nestern vom letzten Jahr‹«, sagte ich, »brüten dies Jahr keine Vögel.‹«

»Von wem ist das?« fragte Kent.

»Don Quijote«, sagte ich.

»Das paßt wie Arsch auf Eimer«, sagte McGovern. »Ich hatte die ganze Zeit das Gefühl, daß wir gegen Windmühlen anrennen.«

»Nicht unbedingt«, meinte ich. »Schaut mal da rüber.«

Von unserem Aussichtspunkt neben dem Schloß sahen wir einen heimtückischen, babyblauen Rolls-Royce die Auffahrt zum Hauptportal herauffahren. Wir sahen, ohne gesehen zu werden, beobachteten also weiter, wie zwei Männer aus dem Wagen stiegen und zum Haus gingen. Als McGovern und ich Goodmans Begleiter erblickten, spiegelten unsere Mienen vermutlich dieselbe Überraschung, die wir gezeigt hätten, wenn der Heilige Geist plötzlich beim Line-Dance im Countrymusik-Fernsehen aufgetaucht wäre.

»Wer war das?« fragte Perkins.

McGovern und ich antworteten nicht, aber nach kurzem Überlegen mußte Kent von selbst darauf gekommen sein, denn er sagte nichts mehr. Wir standen einfach nur da, drei abgefuckte Schäfer unter einem rotzfarbenen Spalier.

Es war Ratso.

47

Danach entwickelten sich die Dinge mit halsbrecherischem Tempo. Perkins rannte zum Haus hinüber, drückte sich an die Außenmauer und spähte vorsichtig durch ein Erkerfenster in den großen Saal. McGovern und ich wollten Ratso in einer Situation, die für alle Beteiligten gefährlich werden konnte, keinen Schrecken einjagen und mußten damit vorliebnehmen, uns in der Nähe hinter eine Hecke zu kauern und Perkins beim Beobachten von Goodman zu beobachten. Von unserer Warte aus sahen wir nur verschwommene Schatten, wahrscheinlich Ratso und Goodman, durch unser Blickfeld laufen, wobei sie manchmal in Fensternähe kamen. Goodman hatte offenbar eine Schrotflinte oder ein Jagdgewehr in der Hand, das er Ratso zeigte.

»Hast du eine abgesägte Schrotflinte, Tex?«

»Meines Wissens nicht.«

Plötzlich stieß mich McGovern unsanft in die Rippen; Kent Perkins hatte den Pinsel fallen lassen und hielt plötzlich einen Revolver in der Hand. Dann verschwanden Goodman und Ratso ganz vom Fenster, und wie in einem Audie-Murphy-Kriegsfilm rannte Perkins geduckt und den Revolver in der Hand auf uns zu, sprang über die niedrige Hecke und landete gefährlich nah neben meiner brennenden Zigarre.

»Sie gehen auf die Jagd«, sagte er.

»Dann ist die Kacke aber echt am Dampfen«, sagte McGovern.

»Ich hab' gehört, wie Ratso gesagt hat: ›Ich war noch nie auf Fasanenjagd‹«, sagte Kent. »Das Problem ist nur, daß man für die Fasanenjagd so was wie 'ne 20er-Flinte und 2,6-mm-Vogeldunst nimmt.«

»Und was hat Goodman?« fragte ich. »'ne Elefantenbüchse?«

»Verdammt nah«, sagte Perkins. »Er hat 'ne 12er-Flinte, und ich konnte die Patronenschachtel auf dem Tisch erkennen. Doppel-B-Posten.«

»Und das heißt?«

»Das heißt, wenn man damit Fasanen jagt, hat man hinterher nichts mehr zu knabbern.«

Ich hatte an dem Gedanken zu knabbern, daß Ratso mit Donald Goodman auf Fasanenjagd ging, und stellte fest, daß mir dieser Gedanke nicht schmeckte. Das wollte ich, um im Bild zu bleiben, den beiden andern gerade hinspucken, als die Hintertür vom Schloß aufging und die beiden großen weißen Jäger ausspuckte. Ratso hatte sich eine große Leinentasche umgehängt, vermutlich für die Fasanen. Donald Goodman trug weiterhin die Schrotflinte. Sie verschwanden zusammen im Wald.

»Er wird ihn umbringen«, sagte McGovern.

»Er wird's jedenfalls *versuchen*«, sagte Kent. »Ich geh' ihnen nach.« Sprach's und verschwand.

»McGovern«, sagte ich, »traust du dir zu, ins Haus zu gehen und die Bullen oder das FBI oder sonstwen zu rufen?«

»Klar«, sagte er zögernd. »Und was soll ich ihnen sagen?«

»Sag ihnen, Mary Goodman sei im Garten«, sagte ich.

48

Ich weiß gar nicht, ob ich wirklich auf einen Fasan *schießen* könnte«, drang Ratsos Nagerstimme aus dem Schoß der Wälder.

»Ist vielleicht auch gar nicht nötig«, sagte eine tiefe, rauhe Stimme, die ich Goodman zuschrieb. Dem folgte ein kurzes, scharfes Lachen, so kalt wie der Waldboden, auf dem ich entlangkroch.

Man mußte Ratso zugute halten, daß er die ganze Zeit im Kittchen gesteckt hatte, während wir Goodman nachspionierten, es war also nur logisch, daß er auf die Einladung seines verloren geglaubten reichen Vetters hereingefallen war, das Gut zu besuchen und übers Wochenende den Landedelmann zu spielen. Der Fairness halber sollte auch gesagt werden, daß Ratso für die schöne Kunst des Karrierismus nicht ganz unempfänglich war und die Aussicht, seine Mutter kennenzulernen – erst recht da sie im Geld zu schwimmen schien –, ihn schneller herbrachte als jedes Eishockeyspiel.

Im Moment sah ich weder Ratso noch Goodman und hatte keinen blassen Schimmer, wo Kent war. Ich wußte nicht einmal, warum ich ihm in den Wald gefolgt war. Ohne Waffe konnte ich nichts weiter tun, als Donald Goodmans Schrot möglichst nicht in die Quere zu kommen.

Ich schob mich ein Stück weiter durchs Unterholz, bis ich das seelenzerfetzende Klacken hörte, mit dem eine Schrotflinte durchgeladen wird. Es war vermutlich das letzte Geräusch, das Bambis Mutter im Diesseits gehört hatte, und auch in meinen Ohren war es alles andere als Musik. Dann hörte ich es noch einmal. Ich kroch schneller, weiter aufs Vergessen durch Vernichtung zu, und versuchte nur noch, nicht wie ein großer Fasan auszusehen.

»Bist du sicher, daß es für Badminton zu kalt ist?« fragte Ratso. »Und wie sieht ein Fasan überhaupt aus?«

»Fasan?« Goodman lachte. »Wer hat denn was von Fasanen gesagt?« Er lachte wieder. Im Wald hatte sein Lachen einen hohlen, gedämpften, aber eigentümlich durchdringenden Klang, wie die Trommeln des Todes.

»Don«, sagte Ratso, jetzt doch zaghafter, »hattest du nicht gesagt, wir würden auf Fasanenjagd gehen?«

Ich kroch näher. Ich verstand sie laut und deutlich, und was ich hörte, klang nicht gerade beruhigend.

»Fasanen?« sagte Goodman, der jetzt offenkundig mit Ratso spielte. »Ich hab' nicht gesagt, *wir* würden Fasanen jagen. Ich hab' gesagt, *du* könntest deine *Ahnen* jagen. Weißt du auch warum?«

»Na ja, wir sind Vettern«, sagte Ratso, der allmählich

doch Lunte zu riechen begann. »So lernen wir uns mal kennen. Apropos, wann kommt eigentlich meine Mutter?«

»Sie ist längst da, Kleiner«, sagte Goodman, »und du bist bald bei ihr. Aber ich fürchte, wir werden uns nicht näher kennenlernen. Wir werden gleich einen kleinen Jagdunfall haben. Rühr dich nicht vom Fleck, oder ich knall' dich ab.«

Ratso rührte sich offenbar nicht vom Fleck. Ich auch nicht. Ihre Stimmen waren jetzt fast über mir, aber durch das dichte Gestrüpp sah ich nur ihre Umrisse, wie Schatten in einem schlecht ausgeleuchteten Passionsspiel. Näher heranzurobben wäre Selbstmord gewesen. Also lauschte ich gebannt der tödlichen Szene, ziel- und heimatlos wie ein Geschöpf der Wildnis, hypnotisiert von der schieren Hilflosigkeit des Daseins.

»Die Sache lief folgendermaßen, Kleiner«, fuhr Goodman fort. »Die gute Tante Mary und ich lebten hier glücklich und in Frieden, bis die Gute vor etwa zehn Jahren starb. Und zwar an Altersschwäche, wie ich vielleicht hinzufügen sollte. Der Kummer brach mir das Herz, und ich wollte den Tod der lieben Tante Mary einfach nicht wahrhaben. Also tat ich so, als wäre sie noch am Leben.«

»Mit anderen Worten«, sagte Ratso, »du hast die Gans behalten, die goldene Eier legte, obwohl du wußtest, daß sie tot war.«

»Ganz genau, Kleiner«, sagte Donald Goodman und lachte sinister im finsteren Forst. »Du bist schnell von

Kapee, das gefällt mir. Keine Bewegung. Ich mein's ernst.«

In den Wäldern kam unbehagliche Stille auf. Kein Vogel sang. Kein Tier, kein Kent brach durch den dunklen Tann. Nur ein totenstilles Leichentuch aus sonnenfleckiger Schwärze senkte sich auf den Waldboden herab.

»Sie war schon ein komischer Vogel. Ich war ihr einziger Verwandter, und das war mir eigentlich ganz recht so. Aber das liebe Tantchen hatte ein Testament gemacht, das weder sie noch ihre Anwälte mir je gezeigt haben. Aber das ist jetzt ja auch egal. Sie hat ab und zu von dir gesprochen. Sie sagte immer, sollte Gott ihr je ihren kleinen David zurückgeben, würde ihr gesamtes Vermögen ihm gehören. Aber Gott hatte wohl andere Pläne. Er hat sie zu ihren Vätern versammelt, bevor du das Ganze mit Privatschnüfflern und Anwälten verbockt hast. Und jetzt ist es zu spät, Kleiner. Tut mir leid, daß wir nie die Gelegenheit hatten, uns kennenzulernen.«

Einen Augenblick lang herrschte Schweigen wie bei einem stillen Gebet. Dann brach etwas durch die Büsche. Ein ohrenbetäubender Knall ertönte. Ich hörte einen kurzen, abgebrochenen Schrei, der einem das Blut in den Adern gefrieren ließ. Noch ein lauter Knall. Dann war es still.

Um mich her war nur noch Wald.

49

Drei Tage später fand eine mit Wärmesensoren, Hubschraubern, Infrarotkameras und Spürhunden ausgerüstete Spezialeinheit aus FBI und der New York State Police die Leiche Mary Goodmans. Sie war im Garten vergraben. Interessanterweise wurden ihre sterblichen Überreste in der Nähe eines merkwürdig aussehenden, rotzfarbenen Spaliers gefunden, das während der ganzen Ausgrabung eine schweigende Totenwache zu halten schien. Die Spezialeinheit zeigte zwar kein Interesse für die Morde an Jack Bramson und Mosche Hamburger, hatte aber Donald Goodman aus Gründen, die ihr wichtiger schienen – Geldwäsche und Steuerhinterziehung –, schon länger im Visier. Deshalb hatten sie ihre Leute sowohl in seine Firma als auch in sein Anwesen bei Chappaqua eingeschleust. Der Wachmann etwa, der McGovern in die Mangel genommen hatte, arbeitete als Undercover-Agent für die New York State Police. Das überraschte mich weit weniger als das, was ich von Kent Perkins eine knappe Woche, nachdem er Donald Goodman weggepustet hatte, zu hören bekam. Der Chef der gesamten Spezialeinheit war ein Bundesagent, der verdeckt operiert und schon seit über acht Monaten auf Goodmans Gehaltsliste gestanden hatte. Dieser Koordinator des ganzen Einsatzes war Perkins zufolge ein älterer Herr, der sich meist mit dem Polieren silberner Teller die Zeit vertrieben hatte.

Kent drohte notabene mehrere Tage lang die Verhaftung, weil er Donald Goodman mit einer Waffe umgebracht hatte, die im Staat New York nicht lizensiert war. Er ließ die Tortur stoisch über sich ergehen und teilte mir nur mit, was sonst die Cops in solchen Situationen zu sagen pflegen. »Lieber sollen zwölf Leute über mich urteilen als sechs mich tragen«, hatte Kent gesagt. Wie sich dann herausstellte, war beides nicht erforderlich, und da er seine Arbeit zur vollen Zufriedenheit erledigt hatte, konnte Kent Perkins nach Kalifornien zurückfliegen und die Bevölkerung jenes Staats wieder um einen attraktiven blonden Hünen vermehren.

Ratso, der nur einen Streifschuß an der linken Arschbacke abbekommen hatte, steht jetzt, da ich dies schreibe, im Begriff, knapp siebenundfünfzig Millionen Dollar zu erben. Wie zu erwarten, gingen von diesem ungeahnten Geschenk beträchtliche Kosten für die candiruhafte Phalanx von Anwälten ab, die, wie ebenfalls zu erwarten, vom Wassertreten im Meer seines zukünftigen Goldes so erschöpft waren, daß sie weder auf Wärmequellen noch auf die Quellen der Wahrheit zuschwimmen mochten.

Zu Ratsos Entschuldigung sei gesagt, daß er mir an jenem folgenreichen Tag tatsächlich die Nachricht auf meinem Anrufbeantworter hinterlassen hatte, daß er mit seinem neuen Vetter auf Fasanenjagd gehen werde. Dieser hätte McGoverns Artikel in der *Daily News* gelesen und daraufhin Vorkehrungen getroffen, Ratso so bald wie möglich seiner Mutter vorzustellen. Nachdem Ratso dann auf Kaution freigelassen worden war, wußte Goodman nur zu gut, wie er mit ihm in Kontakt treten konnte. Schließlich hatte er ihn schon einmal umgebracht. Er wußte, daß ihm inzwischen nicht mehr viel Zeit blieb, die Bedrohung seines Erbes ein für allemal aus dem Weg zu räumen. Also handelte er kurz entschlossen. Auch der Rundfunk hatte sein Teil dazu beigetragen, Goodman über Ratsos Suche zu informieren. Zum Zeitpunkt meiner Niederschrift steht allerdings noch nicht fest, ob er es von Don Imus oder Howard Stern erfahren hatte.

Als Ratso anrief, war ich unglücklicherweise schon in Chappaqua und hatte der Katze die Verantwortung über das Loft übergeben. Aus unerfindlichen Gründen hatte sie mir die Nachricht nicht zukommen lassen.

Noch eine letzte und beunruhigende Bemerkung zu Ratso. Aus nicht minder unerfindlichen Gründen hat er beschlossen, daß seine vielen neuen wie auch seine vergleichsweise wenigen alten Freunde ihn als David Victor Goodman anreden sollen. Diese Kampagne war bislang nicht von Erfolg gekrönt, und ich fürchte, er nimmt das persönlich. Ich meinte, Geduld würde sich am Ende auszahlen, und die Leute würden zu seiner neuen Identität bald ein ebenso gutes Verhältnis finden wie sie es zu seinem neuen Reichtum bereits hätten. Insgeheim fürchte ich jedoch, daß es anders kommen wird. Es gehört zu den ärgerlichen aber wahren Begleiterscheinungen des Lebens, daß Menschen, die aus egal welchen Gründen und vielleicht ohne jedes eigene Verschulden Tiernamen erhalten haben, unweigerlich feststellen müssen, daß sie bis in alle Ewigkeit mit diesen Namen geschlagen sind. Wenn man also einen dieser Namen am Hals hat, mag man noch so lange mit den Rockefellers verkehren, man bleibt doch immer ein Ratso.

50

Etwa drei Wochen später setzte ich eines Nachmittags wie ein Psychiatriepatient meine weiße Malermütze auf und las der Katze aus einem Brief von Lilyan Sloman vor. Ratso hatte ihr inzwischen vom Tod seiner leiblichen Mutter und wohl auch noch das eine oder andere erzählt.

»›Du kannst dir nicht vorstellen‹, schreibt sie, ›wie dankbar ich dir für alles bin, was du für Larry getan hast.‹ Nett von ihr«, sagte ich. Die Katze war offensichtlich anderer Meinung, denn sie schlug kräftig mit dem Schwanz hin und her und starrte steinern in die andere Richtung.

»›Ich weiß, daß auch du erst vor kurzem deine Mutter verloren hast‹«, las ich weiter vor, »›und ich nehme nicht an, daß dir das die Suche erleichtert hat. Ich wollte dir bloß sagen, was ich auch Larry schon gesagt habe. Die leibliche Mutter kann einem niemand ersetzen. Aber manchmal findet sich etwas anderes.‹ Manchmal findet sich etwas anderes«, sagte ich mir, und da ich nicht mehr mit der Katze sprach, merkte sie, wie schlecht es mir ging. Sie hörte auf, mit dem Schwanz zu schlagen, und kuschelte sich in meinen Schoß.

»Wer weiß«, sagte ich, »vielleicht haben wir hier mit dem Loft etwas anderes gefunden.«

Nachts träumte ich dann, ich steuerte einen Rolls-Royce in tropischem Klima durch eine gleißend helle Landschaft. Neben mir saßen Robert Louis Stevenson und Onkel Rosie. Es war ein wunderschöner Tag, und wir lächelten, während wir eine unabsehbare Straße unter einem wogenden Palmendach entlangfuhren, das anscheinend gleichzeitig zum Meer und zum Himmel gehörte.

Diese Idylle wurde plötzlich durch ein fremdartiges Krachen gestört, das in unregelmäßigen Abständen mit einer nicht nur unangenehmen Erschütterung meines Gesäßes einherging. Diese Belästigung hielt einige Meilen lang an, bis sich Robert Louis Stevenson umdrehte und starr den Rücksitz des Rolls anglotzte.

»Ich muß schon sagen, altes Haus, dies ist höchst außergewöhnlich«, sagte der große Autor. »Es sieht aus, als würde ein arisches Kleinkind von hinten gegen deinen Rücken treten.«

Am nächsten Morgen zündete ich mir die erste Zigarre des Tages an und telefonierte mit Dr. Charles Ansell, einem alten Freund meines Vaters und internationalen Koryphäe in puncto Traumdeutung. Ich erzählte Charlie den Traum. Ich erzählte ihm auch, ich hätte den starken Verdacht, die Straße, die wir entlangfuhren, wäre die Straße der liebenden Herzen gewesen.

»Ich kann einen Traum nur in bezug auf einen bestimmten Menschen und seine oder ihre Erfahrungen deuten«, sagte Charlie. »Aber ein paar Dinge erscheinen mir in diesem Fall doch bemerkenswert. Der Rolls-Royce zum Beispiel. Der Wunsch erklärt den Traum. Du möchtest wie ein Mann auftreten, dem ein Rolls-Royce zusteht. Dann die Palmen. Die werden schlank, steif und groß. Palmen sind so ungefähr das Phallischste, wovon man nur träumen kann.«

»So weit«, sagte ich, »so gut.«

»Onkel Rosie. War er dein richtiger Onkel?«

»Nein.«

»Dann steht er für den Onkel, von dem sich jeder wünscht, er hätte ihn besser kennengelernt.«

»Charlie, du sprichst mir aus der Seele.«

»Ein Traum verrät mehr als jede bewußte Kommunikation im Wachzustand. Und was ist mit Robert Louis Stevenson? Mochtest du *Die Schatzinsel*?«

»Eher *Dr. Jekyll and Mr. Hyde.*«

»Wir betreiben Traumdeutung, keine Psychoanalyse. Das einzige Problem ist das arische Kleinkind. Erst dachte ich, es stünde für dich, aber jetzt glaube ich, es steht deinem vollkommenen Glück für immer im Wege. Seine Bestimmung ist es, dich leiden zu lassen. Aber hat es diese Rolle geerbt? Wurde es als Baby geimpft? Woher weiß es, daß du Jude bist? Ist dein zweites Traumauto ein Mercedes? Egal, wenn das Kind wieder auftaucht, dann sag Bescheid.«

»Wenn das Kind wieder auftaucht, ruf' ich vielleicht aus dem Pilgrim State Mental Hospital an.«

»Mal im Ernst«, sagte Charlie. »Der Traum verheißt dir eine erfolgreiche Zukunft. Besonders die Palmen. Sie gefallen mir.«

»Sie sagen nur Gutes über dich.«

»Apropos, dieser Ort, den du beschrieben hast ... wie hieß der? ... wundervoller Name ...«

»Die Straße der liebenden Herzen?«

»Genau«, sagte Charlie. »Eine Frage: Weißt du zufällig, ob es diese Straße wirklich gibt?«

Ich paffte gemessen an der Zigarre, dann sahen die Katze und ich den blauen Rauchschwaden nach, die träumerisch in Richtung Lesbentanzschule hinaufschwebten.

»Charlie«, sagte ich, »wenn ich das bloß wüßte.«

DANKSAGUNGEN

Lieber Insasse,

der Autor möchte seiner tiefen Dankbarkeit gegenüber all den Menschen Ausdruck verleihen, die ihm im Lauf seines Lebens geholfen haben, jene eingeschlossen, die gestorben und zu Jesus gegangen sind und von denen viele berichtet haben, er sehe wie Andy Gibb aus.

Was die Lebenden angeht, und die werden sich schon angesprochen fühlen, danke für den hawaiischen Kaffee, die kubanischen Zigarren, die Ermutigungen und – in manchen Fällen triftigen – Einwände. Der Autor reagiert auf triftige Einwände eher ungehalten, sie machen ihn oft äußerst nervös, und dann pest er in Paroxysmen der Petulanz und Pikiertheit über die Piste, ganz zu schweigen von Alliterationsanfällen. Aber ansonsten scheint es nur recht und billig, die Schuld auf den Schultern der üblichen Verdächtigen abzuladen:

Esther »Lobster« Newberg, Literaturagentin par excellence, die mich mehr als jeden anderen liebt, abgesehen von Ted Williams und Bobby Kennedy. »Es dauert nicht mehr lange, und der Kinkster furzt in Seide«, hat Lobster gesagt;

Chuck Adams, der legendärste aller Lektoren, der genau weiß, was man drinlassen kann, was man rausnehmen sollte, und wann man gut daran tut, etwas im Geiste auf die lange Bank zu schieben. Nach monatelanger, intensiver Zusammenarbeit mit Jackie Collins, Charlton Heston und mir korrigiert Chuck seine Manuskripte jetzt im Heim für die Durchgeknallten in Bandera;

Don Imus, der mich mit Esther bekanntgemacht hat, der mich mit Chuck bekanntgemacht hat und der mich vor vielen Jahren mit einem hervorragenden Arzt bekanntgemacht hat, nachdem ich etliche Blutstropfen in meinem Ejakulat entdeckt hatte. Als ich dieses einzigartige Phänomen wahrnahm, rief ich Imus an, um ihm Lebewohl zu sagen. Ich war naturgemäß überzeugt davon, daß ich mein Verfallsdatum überschritten hatte. Das war indes nicht der Fall. Das Jesuskindlein, das, wenn ich recht verstanden habe, Winston Churchill ähnlich sehen soll, wollte, daß ich weiterlebe, auf daß ich diese schmerzliche persönliche Erfahrung mit dir, getaufter Leser, teilen möge. Imus' Arzt verschrieb mir lediglich, ich solle mich mindestens zwei Wochen lang des übereifrigen, Dylan-Thomas-mäßigen Verkehrs mit Witwe Handgelenk enthalten. Ich kam dem nach und konnte meine Beschwerden schließlich verscheuchen. Imus spielt natürlich auch weiterhin eine fruchtbare Rolle in meinem Leben.

Des weiteren möchte ich einigen sehr wichtigen Frauen danken, mit denen ich vergleichsweise regelmäßig beruflichen Verkehr pflege. Über keine kann ich mich beklagen. Noch nicht. Es sind dies: Joann Di Gennaro, Maya Rutherford und Amy Marmer in der PR-Abteilung von Simon & Schuster; Amanda Beesley, I.C.M.; Lori Ames Stuart in der PR-Abteilung von Jane Wesman; Cheryl Weinstein in Chuck Adams' Büro.

Dann noch Jarmulke ab vor Irwyn Applebaum und Elisa Petrini von Bantam Books, die wesentlich dazu beigetragen haben, den Kinkster zur weltweiten Landplage zu machen.

Schließlich und endlich möchte ich, bevor ich vor lauter Danksagungen meine Cocktailstunde verpasse, noch ein paar Schnipsel eines recht erhellenden Gesprächs weitergeben, das die umwerfende Stephanie DuPont und ich letzte Woche führten. Sie las mir aus einem Artikel in, wie sie es nennt, ihrer Bibel vor, die wir anderen als die Zeitschrift *People* kennen. Die Kurzmeldung galt einem Mitglied der Band U2, das kürzlich sein protziges Rockstardomizil verlassen hatte und mit all dem zugehörigen Medienrummel in einen Leuchtturm gezogen war.

»Was hältst du davon, Bonsaischwanz?«

»Leuchtturmverschwendung«, sagte ich.

Kinky Friedman

Der Leibkoch von Al Capone

Als Polly Price, langbeinig und blond, „wie ein Piratenschiff aus dem Nebel" bei Privatdetektiv Kinky („Sherlock") Friedman auftaucht, um ihn mit der Suche nach ihrem verschwundenen Ehemann zu beauftragen, ahnt der geniale Schnüffler nicht, daß er in Verbrechen verstrickt wird, die in die Zeit des legendären Al Capone zurückreichen. Dank zahlloser Zigaretten und Whiskeys, intensiver Meditationen mit seiner Katze und der Mithilfe von cleveren Kumpeln wie Rambam und McGovern geht Kinky endlich das Licht auf, mit dem er den Fall erhellen kann.

248 Seiten, broschiert

Anne Perry

Ihre spannenden Kriminalromane lassen das viktorianische Zeitalter wieder lebendig werden. Ein Muß für jeden Liebhaber der englischen Krimi-Tradition!

Frühstück nach Mitternacht
01/8618

Die Frau in Kirschrot
01/8743

Die dunkelgraue Pelerine
01/8864

Die roten Stiefeletten
01/9081

Ein Mann aus bestem Hause
01/9378

Der weiße Seidenschal
01/9574

Schwarze Spitzen
01/9758

Mord im Hyde Park
01/10487

01/9864

Heyne-Taschenbücher

Mary Higgins Clark

»Mary Higgins Clark gehört zum kleinen Kreis der großen Namen in der Spannungsliteratur.«
The New York Times

Eine Auswahl:

Schrei in der Nacht
01/6826

Das Haus am Potomac
01/7602

Wintersturm
01/7649

Die Gnadenfrist
01/7734

Schlangen im Paradies
01/7969

Doppelschatten
Vier Erzählungen
01/8053

Das Anastasia-Syndrom
01/8141

Wo waren Sie, Dr. Highley?
01/8391

Schlaf wohl, mein süßes Kind
01/8434

Mary Higgins Clark (Hrsg.)
Tödliche Fesseln
Vierzehn mörderische Geschichten
01/8622

Träum süß, kleine Schwester
Fünf Erzählungen
01/8738

Schwesterlein, komm tanz mit mir
01/8869

Daß du ewig denkst an mich
01/9096

Das fremde Gesicht
01/9679

Das Haus auf den Klippen
01/9946

Sechs Richtige
Mordsgeschichten
01/10097

Ein Gesicht so schön und kalt
01/10297

Heyne-Taschenbücher